U0060871

汪精衛

詩詞彙編

下冊

家族藏本

雙照樓詩詞藁・手跡・草稿・書畫

書評讚譽

僅只一人的事跡和資料，卻足以讓我們跳脫傳統視野，
對近代中國的歷史經驗得到嶄新的認識。

美國聖邁可學院歷史學系榮譽退休教授　王克文

這套歷史文獻，見證了一個民族主義與和平主義
的信仰者，在天翻地覆的大時代裡，曲折離奇
的救亡經驗。它是認識汪精衛，也是理解這個時代
特質不可或缺的材料。

前東海大學文學院院長　丘為君

非歷史學家左湊右湊的「證據」，它是一手資料，
研究近代史的人都要看這套書不可！

《春秋》雜誌撰稿人、歷史學者　李龍鑣

為華文世界和大中華文化圈的利益計，
這套書值得我們一讀。

著名傳媒人　陶傑

過往對汪精衛的歷史評論，多數淪為政治鬥爭的宣傳工具，
有失真實。汪精衛一生：有才有情，有得有失，
有勇有謀，有功有過。記載任何歷史人物必須正反並陳，
並以《人民史觀》為標準。基此原則，汪精衛的歷史定位，
有必要重新檢視，客觀定論，一切從這套書起。

歷史學者　潘邦正

這套書非常適合歷史研究者閱讀，這無須多言，
更重要的是，書中呈現的不只是政治家
的汪精衛，還是一個活生生的人，有笑、有淚、
有感情、有情趣。

文獻學博士　梁基永

從學術嚴謹的角度來看這套書，
有百分之二百的價值。

東華大學歷史學系副教授　許育銘

這套書最重要的意義在於讓一個歷史人物可以
在應該有的位置，讓他的著作可以被重視、被閱讀、
被理解，讓我們更貼近歷史，還原真相。

國立臺灣師範大學歷史學系教授　陳登武

研究汪精衛不可或缺的資料！

三聯書店出版經理　梁偉基

這六冊巨著是研究汪精衛近年來罕見的重要
史料，還原了一個真的汪精衛。

《亞洲週刊》記者　黃宇翔

這套書為我們提供了研究汪精衛的珍貴資料，
包括自傳草稿、私人書信、政治論述、
詩詞手稿、生活點滴、至親回憶等，其中有不少是從未面世
的。閱讀這套書可以讓我們確切瞭解他的人生態度、
感情世界、政治思想、詩詞造詣，
從而重新認識他的本來面目。

珠海學院文學與社會科學院院長　鄧昭祺

不管對有年紀或是年輕的人來說，
閱讀這套書都是很好的吸收與體會。

時報文化董事長　趙政岷

汪精衛與現代中國系列叢書 08

汪精衛

詩詞彙編

下冊

家族舊藏

雙照樓詩詞藁・手跡・草稿・書畫

汪精衛與現代中國系列叢書 08

汪精衛 詩詞彙編

下冊 家族舊藏

雙照樓詩詞藁・手跡・草稿・書畫

國家圖書館出版品預行編目(CIP)資料

汪精衛詩詞彙編 = Wang Jingwei's poetry : unabridged edition with calligraphy and annotations / 汪精衛作；何孟恆彙編 . -- 二版 . -- 新北市：華漢電腦排版有限公司 , 2024.02
冊；　公分 . --（汪精衛與現代中國系列叢書；8）
ISBN 978-626-97742-5-8（全套：精裝）

848.5　　112022659

Wang Jingwei's Poetry Volume II :
Unabridged Edition with Calligraphy and Annotations

作　　者 — 汪精衛
彙　　編 — 何孟恆
執行主編 — 何重嘉
編　　輯 — 朱安培
設計製作 — 八荒製作 EIGHT CORNERS PRODUCTIONS, LLC
製版印製 — 長榮國際文化事業部
台灣出版 — 華漢電腦排版有限公司
地　　址 — 新北市板橋區明德街一巷 12 號二樓
電　　話 — 02-29656730
傳　　真 — 02-29656776
電子信箱 — huahan.huahan@msa.hinet.net
二版一刷：2024 年 2 月
ISBN：978-626-97742-5-8
定價：NT$2200（二冊不分售）
本著作台灣地區繁體中文版，由八荒圖書授權華漢電腦排版有限公司獨家出版。
代理經銷：白象文化事業有限公司
地址：401 台中市東區和平街 228 巷 44 號
電話：04-22208589

版權所有　翻印必究。本書保留所有權利。欲以任何形式重製、改作、編輯本書全部或部分內容，須先徵得汪精衛紀念託管會之書面同意或授權。本書序文版權為鄧昭祺所有。

為了能適當註明來源，本書已採取一切合理之努力確認所有文獻的作者、所及其他適用權利。如您認為您所擁有之文獻未有正確註明來源，請電郵聯絡 info@wangjingwei.org。

Copyright ©2024 by The Wang Jingwei Irrevocable Trust

Preface Copyright ©2019 by Tang Chiu Kay

All rights reserved. No part of this book may be reproduced in any form or by any electronic or mechanical means, including photocopying, recording or by any information storage and retrieval system, except in the case of brief quotations embodied in articles or reviews, without the expressed written permission of The Wang Jingwei Irrevocable Trust, except as permitted under International copyright law. For permission requests, write to The Wang Jingwei Irrevocable Trust, addressed "Attention: Permissions Coordinator," at info@wangjingwei.org.

eightcornersbooks.com | wangjingwei.org

汪精衛紀念託管會獻給何孟恆與汪文惺

下冊目錄

雙照樓詩詞藁

小休集

掃葉集

三十年以後作

補遺

書畫

前言

生平的思想言論，都跟隨着時事的變遷，
陸續發表，大家都可以看得到。而真正可以留存後世的，
就是「雙照樓」詩詞了。

—汪精衛

序 | 鄧昭祺

《汪精衛詩詞彙編》輯錄了汪精衛家人及好友珍藏的資料，包括汪精衛詩詞手稿的影印件，是目前所見最詳盡的汪氏詩詞全集。汪氏曾經說過，他「平生所為詩，有操筆即成，有歷久塗改乃成者」。[1] 據本書下冊所附汪氏親手所寫的詩詞手稿影印件來看，作者對詩詞創作的態度一絲不苟，他的一些作品的手稿多達四五個，而同一手稿的個別詞句，往往經過反覆修改然後才敲定。讀者從這些手稿中，可以想見汪精衛詩詞創作的心路歷程。他曾經向親信說過，他的文章足以反映他的思想，但是只有詩詞才能夠真正代表他的內心。[2] 現時呈現在我們眼前的汪精衛雙照樓詩詞初稿、二稿、三稿等，除了說明作者精益求精的創作態度外，還讓我們窺見作者內心及行文運思的演變過程，是極珍貴的第一手資料。下面舉出〈山行〉詩和〈朝中措〉詞以說明這些資料的價值。

從 1920 年開始，汪精衛曾多次遊覽江西廬山，並且寫了不少紀遊詩，其中一首〈山行〉寫於 1932 年。本書下冊共收錄五個〈山行〉詩手稿，包括定稿。「永泰版」《雙照樓詩詞藁》頁 61A 所載刊印本文字與定稿文字相同：

> 箕踞松根得小休，蟲聲人語兩無尤。雲從石鏡山頭起，水向鐵船峰上流。初日乍添紅果豔，清霜未減綠陰稠。匡廬自是多顏色，要放千林爛漫秋。[3]

我們可以從稿件改動的情況，大致推斷五個手稿寫作的先後次序。本書下冊頁 230 所載的手稿，應該是初稿。這個初稿緊貼在上一首詩後面，二詩並無明顯

1 《汪精衛詩詞彙編》上冊頁 111，〈孚加巴斯山中書所見〉何孟恆「題註」。

2 《汪精衛詩詞彙編》上冊頁 XXXV。

3 「漫」字定稿作「熳」，見《汪精衛詩詞彙編》上冊頁 83。「爛熳」古同「爛漫」。

分界。（見圖一）書影第一行是上一首詩尾聯，第二行開始才是〈山行〉詩首聯。汪精衛曾經反覆修改這個稿件，不過他有時並無清楚標示哪些是修改後的文字，因此令人頗難理出頭緒。例如初稿第二句，作者最先寫的是「道逢野老亦勾留」，後來他把整個句子刪掉，在此句右邊寫了「初陽靜穆」四字，其餘三字並無寫出。這四字也被刪掉，然後他在「道逢」句左邊寫了「雲移峰影白悠悠」七字，大概是想用此七字作為詩的第二句，不過此句被他放入括號內，應該也是刪掉的意思。這樣此初稿就好像缺少了第二句。不過我們根據定稿文字推敲，第二句應該是寫在整首詩後面的「蟲聲人語兩無尤」，而整個初稿的文字如後：

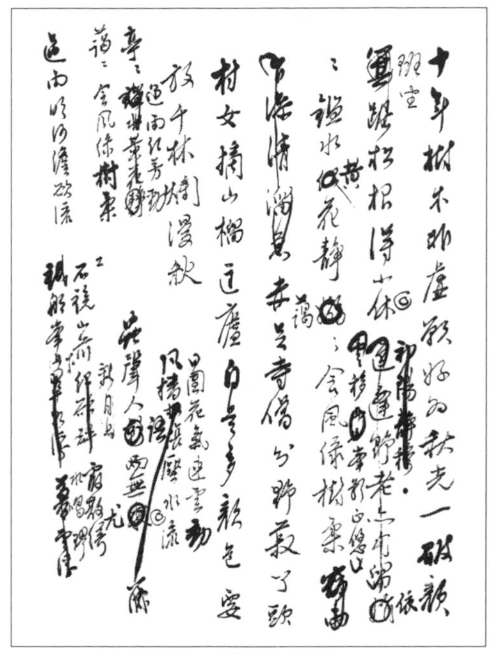

圖一〈山行〉初稿

> 班坐松根得小休。蟲聲人語兩無尤。依依鑑水黃花靜，藹藹含風綠樹柔。赤足寺僧分野菽，丫頭村女摘山榴。匡廬自是多顏色，要放千林爛漫秋。[4]

從圖一初稿的書影可以見到，作者原先用「箕踞」作首二字，後來刪掉，改用「班坐」代替，但定稿卻改回「箕踞」。「箕踞」指隨意伸開兩腿，像個簸箕一樣席地而坐，在古代是一種不拘禮節的坐法；「班坐」是列班或依次而坐，與「箕踞」比較起來，這種坐法顯得有點拘謹。在遊山玩水時，用「箕踞」來描寫坐姿，似乎較為貼切。陶淵明〈遊斜川〉詩有「班坐依遠流」句，汪精

4　初稿與定稿文字有出入的地方，用底綫標示。

衛自小熟讀陶詩，熱愛陶詩，或者他寫〈山行〉詩首句時，想起這句陶詩，因而把原先寫的「箕踞」二字塗去，改用「班坐」。[5]陶詩的「班坐」用得很妥帖，因為他是與幾位鄰人一同坐在小舟上出遊，而且從〈遊斜川〉序文的「各疏年紀鄉里」一句，我們可以推想他們可能是按照年紀長幼依次而坐。汪精衛在其他幾個手稿中或用「班坐」，或用「箕踞」，而最後決定使用「箕踞」，可見他詩歌裏的詞語，都是經過反覆推敲及不厭其煩地修改而得來的。

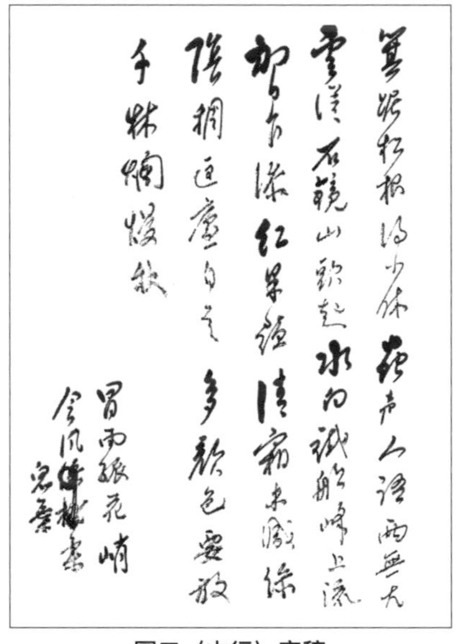

圖二〈山行〉定稿

初稿頷聯是「依依鑑水黃花靜，藹藹含風綠樹柔」，其中「藹藹含風綠樹柔」一句，有值得商榷之處。此句說茂盛的綠樹在風中顯得柔軟，這種描寫顯得有點不太自然，因為我們通常只會用柔軟來形容樹枝或樹葉，很少用來形容茂盛的樹。大概作者也覺得這樣寫法有點問題，所以他曾經考慮把「樹柔」改為「葉柔」。關於這一點，我們從此詩定稿後面所附的兩行文字，可以看到端倪。本書下冊頁 236 的〈山行〉稿件，文字與刊印本相同，應該是定稿。（見圖二）

我們要留意的是寫於此定稿後面的「冒雨孤花峭，含風眾葉柔」兩個五言句，此二句應該是〈山行〉詩頷聯的其中一個選擇。它們雖然是五言句，但作者只要在句字開頭各自加上「依依」、「藹藹」等疊字，就可以把它們變為七言句「依依冒雨孤花峭，藹藹含風眾葉柔」。這兩個添字拼湊出來的七言句，應該比初稿的「依依鑑水黃花靜，藹藹含風綠樹柔」優勝。「藹藹含風眾葉柔」一句，把「樹」改為「葉」，較合情理，用「柔」來形容在風中搖曳的樹葉，是妥帖自然的。

---

5 龔斌：《陶淵明集校箋》（上海：上海古籍出版社，1996 年）頁 84。

初稿的頸聯「赤足寺僧分野菽，丫頭村女摘山榴」，對仗工整。頷聯「依依鑑水黃花靜，藹藹含風綠樹柔」寫山行所見景物，頸聯則寫山行所遇人物，一靜一動，是很不錯的寫法，但作者在定稿中沒有採用這兩句作頸聯。定稿的頸聯是「初日乍添紅果豔，清霜未減綠陰稠」，紅果綠陰，色彩鮮明。尾聯是「匡廬自是多顏色，要放千林爛熳秋」，二句說廬山的秋天五彩繽紛、繁富絢麗。在定稿中，頸聯和尾聯都是寫廬山令人印象深刻的顏色，頸聯是分說，尾聯是總說，二聯配合得自然緊湊。初稿的頸聯是「赤足寺僧分野菽，丫頭村女摘山榴」，而尾聯和定稿一樣，都是「匡廬自是多顏色，要放千林爛熳秋」。頸聯寫山行所見人物，尾聯則寫廬山林木色彩鮮明美麗。兩聯之間的關係，似乎不及定稿那樣緊密。總的來說，定稿的內容、文字和結構，較初稿優勝。

二稿的文字與定稿也有頗大差別（見圖三）：

> 班坐松根得小休。蟲聲人語兩無尤。亭亭過雨紅芳勁，藹藹含風綠樹柔。石鏡山前霞散綺，鐵船峰下水鳴璆。匡廬自是多顏色，要放千林爛熳秋。[6]

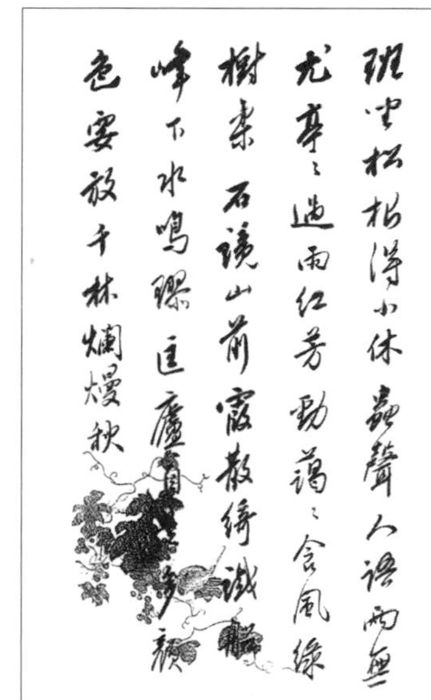

圖三〈山行〉二稿

「亭亭過雨紅芳勁，藹藹含風綠樹柔」二句，有值得商榷之處。上句寫紅花在雨後仍然直立勁拔，下句大概為了與上句的意思相對，就說茂盛的綠樹在風中顯得柔軟，以「柔」對「勁」，本來對得工整，但是正如上文所說，用「柔」來描寫樹木在風中擺動的情況，是不太自然的。「花（芳） 勁」、「樹柔」，對仗雖然工整，但意思卻有點彆扭，因為在一般人心目中，「花柔」、「樹勁」似乎更合情理。

6 《汪精衛詩詞彙編》下冊頁 233。

本書下冊頁 234 和 235 還有兩個〈山行〉手稿的影印件。這兩個手稿的寫作先後次序，無法確定。它們和定稿相比，只各改動一字，這裏不再論述。

下面討論汪精衛寫於 1943 年的名作〈朝中措〉，這首可能是他的絕筆詞。據「永泰版」《雙照樓詩詞藁》頁 96A 至 96B 所載，此詞刊印本文字如後：

〈朝中措〉

重九日登北極閣讀元遺山詞，至「故國江山如畫，醉來忘卻興亡」，悲不絕于心，亦作一首。

城樓百尺倚空蒼。雁背正低翔。滿地蕭蕭落葉，黃花留住斜陽。 闌干拍徧，心頭塊壘，眼底風光。為問青山綠水，能禁幾度興亡。

在《汪精衛詩詞彙編》中，共有兩個〈朝中措〉手稿影印件，其中一個有小序的，應該是初稿，其餘一個是定稿。現在先看圖四的初稿：

〈朝中措〉

重九日讀元遺山詞，至「故國江山如畫，醉來忘卻興亡」，悲不絕于（「于」後原有「予」字）心，因破戒和（「和」原作「步」）其韻，然亦和（「和」原作「步」）此一韻而已。

荒城殘堞暮煙蒼。隄水引愁長。滿地蕭蕭落葉，黃花留住斜陽。危闌四望，人間何世，日日滄桑。待得山川重秀，再來閒話（「閒話」二字原作「俛仰」）興亡。[7]

小序「因破戒和其韻」的「和」字，原作「步」，後來改作「和」。所謂「和其韻」就是指作「和韻詩」。「和韻詩」與「步韻詩」是兩種不同的「和詩」。吳喬（1611-1695）《圍爐詩話》云：

夫和詩之體非一意，如問答而韻不同部者，謂之和詩；同其部而不同其字者，謂之和韻；用其字而次第不同者，謂之用韻；次第皆同，謂之步韻。[8]

「和韻」是指用原詩韻部押韻，韻腳不須要與原詩相同；「步韻」是指使用原詩韻腳的原字押韻，而韻腳之次第與原詩相同。這裏所討論的「和詩」種類，同時適用於詞。元遺山的〈朝中措〉所用的韻腳是「量」、「忘」、「陽」、

7 《汪精衛詩詞彙編》下冊頁 317。

8 吳喬：《圍爐詩話（及其他二種）》（《叢書集成初編》，北京：中華書局，1985 年北京第 1 版）頁 13。

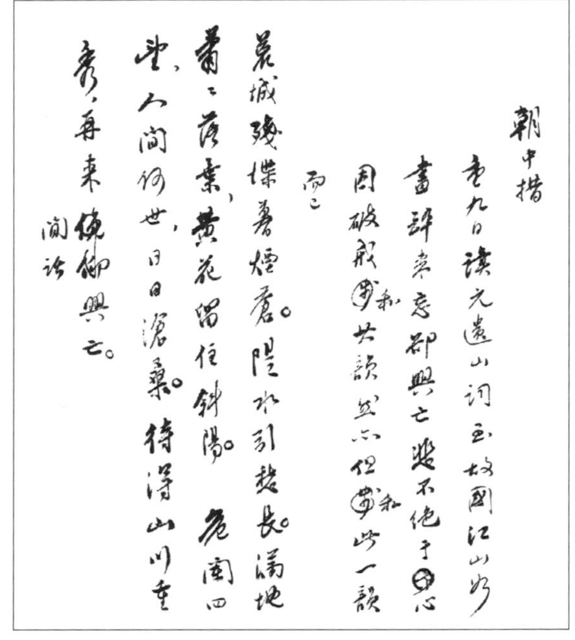
朝中措

重九日讀元遺山詞至故國江山如畫醉來忘卻興亡悲不絕于心因破戒和其韻然亦但和此一韻而已

荒城殘堞暮煙蒼。隄水引愁長。滿地蕭蕭落葉，黃花留住斜陽。危闌四望，人間何世，日日滄桑。待得山川重秀，再來俯仰興亡。

圖四〈朝中措〉初稿

「光」、「亡」。[9]汪詞初稿所用的韻腳是「蒼」、「長」、「陽」、「桑」、「亡」，與元詞並不完全相同，所以汪精衛把小序的「步韻」改作「和韻」是正確的。汪氏在詞的小序裏原先寫的是「步其韻」，大概他最初想用元詞的韻腳原字依次押韻，不過後來改變主意，只用元詞韻部押韻，因此把「步」改作「和」。

刊印本〈朝中措〉的首句「城樓百尺倚空蒼」，氣局豪邁，顯現出作者廣闊的胸襟，也很切合他在詞中所寄寓的壯志難酬的憤慨。初稿首句「荒城殘堞暮煙蒼」，則是一般婉約詞的寫法，風格截然不同。

刊印本下片開首幾句是「闌干拍遍，心頭塊壘，眼底風光」。「闌干拍遍」語出辛棄疾〈水龍吟〉詞：「把吳鉤看了，欄干拍徧，無人會、登臨意。」[10]汪詞的「闌干拍遍，心頭塊壘」是説作者好像辛棄疾那樣，希望藉拍打闌干來抒發胸中抑鬱苦悶之氣。作者登樓縱目，眼見山河破碎，自己空有救國之志，卻苦於無力旋乾轉坤，因而生出鬱悶難平、有志難伸的激憤，這種激憤，只能靠拍打闌干來發泄。初稿下片開首二句「危闌四望，人間何世，日日滄桑」，不過是泛泛之論，內容缺乏深意，不及「闌干拍遍」三句那麼感人。

9 元遺山〈朝中措〉：「時情天意枉論量。樂事苦相忘。白酒家家新釀，黃花日日重陽。城高望遠，煙濃草澹，一片秋光。故國江山如畫，醉來忘卻興亡。」見趙永源：《遺山樂府校註》（南京：鳳凰出版社，2006 年）頁 461。

10 鄧廣銘：《稼軒詞編年箋注》（增訂本）（上海：上海古籍出版社，1993 年）頁 34。

最末二句，刊印本作「為問青山綠水，能禁幾度興亡」，是極沉痛語。作者登樓遠望，只見干戈滿地，祖國正受到戰火摧殘，於是不由得問祖國的美好河山，究竟還能夠經受得多少次覆亡呢？相較之下，初稿「待得山川重秀，再來閒話興亡」二句，便顯得有點語焉不詳，而且遣詞用字的效果，給人一種閒話家常的輕浮感覺。

〈朝中措〉的定稿，並無詞題，也無小序（見圖五）：

> **城**（「城」原作「危」）**樓百尺倚空**（「倚空」原作「暮〇」，「暮」後一字只寫了開頭部分，無法推斷）**蒼。雁背正低翔。滿地蕭蕭落葉，黃花留住斜陽。闌干拍遍，心頭塊壘，眼底風光**（此三句原作「心頭塊壘，眼前風物，一樣悲涼」）。**為問青山綠水，能禁幾度興亡。**[11]

我們可從稿件的刪改痕跡，見到作者原先所用詞句。

最值得我們注意的是下片開頭幾句。定稿的「闌干拍遍，心頭塊壘，眼底風光」幾句，原作「心頭塊壘，眼前風物，一樣悲涼」。毫無疑問，原先三句缺少了修改後的三句所蘊藏的那層深意。

「永泰版」《雙照樓詩詞藁》的扉頁也載有〈朝中措〉詞手稿的影印件，這個應該是此詞的上版稿本。（見圖六）

從書影中可以見到「眼底風光」的「風光」二字，原作「滄桑」（「桑」字只寫了起筆「又」部分）。此二字在定稿中原作「悲涼」（參圖五）。由此可以推斷，作者登樓所見風物給他的第一個印象，是令他感慨萬千、悲不自勝的。

我們比較初稿和定稿，除了可以欣賞作者句斟字酌的嚴肅創作態度外，大概還可以推論出作品裏精警的句子。在〈朝中措〉的初稿和定稿中，只有「滿地蕭蕭落葉，黃花留住斜陽」兩句的文字完全一樣，沒有經過任何改動，這兩個大抵是令作者感到十分滿意的佳句。「斜陽」在我國古代詩詞中，往往比喻走向衰落

---

11 《汪精衛詩詞彙編》下冊頁 318。

的事物，在〈朝中措〉裏它應該是比喻氣息奄奄的國勢。詞裏的「黃花」，大抵比喻那些包括作者在內，有志挽救國家的人。這兩個比喻句是說，雖然國勢像滿地落葉那樣衰落，作者還是企圖力挽狂瀾於既倒，盡量使國家能夠支撐下去。香港堅社詞人林汝珩（1907-1959）大概也很欣賞「黃花」句，他在〈思佳客〉詞中所說的「嗟一髮，歎三桑，黃花難得駐斜陽」，就是慨嘆汪精衛等有志之士無法拯救衰微的國勢。[12]

圖五〈朝中措〉定稿

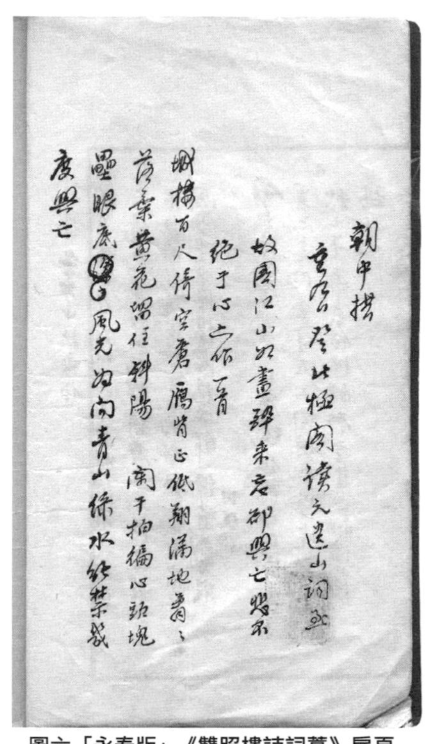

圖六「永泰版」《雙照樓詩詞藁》扉頁

這本《汪精衛詩詞彙編》除了提供大量作者的手稿影印件外，還輯錄了汪精衛女婿何孟恒（1916-2016）的《雙照樓詩詞藁》讀後記及註解，這些也是很有參考價值的資料。例如，1930 年汪精衛到香港居住的時候，曾經作了八首〈雜詩〉（「海濱非吾土」）。何孟恒對這組詩寫了兩個題註[13]，「題註一」云：

> 「海濱」〈雜詩〉作於民十九年（1930）。時寓居香港赤柱海濱，後人名之為 South Cliff。擴大會議在醞釀中。

12 林汝珩著，魯曉鵬編注：《碧城樂府》（香港：香港大學出版社，2011 年）頁 139。

13《汪精衛詩詞彙編》上冊頁 84。

「題註二」云：

> 第一首，民國十八年己巳，翁自海外歸，寄居香島赤柱海濱，賦此述懷，暇日好躬蒔花竹，篇中所云，亦之實也。第八首「平生濟時意」，濟，益也，救助也。「為霜為露，殺草滋花」，革命黨人之胸襟，革命黨人之熱淚！

何氏的題註除了指出雙照樓詩詞的創作背景外，還包括一些精闢的論析或評語，讓讀者能夠更深入欣賞汪精衛的詩詞。例如這組雜詩的「題註二」指出第八首詩中「願我淚為霜，殺草不使生。願我淚為露，滋花使向榮」幾句，是「革命黨人之胸襟，革命黨人之熱淚」，可謂深中肯綮，發人深思。何孟恆是汪氏的女婿，常常有機會伴隨汪氏左右，他在〈紫雲英草可肥田農家喜種之一名荷花浪浪取以入詩〉的「題註」說：「二十六年丁丑暮春，自滬乘火車至南京，文傑隨侍」，[14] 以及在〈春暮登北極閣〉的「題註二」說：「登北極閣，文傑每每從游……」，[15] 就清楚説明這一點，因此他對雙照樓詩詞寫作背景的解說，很值得我們重視。

---

14 《汪精衛詩詞彙編》上冊頁 115，何孟恆本名「文傑」。

15 《汪精衛詩詞彙編》上冊頁 138。

•

鄧昭祺，香港大學文學士、哲學碩士、哲學博士、內外全科醫學士。先後任教於香港大學中文學院，香港大學專業進修學院，並曾擔任香港珠海學院副校長暨文學與社會科學院院長，亞洲研究中心總監，香港大學饒宗頤學術館名譽研究員。著有《元遺山論詩絕句箋證》、《詞語診所》、《點讀三字經》，《陶朱公商訓十二則》（譯著）等。

編輯前言

《汪精衛詩詞彙編》二冊為 2019 年出版的《汪精衛詩詞新編》之增補本，上冊謄錄並匯校家人及親信珍藏、印刷、刊行的《雙照樓詩詞藁》全貌，並附有汪精衛女婿何孟恆的閱讀筆記；下冊彙集親友舊藏的數百頁詩詞手稿、珍貴書畫，是目前最為接近汪氏原意、最翔實之汪精衛詩詞集大成。

汪精衛的文學造詣，得益於其書香門第自幼熏染，和深厚家學傳承。他自十四歲寫下〈重九游西石巖〉，一生與古典詩詞結緣，以其述志、詠懷、言情、紀事，留下《雙照樓詩詞藁》；而他二十七歲那年潛伏進京謀刺攝政王載灃，未遂繫獄，其「慷慨歌燕市，從容作楚囚。引刀成一快，不負少年頭」，更在當時家喻戶曉，人們爭相傳誦的名句。

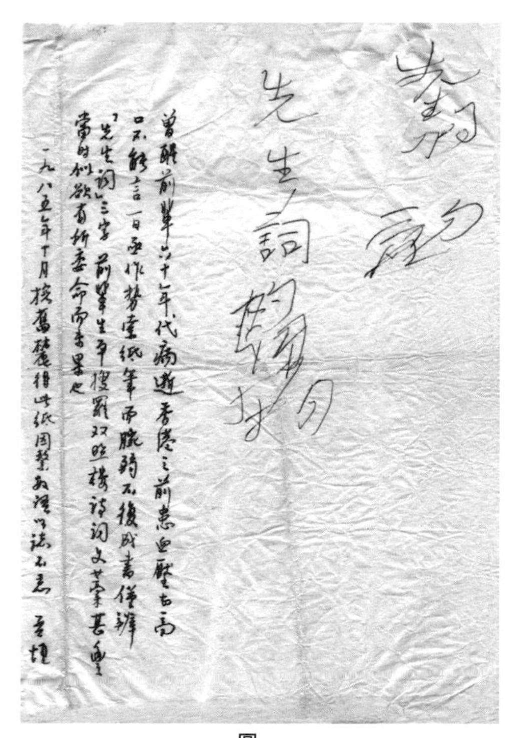

先生詞

曾醒前輩六十年代病逝香港之前患血壓高而口不能言一日亟作勢索紙筆而顫抖不復成書僅辨「先生詞」三字 前輩生平搜羅双照樓詩詞文章甚豐當时似欲有所委命而未畢也

一九八五年十月檢舊篋得此紙因繫數語以誌不忘 孟恒

圖一

他除了工詩詞善演講，還是以推翻滿清為宗旨的文學團體「南社」的主要代表人物，並以「曼昭」作筆名，寫就一部文學評論專著《南社詩話》（請參本系列《汪精衛南社詩話》）。汪精衛 1944 年在病榻前對來探望的親信袒露心聲：

生平的思想旨趣，都跟隨着時勢的變遷，陸續發表為文字和言論，大家都可以看得到。而真正能夠代表我內心的就是「雙照樓」詩詞。

據何孟恆憶述，與汪氏夫婦交情深厚的同志兼密友曾醒，1954 年在香港病逝前雖重病「口不能言，腕弱不復成書」，仍堅持留字（請參閱圖一），念念不忘「先生詞」，以之囑咐汪文惺及其夫婿何孟恆，拳拳之心可鑒。

本書和《汪精衛與現代中國》系列[16]一起，為讀者全面瞭解一個真實的汪精衛，提供了第一手珍貴資料，尤其是《汪精衛政治論述》匯校本全三冊[17]，不少文章非今人能輕易獲得，值得讀者與詩詞一同閱讀，如何孟恆於「讀後記」所舉例，〈見人析車輪為薪為作此歌〉抒發革命黨人之胸懷，〈革命之決心〉道出有此心情之緣由，合而觀之，方能真正認識汪精衛。

《汪精衛詩詞彙編》分上下二冊。

上冊

為《雙照樓詩詞藁》全篇，共計四部份：

一、主幹為《雙照樓詩詞藁》匯校本。2019 年出版之《汪精衛詩詞新編》，為承傳汪氏家人珍藏文獻，特以掃描形式，直接展示汪精衛長女汪文惺保存、長子汪文嬰於 1950 年代交由香港永泰印務公司製版的《雙照樓詩詞藁》（下稱「永泰版」）[18]，及幼子汪文悌 2004 年翻印本（下稱「文悌版」）

16《汪精衛與現代中國》2019 年印刷版由汪精衛紀念託管會編，時報文化出版，系列有《汪精衛詩詞新編》、《汪精衛生平與理念》、《汪精衛南社詩話》、《汪精衛政治論述》，《獅口虎橋獄中手稿》，和《何孟恆雲煙散憶》，首度公開諸多親筆手稿。

17 汪精衛紀念託管會於 2023 年出版《汪精衛政治論述》匯校本，由何孟恆挑選，囊括 121 篇最能代表汪氏一生的政論文章。匯校本以各種一手史料再作校訂，並重新審訂全書標點斷句，令讀者能更完整認識汪精衛。

18 汪精衛夫人陳璧君骨灰在香港海葬時，家人曾分送這「永泰版」書給參禮的親友留為紀念。

補輯作品[19]之全數頁面，圖上更清晰可見汪文惺讀後認為「必背」、何孟恆認為「必讀」的標誌。

是次出版有別過往，本書以「永泰版」為底本謄錄，並匯校汪精衛親筆手稿、1945年汪主席遺訓編纂委員會刊行版（下稱「遺訓版」）及「文悌版」，藉此訂正諸版本差異，溯源汪氏本意，尤其在各版皆誤時，全賴有手稿可作一槌定音，如誤字者有〈十一月二十四日再過西湖〉，各版本為：「落水攢空有靜柯」，其中「水」字有誤，今據手稿訂正為「木」字。又有誤排者如〈譯佛老里昂寓言詩一首〉，「永泰版」及「文悌版」為「憮然其止哭」，今據手稿暨遺訓版訂正為「憮然止其哭」。

本書與坊間良莠不齊的版本不同，絕無如〈自嘲〉[20]等假借汪氏之名的偽作。各版本均由親信董理，如「遺訓版」由汪氏機要秘書、國學家屈向邦、中文秘書曹宗蔭整理遺稿，並經同窗兼詞學家龍榆生等校對，而「永泰版」及「文悌版」之根據，則如何孟恆所言：「雙照樓詩詞始作於北京獄中。1930年曾仲鳴刊印《小休集》香港民信版。其後復有所作，題名《掃葉集》。1942年陳氏澤存書庫集合《小休》、《掃葉》兩集首刊《雙照樓詩詞稿》，澤存版經雙照樓主人親訂，最為詳盡。其後雙照樓主人辭世，家人復加入1941年以後所作，併付香港永泰印務印刷，仍其舊名。2004年歲暮，子幼剛重新刊發《雙照樓詩詞藁》，並附加《補遺》，最為纂本。」

二、何孟恆於1980至90年代撰寫的《雙照樓詩詞藁》讀後記。其註釋汪氏詩詞之本意：

19 這書首次展示「補遺」詩詞十三首。

20 盛傳是汪精衛墳墓被炸開後所發現之作品，經查證，曾任陸軍第74師軍長的邱維達於1961年撰文記述他奉命炸毀汪墓一事，並無提及此首作品，直到1984年由朱秋楓所作的《金陵別夢：大漢奸汪精衛傳聞》中才首次出現此作，惟此書內容虛構為主，除〈自嘲〉外，還捏造多封書信、歌謠、詩詞，皆無明證。

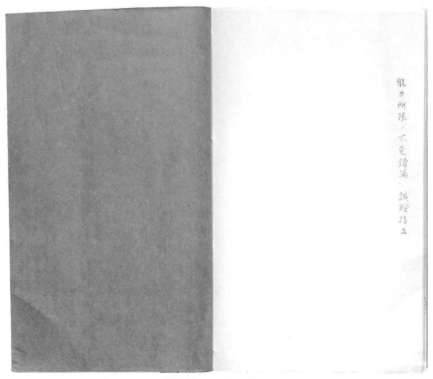

何孟恆寫於「讀後記」末

雙照樓根本不須由我這樣的小子來多作廢話，但不交代一下心裏又放不下，不敢說太多，說完了又覺得不夠，奈何！希望忙碌的人因為有人做了點功夫，省節了一點時間，也可以翻看以後，而細細研讀，能做到這一點就夠了。

i.、題註 — 根據親近汪精衛的經歷，通過這些註解還原當時的社會歷史背景和汪氏的生活點滴。何孟恆更特別指出在其他史料沒有記載的史實；我們以「題註」排在該詩註解之首；

ii.、字彙 — 為汪詩詞中的文史典故或古文詞語，加以解釋，並標明粵音，既助讀者節省翻檢時間，也讓讀者明瞭典出何處；因何氏專治植物學，故註解中每遇有關專用名詞，多配以拉丁學名，讓詩詞更具真實感。

iii.、評論 — 出自文學名家陳石遺《石遺室詩話》與屈向邦《廣東詩話》，這部份放在註解末。

此次發表的「讀後記」是數份未定稿的綜合本，又加上在汪夫人陳璧君繫獄時手抄的《掃葉集》（請參本系列《獅口虎橋獄中手稿》）線裝書中找出數十張何孟恆手寫紙條，內容為當時社會歷史背景，乃作者先後寫就的見解，為存真計，遂一一統合並加入「讀後記」相應詩詞註解中。

三、秀峰、何英甫兄弟手書的《雙照樓詩詞藁外》之謄錄。據何孟恆説，汪氏認為這些詩作「不夠雅」，故沒有收進《雙照樓詩詞藁》。

以下是上冊的編輯凡例：

i. 為遵汪氏原意，本書據《小休集》手稿展示之本來順序，把〈奴兒哈赤墓上作〉從《補遺》挪移至《小休集》中。

ii.「永泰版」上部份詩詞句後有小字説明，若內容關乎單一詩句，則以小字附於該句謄錄文後，若關乎整首作品，則另起新行，以小字放在該首作品後。

iii.「讀後記」註解與謄錄詩詞一一對應，但並非每首作品均有「讀後記」，凡沒有註解者，任其留白；本書全數謄錄何孟恆手書註解，如有未能辨識的字，皆以□標示。

iv. 汪精衛為廣東人，粵語為其母語，故何孟恆「讀後記」以同音字標明粵音，本書於此之上，依據香港中文大學及人文電算研究中心所編的粵語審音配詞字庫，為難讀字再添上粵語註音，以此重現汪氏作品原原本本的魅力。

v. 何孟恆為協助大眾學者研究，曾將「讀後記」裝訂成冊，捐贈數家圖書館（包括美國史丹佛大學圖書館），是次出版，經過適量修改與補充，引文亦一概照典籍全錄，與以往圖書館裝訂本不同，為該版本更充實的增訂本。

下冊

旨在呈現汪氏詩詞手稿，乃何孟恆從汪精衛家族及親信曾仲鳴後人處複印珍藏的版本，其中汪家的一手原稿《掃葉集》現收藏在胡佛研究所圖書檔案館。下冊共分三部份：

一、《小休集》手稿。4 至 196 頁是汪氏親書給曾仲鳴、方君璧夫婦珍藏的《小休集》全冊手稿，其與日後印製之「永泰版」有所差異，如〈奴兒哈赤墓上作〉原屬《小休集》，手稿展示出其於集中本來之順序，「永泰版」則漏載此首，至「文悌版」才重錄在《補遺》中。196 至 197 頁為〈比那蓮山雜詩〉四首之手稿，同為曾氏夫婦收錄，是有明顯刪改痕跡的草稿。

二、《掃葉集》手稿，乃何孟恆從各方親友搜集、影印、整理，何氏言：

> 此為《掃葉集》原稿之一部，詩人吟詠，未必原稿，求窺全豹，殆不可解，而斷錦零縑，尤覺珍貴。〈春雨〉及〈過巫峽〉諸作，集中未載，更可補刊本之不足。

其中〈春雨〉又稱〈春暮〉，現與〈過巫峽〉等，按「文悌版」編排，一同收錄在下冊《補遺》中。

三、汪精衛送贈至親，如妻子陳璧君；姻親何秀峰、李凌霜夫婦；女兒汪文惺、何孟恆夫婦；革命親信曾醒等的書畫。當中包括同鄉革命同志陳樹人所繪扇面、畫家陳東湖、何孟恆夫婦畫作。

下冊收錄《雙照樓詩詞藁》手稿，見字如見其人，既彰顯汪精衛書法造詣，當中創作草稿更毫不保留地呈現出汪氏創作脈絡，讀者可從同一詩詞多個不同版本中，見證其經年累月的創作過程，閱讀各種字詞取捨、替換之經驗，恰如汪氏本人親自指點及傳授詩藝般，是絕無僅有之機會。手稿亦透露了諸多背景資料，為後人提供一扇瞭解汪氏內心及其親友之間關係的窗口。以下是下冊編輯凡例：

i. 作品題目皆依從上冊謄錄本。

ii. 同題作品均添上該作首句以示區別。

—

《汪精衛詩詞彙編》二冊循何孟恆之本意，探幽發微，不僅為讀者辟出一條閱讀捷徑，還公開一批珍貴資料，每一位讀者都可以有自己的「讀後」感想。

汪精衛（1883-1944）

原名兆銘，字季新，號精衛，廣東三水人。留學日本時認識孫中山，參與反清革命，致力宣傳，成為孫中山重要助手，中華民國建立者之一。1910 年行刺攝政王不果被捕，獄中所寫的「引刀成一快，不負少年頭」家喻戶曉，出獄後更成為民族英雄。民國成立，仍輔佐孫中山，國民黨政綱及宣言多出其手。

孫中山逝世後，出任第一任國民政府主席，1932 年任行政院長，1938 年以國民黨副總裁身份，公開主張對日談和。1940 年，在日本佔領下的南京重組國民政府，並任行政院長兼主席，與重慶以蔣介石為首的國民政府對峙。其《南京政府政綱》指出，成立政府的目的為「本善鄰友好之方針，以和平外交求中國主權行政之獨立完整，以分擔東亞永久和平及新秩序建設之責任」。1944 年病逝日本名古屋。

汪精衛一生筆耕不輟，除了《雙照樓詩詞藁》，也曾發表諸多政治文章，宣示其態度立場。他曾說：「我覺得拿生平的演講和論說，當做宣傳是最真實的。」

雙照樓詩詞藁

汪兆銘精衛

何孟恆，本名何文傑，筆名江芙，廣東中山人，妻汪文惺是汪精衛的長女。南京國民政府期間擔任陳璧君的秘書。抗戰後在老虎橋監獄待了兩年半，及後與妻女赴港，並進入香港大學植物系任實驗室主任。二〇一〇年與妻子創辦了汪精衛紀念託管會。是次系列得以出版，有賴何孟恆書寫、謄抄、分析、研究及整理的資料，其著作還有《何孟恆雲煙散憶》以及《汪精衛生平與理念》。

雙照樓詩詞以小休集最先面世當年香港
民信初版曾仲鳴氏為敘其始末此本為雙照
樓主人書贈曾氏夫婦頡頏廔珍藏　印本為
原件百分之七十八縮影
一九九九年己卯元旦

孟恆謹識

小休集序

詩云民亦勞止汔可小休旨哉斯言人生不能無勞勞不能無息長勞而暫息人生所宜然亦人生之至樂也而吾詩適成於此時故吾詩非能如畫寫物之情如鏡之無所不象溫犀之無所不照也特如農夫樵子偶然釋耒弛擔相與坐道旁樹蔭下微吟短嘯以忘勞苦於須臾耳因即以小休名吾集云

汪兆銘精衛自序

小休集序

重九游西石巖　巖在廣東高要縣城西北

笑將遠響答清吟葉在歌中語在襟天淡雲霞自明媚林空巖壑更深沉茱萸根觸思親感碑版勾留致古心題遍名山時入夢偶逢佳節得登臨

此十四歲時所作

重九游西石巖

被逮口占　以下民國紀元前二年北京獄中所作

啣石成癡絕滄波萬里愁孤飛終不倦羞
逐海鷗浮
姹紫嫣紅色從知渲染難他時好花發認
取血痕斑
慷慨歌燕市從容作楚囚引刀成一快不
負少年頭
留得心魂在殘軀付劫灰青燐光不滅夜

被逮口占

照燕臺

雜詩

忘卻形骸累靈臺自曠然猶懷得狂趣新
理出陳編霜鬢侵何易冰心抱自堅舉頭
成一笑雲淨月華妍

雜詩
忘卻形骸累

獄中雜感

西風庭院夜深沈徹耳秋聲感不禁伏櫪
驊騮千里志經霜喬木百年心南冠未改支
離態畫角中多激楚音多謝青蠅慰岑
寂殘宵猶自伴孤吟
煤山雲樹總淒然荊棘銅駝幾變遷行
去已無乾淨土憂來徒喚奈何天瞻烏
不盡林宗恨賦鵩知傷賈傅年一死心

獄中雜感

期殊未了此頭須向國門懸

有感

憂來如病亦緜緜一讀黃書一泫然瓜蔓已
都無可摘豆萁何苦更相煎笳中霜月
淒無色畫裏江城黯自憐莫向遺臺回
首望荊榛零落帶寒煙

有感

詠楊椒山先生手所植榆樹

樹猶如此況生平動我蒼茫思古情十
里不堪聞路哭一鳴寧為令人驚疏根
落落無蟠節枯葉蕭蕭有恨聲寂寞
階前空相對疏枝留得夕陽明

附記

椒山先生以劾嚴嵩下獄就義之歲手所植
榆樹遺活數百年來無敢毀之者相傳

詠楊椒山先生手所植榆樹

有神怪殆有心人藉此以存甘棠之愛
也余所居獄室門前正對此樹朝夕
相接民國六年重遊北京獄舍已剷
為平地惟此樹巋然獨存

中夜不寐偶成

飄然御風遊名山吐噏嵐翠陵孱顏又隨明
月墮東海吹噓潦水生波瀾海山蒼蒼自千
古我於其間歌且舞醒來倚枕尚茫然不
識此身在何處三更秋蟲聲在壁泣露
欷風自啾唧群鼾相和如吹竽斷魂欲啼
淒復咽舊遊如夢亦迢迢未死寒燈影
自搖西風羸馬燕臺暗細雨危檣瘴海

中夜不寐偶成

秋夜

落葉空庭夜籟微故人夢裏兩依依風蕭易
水今猶昨魂度楓林是也非入地相逢雖不
愧擘山無路欲何歸記從共灑新亭淚忍
使啼痕又滿衣

此詩由獄卒輾轉傳遞至冰如手中冰如持歸
與展堂等讀之伯先每讀一過輒潸然不已
然伯先今已死矣附記於此以志腹痛

秋夜
落葉空庭夜籟微

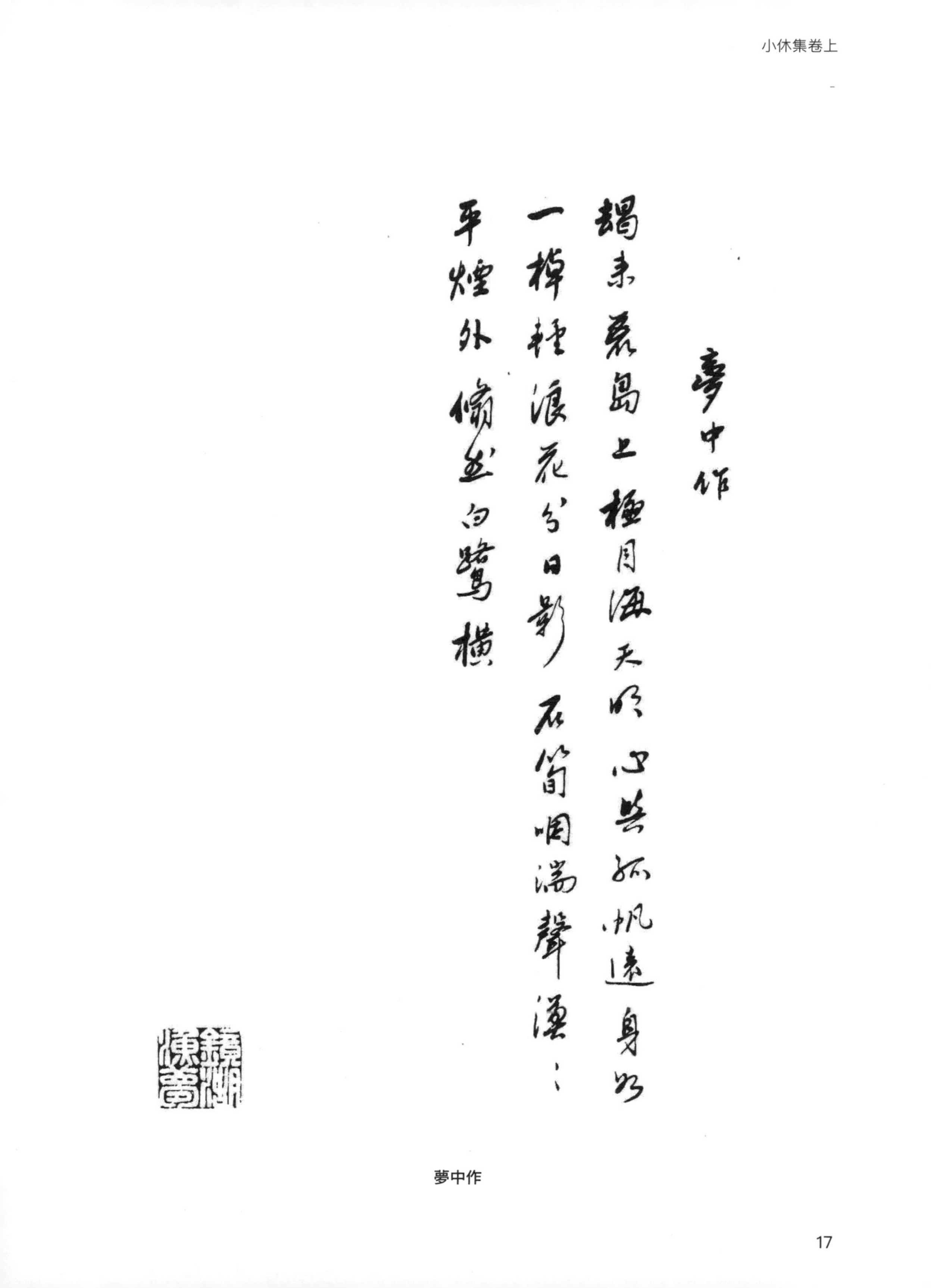

夢中作

大雪

凍雲洩洩作天幕
直合萬家沈寥廓朝來
閒戶忽大叫瓊樓玉宇來相照暈空自漠
漠四野何花花飄如扁舟淩濛浪銀濤爭
頭搖光芒又如花時歸故鄉玉田藹藹素
馨香六花霏霏已奇絕絢以朝霞助明滅
千里一鏡無纖塵欲與冰壺爭皎潔玉母
瓊漿真可問謝公夜臺應知惜如何棄

大雪

擲道路隅遂令泥土同狼藉吁嗟乎莫
怨雪成泥雪花入土土膏肥孟夏草木
待爾而繁滋

見梅花折枝

家在嶺之南見梅不見雪時將皺玉姿虛
擬飛瓊色祗今雪窖中卻斷梅消息忽逢
一枝斜相對歎奇絕乃知雨雪來端為梅
花設煙塵一掃盡皎皎出寒潔清輝妙
相映秀色如可掇急隨心共澹影與神
俱寂藹藹含春和棱棱見秋烈俠士蘊沖
抱美人負奇節孤根竟何處念此殘

見梅花折枝

枝折忽憶踏江頭花時踏寒月

寒夜背誦古詩至波瀾誓不起妾心古
井水美其詞意為進一解
止水既無滓流水亦無斷渟為百尺潭蕩
為千層波娟娟月自來習習風微和誰能識
此意欲和滄浪歌

寒夜背誦古詩至波瀾誓不起妾心古井水美其詞意為進一解

見人析車輪為薪為作此歌

年年顛躓關山路不向崎嶇歎勞苦只今困頓
塵埃間偃強猶然耐刀斧輪兮輪兮生非徂徠
新甫之良材莫辭一旦為寒灰君看擲向紅
爐中火光如血搖然然待湯蒸騰為新稻要
使蒼生同一飽

見人析車輪為薪為作此歌

除夕

今夕復何夕圍爐萬籟沈旅懷隨殘臘幽思發微吟積雪均夷險危松定古今春陽明日至不改歲寒心

總總一年事歷歷上心頭成敗亦何恨人天無限憂河山餘磊塊風雨濕牢愁自有千秋意韶華付水流

除夕
今夕復何夕

獄簷偶見新綠口占

初日枝頭露尚涵
春光如酒亦醰醰
青山綠水知何似
髮絕風前鄭所南

獄簷偶見新綠口占

晚眺

斜陽如胭脂林木盡煊染秀色自天然桃
李失其艷白雲亦融洽娟娟作霞片晴空淨
如拭着此三兩點青光如故人蹲踞殊深淺
感此太和心臨風相繾綣

晚眺
斜陽如胭脂

春晚

向晚微風和斜月明天邊流雲變餘盪漾
作晴霞拼長空舒霽照光景涵清鮮感
此春氣好閒階自流連眾鳥相往還飛
鳴時翩翩如何我與君離思徒纏綿相去
不咫尺邈如隔雲煙悄悄如月影故故向
人圓何處無流星一閃至君前

春晚

獄中聞溫生才刺孚琦事

血鐘英響滿天涯，不數當年博浪沙。石虎果然能沒羽，城狐知否悔磨牙。鬚銜劍底情何暇，屏照磯頭語豈誇。長記越臺春欲暮，女牆紅遍木棉花。

獄中聞溫生才刺孚琦事

辛亥三月二十九日廣州之役余在北京獄
中偶聞獄卒道一二未能詳也詩以寄
感
欲將詩思亂閒愁卻惹茫茫感不收九死形
骸慚放浪十年師友負綢繆殘燈難續
寒更夢歸雁空隨欲斷眸最是月明鄰
笛起伶俜吟影淡於秋
珠江難覓一雙魚永夜愁人慘不舒南浦

辛亥三月二十九日廣州之役余在北京獄中偶聞獄卒道一二未能詳也詩以寄感

離懷雖易遣楓林噩夢漫全虛鵑魂若
化知何處馬革能酬愧不如淒絕昨宵
燈影裏故人顏色漸模糊

辛亥三月二十九日廣州之役余在北京獄
中聞展堂死事為詩哭之纔成三首
復聞展堂未死遂輟作

馬革平生志君今幸已酬卻憐二人血不
作一時流忽忽餘生恨茫茫後死憂難禁
十年事一一上心頭

落落初相見無言意已移弦韋常互佩
膠漆不曾離杜鑱朝攜雪韓檠夜對

辛亥三月二十九日廣州之役余在北京獄中聞展堂死事為詩哭之纔成三首復聞展堂未死遂輟作

時歲寒柴相共情意勝連枝
日日中原事傷心不忍聞賦懷徒落落過
眼總紛紛蝙蝠悲名士蜉蝣歎合羣故
園記同眺愁絕萬重雲

感懷

士爲天下生亦爲天下死方其未死時怦怦
終不已宵來魂躍躍一騖三萬里山川如我
慣相見各含睇顏言發清音一爲洗塵耳
歸來思如何斜月澹如水

感懷

述懷

形骸有死生，性情有哀樂。此生何所為，此情何所託。嗟余幼孤露，學殖苦磽确。蓼莪懷辛酸，菜根甘澹泊。心欲依墳塋，身欲棲巖壑。憂患來薄人，其勢疾如撲。一朝出門去，萬里驚寥落。感時積磊塊，頓欲忘踈略。鋒鍔未許厲，持以試盤錯。蒼茫越關山，暮色照行橐。瘴雨黯蠻荒，寒雲蔽窮朔。山川

述懷

氣悽愴華采亦請諫慨然不顧俯仰有餘恨遂令新亭淚一灑々千斛回頭望故鄉中情自惕若尚憶韋衣時謀把歸期約蕭條庭前樹上有慈烏啄孤獨襁褓中視我眸灼々見乎其已喻使我心如斫泥々此一別賸有夢魂靈哀哉眾生病欲救無良藥歌哭亦徒爾搔杷苦不壽計於不見血痿痺何由作驅車易水傍嗚

咽聲如昨漸離不可見燕市成荒寞悲風
天際來驚塵暗城郭萬象刺心目痛苦
甚炮烙恨如九鼎壓命似一毛擢大椎飛
博浪比戶十日索初心雖不遂死所亦已
獲此時神明靜蕭然臨湯鑊九死誠不
辭所失但軀殼悠悠檻穽中師友嗟已
邈我書如我師對越凜矩矱惟夜我師
言孺子頗不惡但有一事勞昧昧無由

覺如何習靜久輒示心躍躍有如寒潭深
潛蛟自騰躒又如秋颷動鷙鳥舉以愕百
感紛相乘至道經陽膜悚息聞師言愧
汗駭如灑平生慕慷慨意氣殊未學哀
樂過劇烈精氣潛摧剝妨生何足論魂
魄亦已弱痼瘵耽在抱涵泳歸沖漠琅琅
讀西銘清響動窗廓

獄卒持山水便面索題

西風無地著蘭根未讓描書已斷魂細雨

濛濛夢何處江東雲樹擁孤村

獄卒持山水便面索題

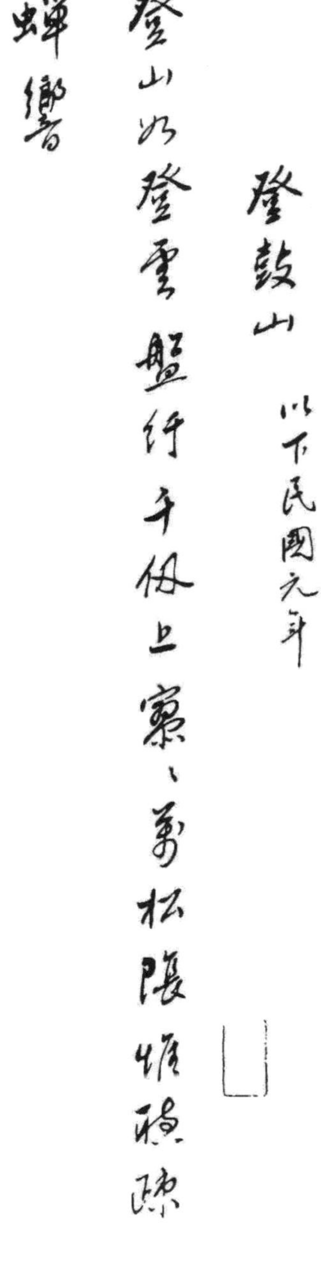

登鼓山　以下民國元年

登山如登雲盤紆千仞上寥寥萬松陰蟠積蹊

蟬響

登鼓山

太平山聽瀑布

山在南洋馬來半島

山徑無人蟲自鳴椰陰路路弄新晴隔林遙聽
潺潺起猶作宵來風雨聲
泠泠清籟在幽深如見疇人萬古心流水高山
同一曲天風惠我伯牙琴
雙峽如花帶雨開臨流顧影自徘徊我疑天
上銀河水來作人間玉鏡臺
一片淪漣不可收和煙和雨總無態何當化作

太平山聽瀑布

巖中石一任清泉自在流

印度洋舟中

低首空濠裏心隨流水喧此生原不樂未死敢
云煩淒斷關河影蕭條羈旅魂孤蓬秋雨
戰詩思倩誰溫
燈影殘宵靜濤聲換雨來風塵隨處是懷
抱幾時開臉已慚三折腸徒剩九迴勞勞新
如子燕未敢惜寒灰

印度洋舟中
低首空濠裏

舟泊錫蘭島至古寺觀臥佛憩寺前大
樹下導者云此樹已二千年佛曾坐其下
說法

寺前有奇樹婆娑二千年枝條方蓊薆磬魚因
風傳我來坐其下久久已忘言梵唄來空壇
共聲來以繇戲此傷我心哀吟滿山川回頭
向臥佛儞乃能安眠叢山曠無人去雲渺無
邊嗒然俯潭影輕陰藹清圜

小休

舟泊錫蘭島至古寺觀臥佛憩寺前大樹下導者云此樹已二千年佛曾坐其下說法

曉煙　以下民國三年

槲葉深黃楓葉紅老松奇翠欲拏空朝來別
有空濛意只在蒼煙萬頃中
初陽如月逗輕寒咫尺林原成遠看記得江
南煙雨裏小姑鬟影落春瀾

曉煙

晚眺

緜緜遠樹低

晚眺

蕭瑟郊原蘆荻風
予懷渺渺淡煙中
斜陽入地無消息
惟見餘霞一抹紅

晚眺
蕭瑟郊原蘆荻風

歐戰既起避兵法國東北之閬鄉時已秋深
益以亂離景物蕭瑟出門偶得長句

修竹三竿小閣前平蕪一角屋西偏園蔬知為接
鄰桑地僻應無烽火傳宿霧初陽涼似月迴
風斜雨薄如煙秋來未作悲搖落卻為黃花一
悵然
下帷長日未窺園偶趁秋晴出郭門風景不
殊空太息江山如此更何言殘陽在地林鴉

歐戰既起避兵法國東北之閬鄉時已秋深益以亂離景物蕭瑟出門偶得長句

亂麋壘無人野覓尊欲上危樓還卻步怕將
淚眼望中原

紅葉

不成絢爛亦蕭疎，擬將相看醉欲扶。
渾似武陵三月暮，桃花紅到野人廬。

無定河邊日已昏，西風刀剪更請魂。
丹楓不是尋常色，半是啼痕半血痕。

再賦紅葉

澹秋顏色勝穠春，卻為飄零暗愴神。
風姤霜憐兩無謂，不辭汎菊慰靈均。

紅葉

再賦紅葉

三賦紅葉

劃地西風葉亦殘，滋蘭樹蕙悔無端。楓林不是湘妃竹，誰染啼痕點點斑。

四賦紅葉

疏林亦有斜陽意，都為將殘分外妍。留得稍稍好顏色，不辭寂寞晚風前。

三賦紅葉

四賦紅葉

坐雨即事

荒原遠樹欲浮天
黃葉聲中意渺然
眉間閒愁何處去
西風吹雨已如煙

坐雨即事

譯佛老里昂寓言詩一首

東風和且平，衆木繁其枝。夜來有微雨，初日還
遲遲。在此春光中，不樂將何為。東郊有牧場，
碧草生離離。一羊躑而躍，一犬還相隨。宛並
兄若妹，情好相依依。阿妹今不歡，流淚如綆
縻。嗚咽語阿兄，吾生其何之。我聞造物者，用
意無偏私。跂行與喙息，所適循其宜。如何
兄與我，長日為人羈。阿兄噉餘糧，辛勤守

譯佛老里昂寓言詩一首

房幃畫防暴客至多畏穿窬窺小竇起不
虞生死還相持何以報忠貞惟有鞭與笞主
人有驕子蹴踏供娛嬉慴伏敢枝梧中慚語
阿誰至今撫瘢痛毛血猶參差阿兄既不
良阿妹尤童癡擣我膺中毛織彼篝中衣
奪我懷中乳哺彼襟中兒可憐曳行田撾策
來無時雨淋與日炙狼藉成枯骴曉行夜廚
下踝血鴛淋漓羣饕以流沫談笑酬號嘶

伯叔與諸姑赫然在盤彝死睫不敢看驚
跌不能移投地有餘骨封狼累其頤孫續
在何許溝水流殘脂生也為人奴死也為人
犧皇皇此一息命矣其何辭阿兄聞妹言憮
然止其哭弱者未云禍強者未云福與其作
刀俎毋寧為魚肉

佛氏此詩天下之自命為強者皆當愧死願吾以為弱肉強食強者固有罪矣即弱者亦不為無罪罪惡之所以存於天地以有強者即有受者也苟無受者將於何施其又欲天下之自承為弱者一思之也

都朗有小山羊記述一小山羊遇一狼自知為死然與之惡鬥至力盡始已文甚

奇妙而用意可與此詩相發明曉生案

文謙

自都魯司赴馬賽歸國留別諸弟妹

十年相約共燈光，一夜雨風斷雁行。片語臨
岐君記取，願將剛膽壓柔腸。

自都魯司赴馬賽歸國留別諸弟妹

六月與冰如同舟自上海至香港冰如
上陸自九龍乘廣九鐵道汽車赴
廣州歸寧余仍以原舟南行舟中
為詩寄之　以下四年

悵望孤煙裊驛樓零丁我亦汎扁舟天涯
不用還相問一樣輪聲一樣愁
一去每每太可憐只餘巾影淡于煙風帆
終是無情物人自回頭舟自前

六月與冰如同舟自上海至香港冰如上陸自九龍遵廣九鐵道赴廣州歸寧余仍以原舟南行舟中為詩寄之

沉沉清夜欲生寒倚遍迴闌意未安遥想
檐花燈影裏正擬小窗話團圞
難得拋書一晌眠夢回燈蕊向人妍此時情
況誰知得依舊濤聲夜拍船

鴉爾加松海濱作

以下五年

朝行松林中柳陽含芬芳晚行松林中新月
生清涼林外何所有白沙浩如霜沙外何
所見海水青茫茫遠山三兩重濃如紙屏張
明帆四五片輕若沙鷗翔海風以時來松籟
因之揚和我讀書聲空谷生琅琅藹然照吾
茵如在白雲鄉清遊不可負哦詩慰遲光

鴉爾加松海濱作

六年一月自法國度海至英國復度北海歷
挪威芬蘭至俄國京城彼得格勒始由西
伯利亞鐵道歸國時歐戰方亟耳目所
接皆征人愁苦之聲色書一絕句寄
冰如　以下六年

帰帳冰風冷鬢髮鄜州明月又何如天涯我
亦仳離者莫話深愁且讀書

六年一月自法國度海至英國復度北海歷挪威芬蘭至俄國京城彼得格勒始由西伯利亞鐵道歸國時歐戰方亟耳目所接皆征人愁苦之聲色書一絕句寄冰如

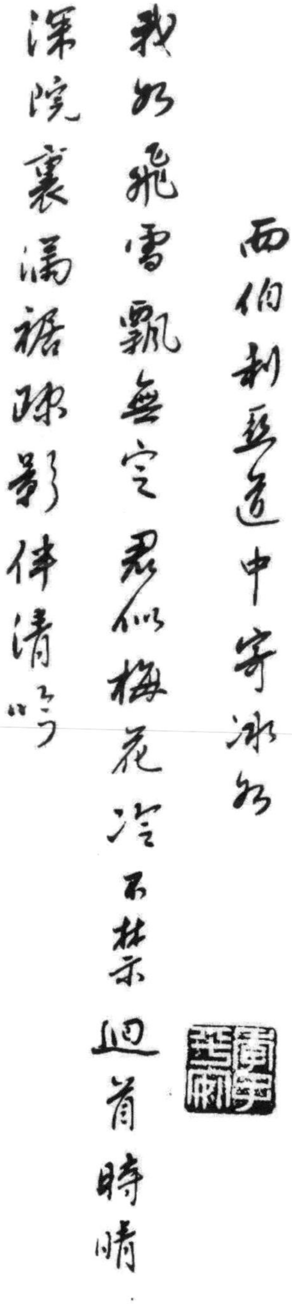

西伯利亞道中寄冰如

我如飛雪飄無定
君似梅花冷不禁
迴首時晴
深院裏滿階疎影伴清吟

西伯利亞道中寄冰如

遊昌平陵

昌平園寢鬱參差萬里來遊日未遲地老天荒
終有恨山環水抱亦無奇銅駝魏闕蕪仍沒
石馬昭陵汗已滋索與虬松同辟倒不須惆
悵讀碑辭

長陵殿前有一松偃地上俗稱之曰卧龍松
旁植一碑清乾隆間製具道愛護勝朝
陵寢之意

遊昌平陵

廣州感事

獵獵旌旗控上游，越王臺榭只荒邱。
一枝漫向鷦鷯借，三窟誰為狡兔謀。
節度義兒良有幸，相公田子空無愁。
過江名士多於鯽，祇恐新亭淚不收。

廣州感事

十二月二十八日雙照樓即事

雙照樓頭月色新清輝好慶比肩人梅花雪點溫詩句疏影橫斜又滿身

十二月二十八日雙照樓即事

舟出吳淞口作　以下七年

燈影枕檣起夕陽早秋涼氣感人心愁生庾信
江南賦意遠成連海上琴明月不來天寂寂繁
霜初下夜沉沉塊然亦自成清夢三兩疏星落
我襟

舟出吳淞口作

冰如薄遊北京書此寄之

塵擁書城駭寂寥
吹窗忽聽雨瀟瀟
遙知空闊煙波裏
旅棹方隨上下潮

小病初蘇意尚精
中庭風露久徘徊
夢魂不被關山隔
玉體宵來屬我同

彩筆飛來一朵雲
最深情語最溫文
燈前兒女依依甚
笑頰微渦恰似君

北道風塵久未經
愁心時逐短長亭
歸來樓

冰如薄游北京書此寄之

得西山秀 螺髻蛾眉別樣青

展堂養痾江之島余往省之留十日
歸舟中寄以此詩

平原秋氣正漫〻步上河梁欲別難彈指光
陰彌可慮積胸磊塊未能歡漠成莽被飛
鷗野露重邊知落雁寒久立櫓聲帆影裏
不辭吹浪溼衣單

展堂養痾江之島余往省之留十日歸舟中寄以此詩

太平洋舟中玩月達爾文嘗云月自地體
脫卸而出其所留之窪痕即今之太平
洋也戲以此意搆為長句
地球一角忽飛去留得茫茫海水平卻化月
華照夜靜頓令波影為秋清單衣涼露
盈盈在短鬢微風颯颯生斗轉參橫猶不
寐要看霞采半天明

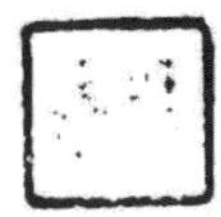

太平洋舟中玩月達爾文嘗云月自地體脫卸而出其所留之窪痕即今之太平洋也戲以此意搆為長句

重九日謁五姊墓

自上海放舟橫太平洋經美洲赴法
國舟中感賦　以下八年
一襟海氣暈成冰天宇沉沉叩不譍缺月因
風如欲墮疎星在水忽生稜闌歌自愧陽
常向讀史微憐淚易凝故國未須回首望
小舟深入浪千層

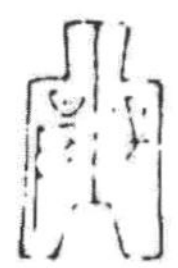

自上海放舟橫太平洋經美洲赴法國舟中感賦

舟中曉望

朝霞微紫遠天藍初日融波色最甜正是
暮春三月裏鶯飛草長憶江南

舟中曉望

舟次檀香山書寄冰如
島邏十日風兼雨初見春波日影融家在徽
花蒸靄外舟行縹緲綠灣中鸞飄鳳泊年年
事水秀山明處處同雙照樓中人底似莫
教惆悵首飛蓬

舟次檀香山書寄冰如

春日偶成

孤節隨所之窮覽至林谷泉聲流不斷悽愴動
心曲山徑隱薜蘿攀陟象繞屬微生寄片石
手足集冬目初陽被綠草天氣清且淑繁花
何芃芃紅紫自成簇飛鳥既睍睆遊人亦雝穆
大塊富文藻滿春更蕃沃楓柳決巨浸萬物
盡淹霞奇然寄何物百計不可遯惆惆情未
甘靡靡行已足欲語苦口噤微風振林木

春日偶成

比那蓮山雜詩

比那蓮山在法國南部與西班牙接壤冰如嘗以暑假一攬其勝歸國後時時為余言之八年夏重至法國因與方曾兩家姊妹相攜往遊足跡所及皆冰如舊經行地也得詩數首以寄冰如

山中即事

淙淙萬山中泉聲鳴不已心逐野雲飛忽又

比那蓮山雜詩

山中即事

墜溪水山坳照林木衆綠光蕤蕤纖草纖平茵小花間藍紫特並相逐語間亦遨游戲小蝶挑蚱蜢荊棘劍其指一笑揮自由鶩飛側擊翅

遠山

遠山如美人盈盈也一顰被曳蔚藍衫嫵媚美無度白雲為之帶有若束綠裳低鬟俛照鏡一水灣無語有時細雨過輕渦生幾許有

時映新月娟娟作眉嫵我聞山林神共名曰
蘭嫵誰能傳妙筆以匹洛神賦

西班牙橋上觀瀑

翠巖碧嶂相周遮遠看瀑勢如長虵下馳嶔奇
犖确之峻坂又若以風為馬雲為車蒼崖崩
摧大壑裂峭壁削成勢斬絕雖餘怪石聲嵯
峨諸落水中搖杌隉石齒咽波波不定沸白浮
藍綠復擊浪花蹴起入長空散作四山煙雨

西班牙橋上觀瀑

影輕煙細雨瀲灩中爆然變日橫長虹行人拍手眼生纈作光反映楓林紅據石臨流自顧側跋橋小樹好相識瀼瀼雲露洗肺肝漸漸微寒生鬢髮由來泉水在山清潺潺人間盡不平風雷萬古無停歇和我中宵悲嘯聲

曉行山中書所見寄冰如

初陽在翠壁爛熳不可名熠熠朝露晞依依

曉行山中書所見寄冰如

白雲晴積雪冒遠岑靉靆生光明煙光潛
欲盡山夢此初醒綠葉紛葳蕤燁然花其瑩
幽花與長松一一生奇馨行行到水源屏峰入眉
青石澗咽流泉淨風自泠泠頹巖有嘉樹虧蔽
若危亭塊然倚之坐睍睆聞流鶯遐思盡心人
無音夜曾經作詩遙相思歌羅心怦怦

題蘗莊圖卷

儒家重飾終墨子論薄葬事人與明鬼於義各有當

儒者主事人故以死為人生最痛之事其喪禮隆以重墨者言明鬼則體魄非所深戀故主薄葬皆其學說根據使然也

楊樸與子澤惓惓不能忘所以號湖人溧溪收叟子裳

以魚之澤猶不思棄洗父母之遺體乎此孟子所以謂
孝子仁人之葬其親必有道也

漢文帝從主石槨中流涕遠哉張釋之妙喻
錮南山

景純詠遊仙意欲翔寥廓奈何葬書所
志在糟粕

葬親而仁人孝子所不能免然死不能於其間心已不
笑而堪輿家言則直淪於羽屍矣景純猶不免焉

此風至魏晉而特盛也

蘗莊山水好此意真綿綿佇看松與竹一一長風煙

蘗莊主人闢數弓之地以為墳園華族葬於斯既不爭奪生人耕植之地又擺脫一切堪輿家言且其地山川映帶竹松蔚盛風景宜人以圖卷索題余喜其有改良社會風俗之志故為題詩數首於右

鄧尉山探梅口占　以下九年

林外青山斷復延，泮冰池沼亦涓涓。田家籬落疏疏處，一樹紅梅分外妍。

湖光如雪靜無聲，掩映梅花更有情。山路紆回行不盡，冷吟繞了曉烟生。

鄧尉山探梅口占

林子超葬陳子範於西湖之孤山詩以紀之

民國二年春江色朝入檻我從張靜江初識陳子
範容貌既溫粹風神亦蕭灑於中蘊奇氣如
山不可撼落落語不煩沈沈心已感迄今寂寥間光
采猶未滅嗚呼夜漫漫眾生同黯黮束身作大
炬燭破羣鬼膽勞氣忽已熱驚淚不能斬故人
有林君收骨入深坎秋墳鬱相望楊花白如糝
下車若腹痛繁酒致煩憯

林子超葬陳子範於西湖之孤山詩以紀之

遊莫干山

初看山腳斜陽黃漸聞涼風颯颯鳴高閣炊煙漸漸
上雲漸合頓使山無遠近皆蒼茫夜上峰頭天
已黑缺月疏星氣蕭瑟天忽[illegible]赬虬珠斑
駁林巒半蒼赤披衣起立明霞中朝氣撲面生
沖融群山起伏何止千萬疊修竹掩映何止千
萬叢淺淺黝色黯雲壑翠翠清影明嵐峰泉
流澗中鳴不斷共聲欲與風葉同[illegible][illegible]平生

遊莫干山

愛竹已成癖　三竿兩竿青亦得只今身已入
山深難向雲鄉不此易　溪長不洗路楚耳峰
青不蠟」既字屐　一角茅檐對遠山此心清似長
天色

廬山雜詩

廬山之美未易以言語形容也蘇子瞻入廬山不欲作詩良非無故然子瞻終不能不作所謂情不自禁者歟余九年夏入廬山感懷世事欝伊寡歡然山色水聲接於耳目亦得暫開懷抱所為詩悲愉雜陳稱心而出蓋非以寫廬山特以寫廬山中之一我而已

廬山雜詩

廬山有知當不患其唐突耳

曉起

空山朝氣來撲人清似初秋藹似春殘月曙星
相映霞瓊樓終古不生塵

佛手岩飲泉水

岩葉因風響碧廊秋花絡石意深長自慚肝
肺无由熱尚為冰泉進一觴

水石月下

曉起

佛手巖飲泉水

水石月下

疊巘沈沈冷翠生
樛枝危石勢相縈
此心靜似山頭月
來聽清泉落澗聲

登天池山尋王陽明先生刻石詩於叢薄中得之

拄杖攙天志不回
斷碑一角臥蒼苔
依然風雨霾山下
手剔莓苔祇自哀

自神龍宮還天池峰頂宿

抵死潛虬不起淵
松根挾石出飛泉
星繁風

登天池山尋王陽明先生刻石詩於叢薄中得之

自神龍宮還天池峰頂宿

蕭蕭夜獨傍天池坐鐵船

鐵船峰名與天池相對

含鄱嶺上小憩松下既醒白雲在衣袂間拂之不去

蟬咽松風日影涼山屏水枕夢初長白雲緣作秋蘭佩濕此襟頭有異香

行蓮花谷最高處

峰勢臨危人影孤天風颺髮粟生膚偶濕

含鄱嶺上小憩松下既醒白雲在衣袂間拂之不去

行蓮花谷最高處

雲罅窺人世猶是長江踞是湖

廬山風景佳絕而林木鮮少為詩寄慨

岩谷春來錦繡鋪煙蕪蕭瑟正愁予樓臺

已重名山價料得家藏種樹書

廬山瀑布以十數飛流渟淵各有其勝余

輩攀躋所至輒解衣游泳其間至足

樂也

浪花無幕自天垂爽氣清寒蘚不滋夜半

廬山風景佳絕而林木鮮少為詩寄慨

廬山瀑布以十數飛流渟淵各有其勝余輩攀躋所至輒解衣游泳其間至足樂也

素娥初墮影冰肌玉骨最相宜

五老峰常為雲氣蒙蔽往游之日風日開朗豁然在目

席捲煙雲萬壑醒長松偃蓋盡亭亭狂生賸有窮途淚五老何緣眼尚青

開先寺後有讀書臺杜甫詩云匡山讀書處頭白好歸來蘇軾詩亦云匡山頭白好歸來余登斯臺有感其言因為此

五老峰常為雲氣蒙蔽往游之日風日開朗豁然在目

開先寺後有讀書臺杜甫詩云匡山讀書處頭白好歸來蘇軾詩亦云匡山頭白好歸來余登斯臺有感其言因為此詩余所謂歸來與杜蘇所云不同也

詩余所謂歸來与杜蘇所云不同也

殘陽明滅讓書臺萬樹鶴聲次第催占得
遠山一片石未妨頭白不歸來

屋脊嶺為廬山最高處余行其上但見
羣峯雜遝來伏足下倚松寂坐靜觀
峯色明滅無定蓋雲過其上所致也

楚尾吳頭入望微迫天萬樹靜秋暉羣峯
明滅渾無定為有孤雲頭上飛

屋脊嶺為廬山最高處余行其上但見羣峯雜遝來伏足下倚松寂坐俛視峰色明滅無定蓋雲過其上所致也

王思任遊記稱嘗於五老峰頭望海緜
萬里余雖不敢必亦庶幾遇之八月二
日晨起倚欄山下川原平時歷歷在目
至是則滿屯白雲浩然如海深不見
底若浮若沈日光俄上輝映萬狀其
受日深者色通明如琥珀淺者暈
若芙蕖少焉英英飛上繽紛山谷間
使人神意為奪古人真不我欺也

王思任遊記稱嘗於五老峰頭望海緜萬里余雖不敢必亦庶幾遇之八月二日晨起倚欄山下川原平時歷歷在目至是則滿屯白雲浩然如海深不見底若浮若沈日光俄上輝映萬狀其受日深者色通明如琥珀淺者暈若芙蕖少焉英英飛上繽紛山谷間使人神意為奪古人真不我欺也

風似生毛日似鱗便看人世失緇磷海縣忽作
天花散讓出千巖萬壑春

晚晴雲霞清豔殊絕

峰銜餘日變秋顏濃彩流天麗且閒自是空
山風景澈雲霞原不異人間

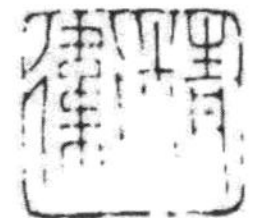

晚晴雲霞清豔殊絕

十一月八日自廣州赴上海舟中作

鷗影微茫海氣春
雨收殘靄碧天勻
波凝綠蟻風無翼
浪蹙金蛇月有鱗
始信瓊樓原不遠
卻防羅襪易生塵
鐘聲已與人俱寂
袖手危闌露滿身

十一月八日自廣州赴上海舟中作

生平不解作詠物詩冬窗晴暖紅梅作花眷然不能已於言

鶴瞑雕欄日上遲南枝紅影靜中移由來瀟灑出塵者定有芳華絕世姿風骨轉敎添嫵媚冬心聊復寄沖夷些君冰雪周旋久欲近脂韋似未宜

朝霞和雪作肌膚更把宮砂漬臂腴火齊光匹猶欲吐水沈香氣暗相濡總留玉潔

生平不解作詠物詩冬窗晴暖紅梅作花眷然不能已於言

冰清在自與嫣紅姹紫殘底事凝脂生薄幸
似聞佳婿是林逋

十年三月二十九日黃花岡七十二烈士墓

下作　以下十年

飛鳥花花歲月組沸空鐃吹雜悲呼九原面目

真如見百劫山河總不殊樹木十年萌蘖少

斷蓬萬里往來疏讀碑墮淚人間事新鬼

為鄰影未孤

墓近執信塚故末句云然

十年三月二十九日黃花崗七十二烈士墓下作

晨起捲簾庭蘭已開

香入疏簾意尚猜鷺看玉立久徘徊初陽

欲襟幽花豔更遣微風瀲蕩來

晨起捲簾庭蘭已開

奴兒哈赤墓上作

墓在瀋陽城東俗稱東陵

百年終一死所餘但枯骨可憐秦始皇於此殷情
切生營阿房宮死葬驪山穴刑徒七十萬汗盡
繼以血後來帝王陵侈麗如一轍珠襦與玉
匣留與赤眉發淒涼無青樹遺黎淚空咽
靺鞨起黑水人事互亢卑一朝得為食[illegible]
擬將恐失瀋陽城之東園鬱若屏列周遭

奴兒哈赤墓上作

四十里松柏青鬱、墓門與隧道初日燦丹漆殿材自昌平規模信弘闊昔日遼東戰千里血渠決髑髏築京觀高與此陵埒自從入關來中原苦蕭瑟揚州與嘉定屠城輒十日城闕爾何物朽骨駕突兀丹青爾何物血肉慘凝結歷史如我語懸慨腸內熱禍階自玄鳥朱果孕梟傑長林與豐草世世作巢窟老汗其封狼所畫縱馳突持校阿骨

材嗜殺若勢羈持梃識未真戰伐邀功烈
長城遠自壞戎馬不終過生軀復生羈九州
竟囊括當人起革命危苦經百折所蘄但平
等志事昭若揭三戶秦遂亡九世讎已雪於
今一家內不復辨胡越君看原上樹樵斧不
容伐茁者綠盈枝行人具清樾山川自輝媚
雲物足怡悅村歌雜婦孺燕雀鳴相聒南望
黃花岡毅魄如可活真成抵黃龍痛飲不

初夏即事寄冰如

拂拭書城不染塵瓶花旖旎有餘春開編
真似逢知己得句還慙後古人梅雨池塘
魚自樂楝花簾幕燕初歸近來何事
關心最一紙書來萬里親

初夏即事寄冰如

入吳淞口

塞外空吟物候新霏霏寒雨不成春扁舟
穿入吳淞口芳草江南綠已勻

入吳淞口

還家

兼旬作客又還家稚子迎門笑語譁步上
小樓餘惘惘春風鬱鬱在天涯

還家

江樓秋思圖

爲椰莊子題

日暮倚江樓閑君何所思蕭蕭天地間秋風來以時
君如王仲宣瑰麗多文詞江山本吾土俛仰聊
自怡知不因登樓而興游子悲君如張季鷹不
爲好爵縻家在蕁鱸鄉可以樂棲遲知不因
秋風慨然懷歸向晚天氣佳藝菊盈東籬
有石宜彈琴有泓宜賦詩含此忽有念凡將

江樓秋思圖

何爲由來賢哲人家國積心期莛鐘偶無值
一縷不可羈有如雲生石因風自逶迤又如
絲出繭映日欲離披其來既無端其去亦
無倪君既爲絕名我亦不自知蘆渚煙漫漫
水遠天低垂當門投止者躑躅將何依安
漫爲蘆花毋使悲鴻羅楓林霜斑斑有春別
淚滿世間諸兒女一例傷乖離安得爲紅葉
宛轉與通辭林光渺無際秋思亦如之花花

良自失嘆嘆恐非宜不如對真酒与君盡一
卮

為余十眉題鴛湖雙棹圖

鴛鴦湖上泊鴛鴦 煙雨樓頭未夕陽 情似春
潮無畔岸 思如幽草有餘芳 鷩鴻照影
空回首 別鶴流聲易斷腸 羅襪凌波
原一瞬 祇宜畫裏與端詳

為余十眉題鴛湖雙棹圖

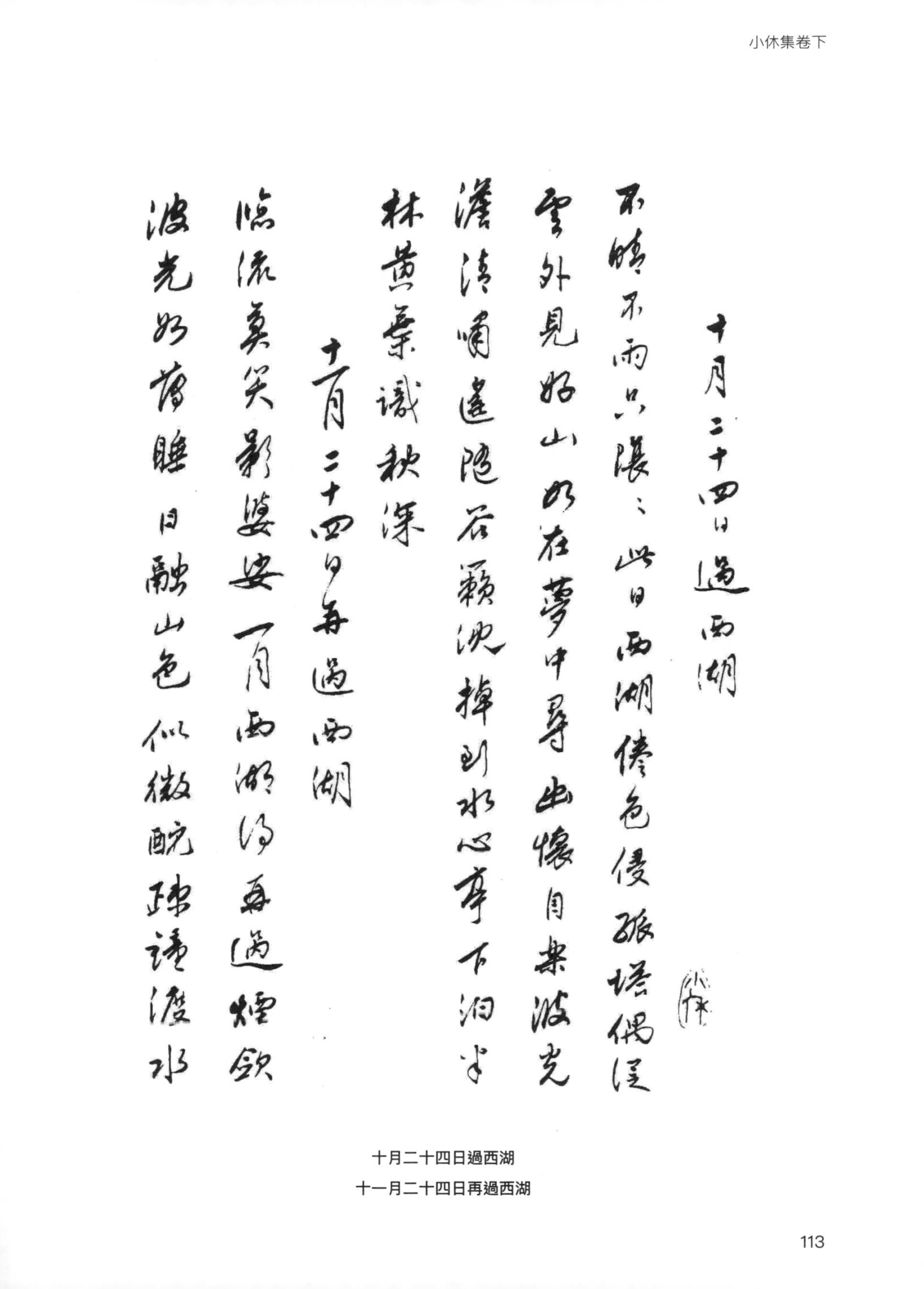

十月二十四日過西湖

十一月二十四日再過西湖

無岐穎蒼木攢空有靜柯短棹夷猶亦

徃爾累他蘆鴈戒心多

夜坐

以下十五年

雲月吐還翳餘光搖在林宵幽見流水萬籟自
沉沉老柏作人立松風時一吟寒生知坐久
蒼槐靜愔愔

夜坐

西山紀游詩

數年以來李石曾先生在北京西山從事農林並開創學校暨療養院余數得音訊而未獲一臨其境洄懷十三年春日余以事潛入北京因得抽暇暢遊西山爲詩紀之得若干首

始出西直門歷西山至溫泉村宿

郊行值春陽羣峰隱如簇玄雲黯天際蒼翠

西山紀游詩

始出西直門歷西山至溫泉村宿

忽在目西山多爽氣風物益蕭沃溼氣更幽絕
一派巖鳴玉依山結村落高下見茅屋和日
絢平林春氣溫以淑見童讀書聲長與田歌
續桃李已微華馨香采盈菊樹木與樹人
為日常不足禽聲繁且和萬象盡涵育邊
遠登小立矚衍眺平陸居庸屹相向蕭爽
動心曲

登金山憩金仙庵

登金山憩金仙庵

列岫隱負煙傾崖響急泉澄心寄丘壑遠
目隨幽遊危石下無地孤松夐在天名山就
事業何有集羣賢

宿碧雲寺

鴉影落寒山鐘聲出遠寺行行知漸近已見
碧雲起石闌何嵯峨寶塔五星聚孤標不
可即如出碧雲際奇石生石罅老柏影交
翠朱垣隱復現又在翠雲裏憶昨游溫泉

宿碧雲寺

水聲清在耳復攬雲山勝遠目盡千里得
此信三絕可以歎觀止名山宜講學含拜
其與美東風動絃歌山水益輝媚結鄰
有好人相見各歡喜茅屋三兩椽魂夢得所
寄夜來臨水坐聆星耿林翳語默感自然
夜氣清且旨作詩以自幸亦以勉吾子

碧雲寺夜坐

晚霞滅天際山寺漸沈黑方庭蕭蕭綠一一

碧雲寺夜坐

潑濃墨巖壁入黝冥深沈不可測泉聲出
萬寂流遠韻更微似聞穿林去邂逅澗中
石微風一吹蕩松籟與之洽坐久夜逾明纖
月吐雲際幽輝纜半林樹影清可織棲鴉
枝不動想像夢魂適幽景信難摹善吟終
未得

再登金山桃杏花已盛開

新綠麥繡野種黃椰拂池別來經歲何春

再登金山桃杏花已盛開

光已收斂金山累千步步見花枝山勢有盤陀花間無參差山色洵紺翠花光遥繹緋清暉一相映百丈成虹霓隱花入山去山與人遠迤回看作來霧蒙樹煙霏霏

白松

香林有奇松玉樹差可擬張高更皎潔抗節比君子歲寒饜霜雪顏色亦相似亭亭皎月中清影了無翳臨風傳相見繾綣不能已何

白松

當如翠禽集此一枝寄

秋夜

心似銀河凝不流 澹螢的皪破林幽 桐陰漸薄柳陰老 併送秋聲入小樓

張羅書城獺祭頻 夜涼燈味乍相親 閒愁不為西風起 自倚江樓念遠人

澹月疏星夜氣清 邊聲砧杵動層城 微蟲不與無衣事 也作人間促織聲

策策西風剪木秋 玉簫哀怨未終收 繁星點點

秋夜
心似銀河凝不流

人間淚聚作銀河萬古流

歲暮風雪忽憶山中梅花往視之已盛開矣

羅角相逢風雪侵，歲寒踪見故人心。別時情緒君能記，踪跡疏狂我不禁。歡接笑言禪思定，微聞薌澤倚懷深。林間滿地橫斜月，顧託苔枝似翠禽。

歲暮風雪忽憶山中梅花往視之已盛開矣

十月二十九日月下作　以下十四年

人似歸鴉暫息翻
玉山烽色靜中看
長飈一掃游氛盡
纔識冰輪照膽寒

十月二十九日月下作

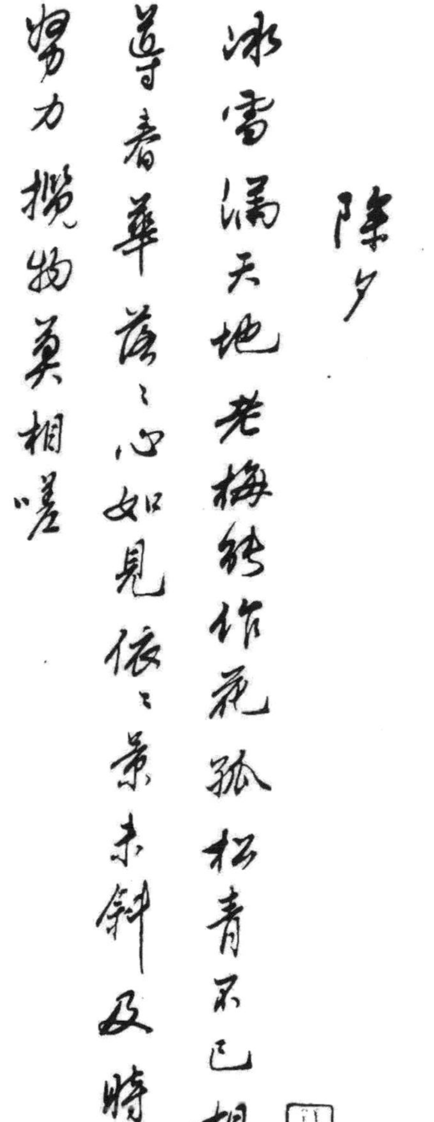

除夕

冰雪滿天地老梅終作花孤松青不已相為
導春華落落心如見依依葉未斜及時惟
努力攬物莫相嗟

除夕
冰雪滿天地

入峽　以下十五年

入峽天如束心隨江水長燈搖深樹黑月蘸
碎波黃岸偪鼯聲縱巖陰虎跡藏櫂歌誰
和汝風竹夜吟商

出峽

出峽天如放虛舟思渺然雲歸新雨後日落晚
風前波定魚吞月沙平鷺隱煙綠陰隨處有
可得枕書眠

入峽
出峽

舊曆元旦經白雲山麓書所見

農隙人家靜且慵
飯餘閑踞鎖東風
宜春帖子尋常見
點綴柴門特地紅

村兒綵褲女紅妝
分得黃柑着意嘗
卻道城中風物好
不知身在白雲鄉

泥濘縱橫小犢行
老農辛苦足平生
今宵一醉屠蘇酒
坐聽家家爆竹聲

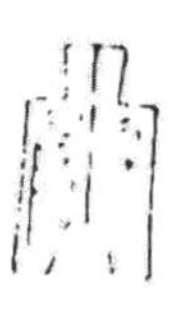

舊曆元旦經白雲山麓書所見

雜詩

春花繡平林綠陰映青條初日揚其輝雲霧猶未
消翩彼蝶與蜂振翅何逍遙食宿眾芳間蕊粉
還相調取之亦已廉報之不辭勞東風亦良媒
鳴條一何驕

雜詩
春花繡平林

郊行

溶溶新綠漲晴川
鸂鶒依蒲自在眠
行過小橋餘惘惘
梨花似雪柳如煙

小休

郊行
溶溶新綠漲晴川

即事

暮春三月雨滂沱敗壁頹簷暗薜蘿鳥雀
亦知人世治晴光纔動樂聲多

即事

暮春三月雨滂沱

題畫

冪錦籠香好護持宛然金屋貯蛾眉何如手
種千竿竹翠羽紅襟自滿枝

題畫
冪錦籠香好護持

病中讀陶詩

攤書枕畔送黃昏，淚溼行間舊墨痕。種豆豈宜雜荒穢，植桑曾未擇高原。孤雲縹緲誠何託，新月依依欲有言。山澤川塗同一例，人生何處不籠樊。

病懷聽盡雨颼颼，斜日柴門得小休。抱節孤松以有傲，含薰幽蕙本無求。閒居始識禽魚樂，塵土終懸霜霰憂。暫屏經尊親藥

病中讀陶詩

裹般因善口段深尤

病起郊行

病骨柴與瘦節俱疏簾滿日午晴餘覓新
詩似驢旋磨溫舊書如牛反芻岸几羅
花村舍靜峰屏襯樹行人疏林深足蔭
思小憩啼鳥一聲真起予

病起郊行

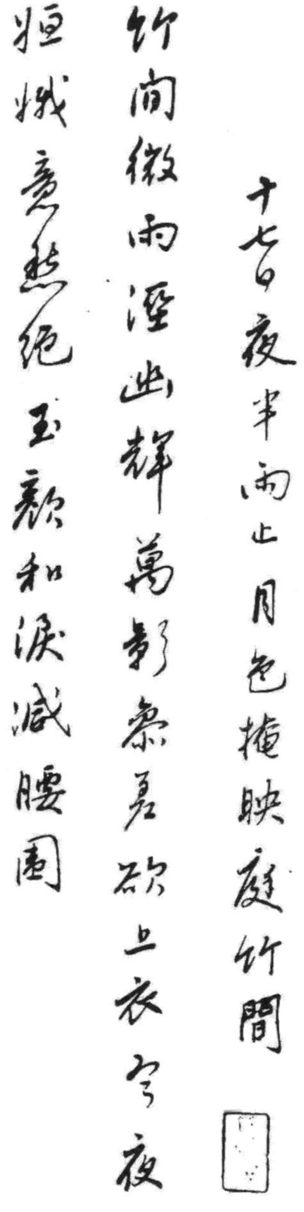

十七日夜半雨止月色掩映庭竹間

竹間微雨溼幽輝萬影參差欲上衣今夜
姮娥應悲絕玉顏和淚減腰圍

十七日夜半雨止月色掩映庭竹間

春晴

宵来魂夢帖小枕知雨味晨風喚我起庭宇已
清霽垂檐柳絲重礙砌榆錢膩槿煙搖深
青近露泫微紫娟、蕙蘭花素心禁盥洗
青条已紛披玉立終不倚張檗歷小挂几
聊差亦喜会董空谷间清風亦時至
褰衣入深林柯葉互虧蔽輕陰飾日影樂
此鳥聲碎鵲躍無定枝燕歸有完壘布

春晴

穀尚丁寧 提壺已微辭 荒蹊多伏莽 閣閣相
鼓吹 積潦動群蛙 嘓嘓亦不已 可憐聽者
欲洗箏笛耳
萬物樂新晴 亦如人望治 地毛猶未燥 群動
颯颯 林間蜂蝶亂 水漲鷺鴨悠 病蟲蝕敗
葉 饑雀啄殘蕊 端涎巧讓敵 蛛網映待餌
蝸涎蚓忘疲 戴粒蟻盡瘁 艱難惟一飽 擔
擾乃如此 芳生困其所 蠖屈定非計

積雨綠蕪畦生事雜芳穢野草既滋蔓勢

欲卷千里蕭艾亦有花風日還自媚平生歲

寒姿至此寧獨異老松瘦霜皮菌蕈吾瘢痕

寒梅最孤峭磊砢已多乎修竹緣墻隈根荄

皆怨起大哉此春雷一震興百廢

熱甚既而得雨夜坐東軒作

土田龜坼苗將枯桔槔鶴軋如哀呼蝦蟇吻燥

作牛喘負背欲死思泥溼長空焚焚三足烏直

以碧落爲紅鑪收雲入甑炊作雨十里山水生

模糊菰蒲軒舞風來蘇楄椰放浪無因拘老

檜偃蹇蒼篔簹長松揮灑亦自如夜深微光

來庭除碧梧翠篠膏沐餘輕涼漸生清露珠

繁星缺月如顆盧天孫襆帔蔚藍裾佩以玉

熱甚既而得雨夜坐東軒作

玦纍明珠此時花木靜而姝天地萬物咸相娛
翠魚紛嬉紫菱角粉蝶悄立紅蓮鬚我亦跂
腳牆東隅流螢熠熠照觀書

雜詩

處事期以勇持身期以廉責己既已周責人斯
無慊水清無大魚此言誠詹詹汚瀦蚊蚋聚暗
蝦蚘蠍潛哀哉亦寬大往以便群僉燭之以
至明律之以至嚴為善有必達為惡有必殲
由來狂與狷二德常相兼

雜詩
處事期以勇

重過堅底古寺

薝蔔花開古寺東菩提依約舊遊蹤迢迢遠
浦乘潮月謖謖踈林隔水風梵唄已隱鳥雀靜
征衣猶映芰荷紅牧童黧面吹橫笛象背徜
徉興未窮

重過堅底古寺

海上

明明天邊月
藹藹海上波
白雲與與潔
清風與與和
有如赤子心
萬華相涅磨
憂患雖已深
坦白仍靡它
君看寒光澈
碧海與銀河
一葦縱所如
萬里無坎軻

海上
明明天邊月

湖上

一葉煙波萬疊間垂綸端爲釣潺湲暫留殘
照天邊樹盡抹微雲雨後山隱霧偶隨黃犢
遠空風帆與白鷗閒湖光入夜尤奇絕指點
秋星久未還

湖上

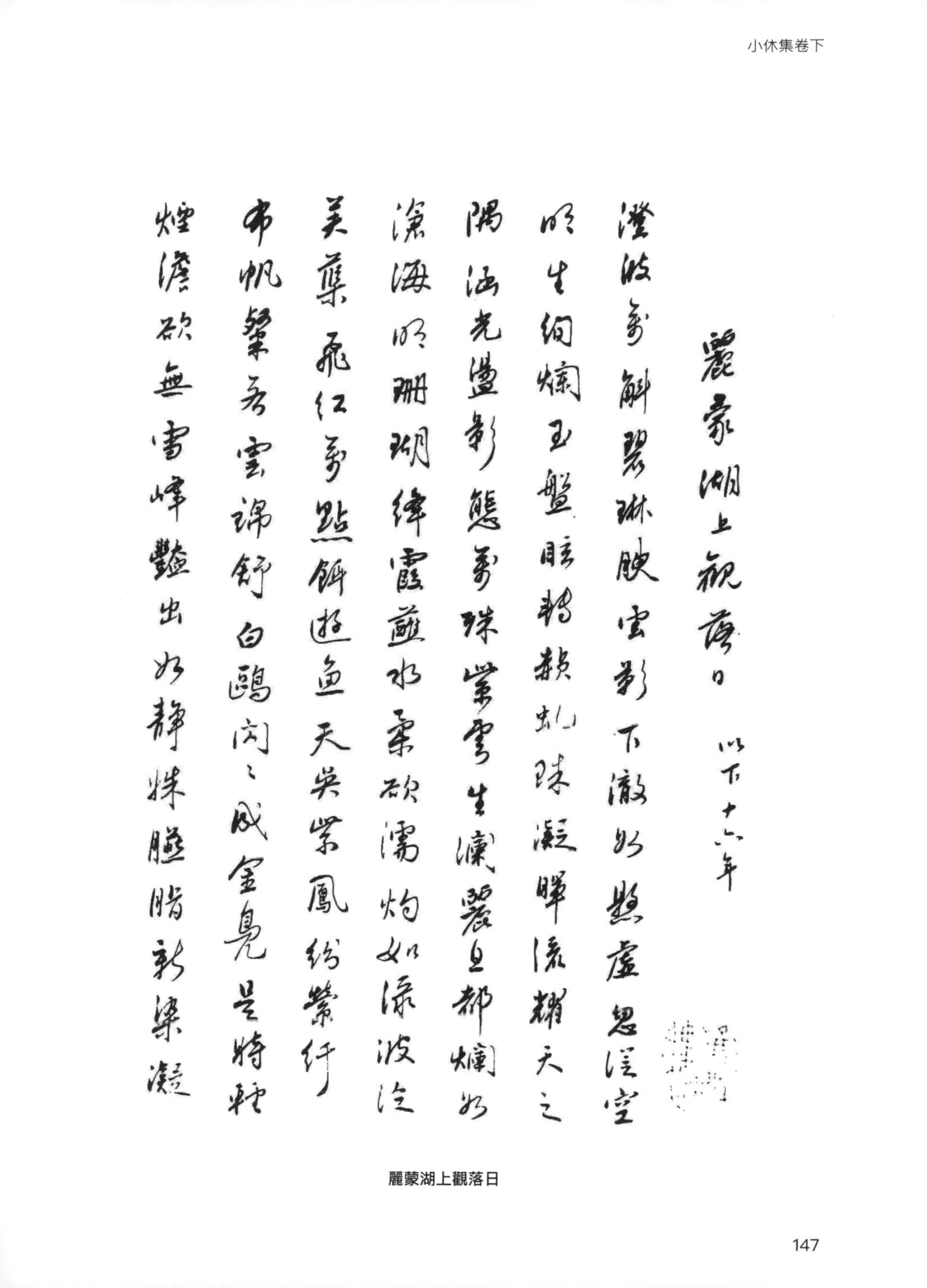

麗蒙湖上觀落日

脂膚微滿欲動融紅球鏡中眉樣畫不如
清暉玉色長相換中流雙楫何行徐天空
流溢相吹噓宣作光華難具摹幽閒潛淹意
有餘蒼然暮色來須臾深葉燈火生模糊疏星
缺月良相須照我藜杖歸還廬

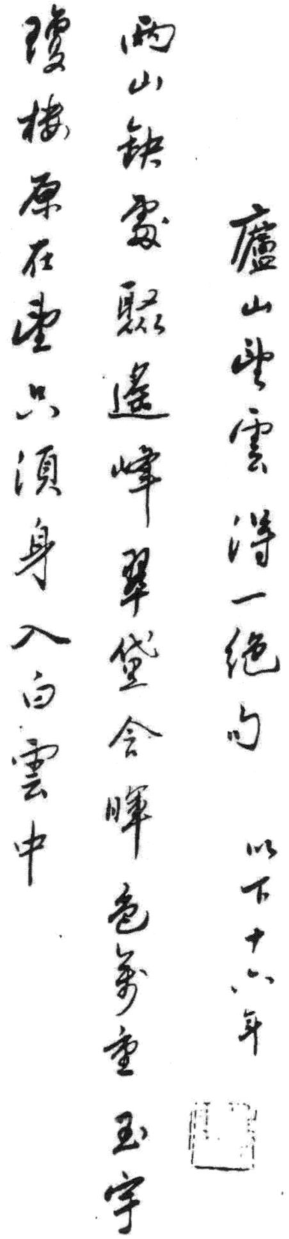

廬山望雲得一絕句

以下十八年

兩山缺處懸遙峰
翠黛含暉色氣重
玉宇瓊樓原在畫
只須身入白雲中

廬山望雲得一絕句

海上

銀漢迢迢玉宇恢 夜深風露滌餘埃 此心淨似
冰蟾潔 曾躍滄溟萬里來

海上
銀漢迢迢玉宇恢

題畫梅

繁英若飛瓊
老柯如屈鐵
持此歲寒心
努力戰風雪

題畫梅

海上觀月

海風吹出月好好一片清光不可濡上下翻飛何所似漾波蕩漾白芙蕖

海上觀月

舟中感懷

倚欄惟見水無垠
天海邊涯一線分
渺渺漁波峰戴雪
沉沉暝色岫連雲
佳兵似火終難戢
止亂如絲祗益棼
惆悵風濤作松籟
夢回猶認故山聞

舟中感懷

白蓮

澹然相對蘊皆空坐久微馨偶一逢玉骨冰肌
塵不到亭亭臨標月明中

白蓮

海上雜詩

朝暉流影入雲羅盡斂風紋似鏡磨一種清明
和悅意欲將坦蕩託微波
碧浪千層天四圍斜陽欲下尚依依輕舟驚起潛
魚夢隊隊凌波作燕飛

海上雜詩

春歸

幾日棠梨爛熳開，春歸重對舊池臺。情隨芳草連天去，夢逐輕鷗拍水回。飛蝶便應寂寥慣，墜紅猶復絢蒼苔。梧桐拱把清陰好，還記年時手自栽。

春歸

題畫　以下十七年

水精簾押盪微風玉色清輝掩映中月即是人人是月一時人月已交融

題畫
水精簾押盪微風

比那蓮山水之勝前遊曾有詩紀之自西班
牙橋泝瀑流而上攀躋崎嶇山徑間可六七
里得一湖其上更懸瀑布二更上則雪峰際
天矣此前詩所未紀也今歲復遊補之如
次

峨峨青芙蓉去天不盈尺一水孕其內湛然作寒碧
水光照峰影縹緲互明滅有如置明鏡倒映天際
雪雪花飛入水水與雪同潔又如拓金盤於此

比那蓮山水之勝前遊曾有詩紀之自西班牙橋泝瀑流而上攀躋崎嶇山徑間可六七里得一湖其上更懸瀑布二更上則雪峰際天矣此前詩所未紀也今歲復遊補之如次

承玉液昔聞太華頂天池中蕩漓此水將毋同終
古流不息挽彼天上泉灑此山中石蕩為千頃波
掛之萬仞壁遂令百里內變化杳難測連峰走
風雨晝夜鳴霹靂我來臨清流毛髮為灑淅水
面如鏡磨水心如箭激迴飈之所薄巉刻露山骨
谷風挾陰冷白日濛無色玫檝湖山舟復想巖下
穴石危松不撓雷決花更深悠悠去心雲苒苒斷
腸碣攀星揭中夜下聽衆流咽

湖濱危石突出上植一碑昔有英人夫婦
新婚旅行泛舟於此溺焉湖境既清對此
碑益增遊人感喟

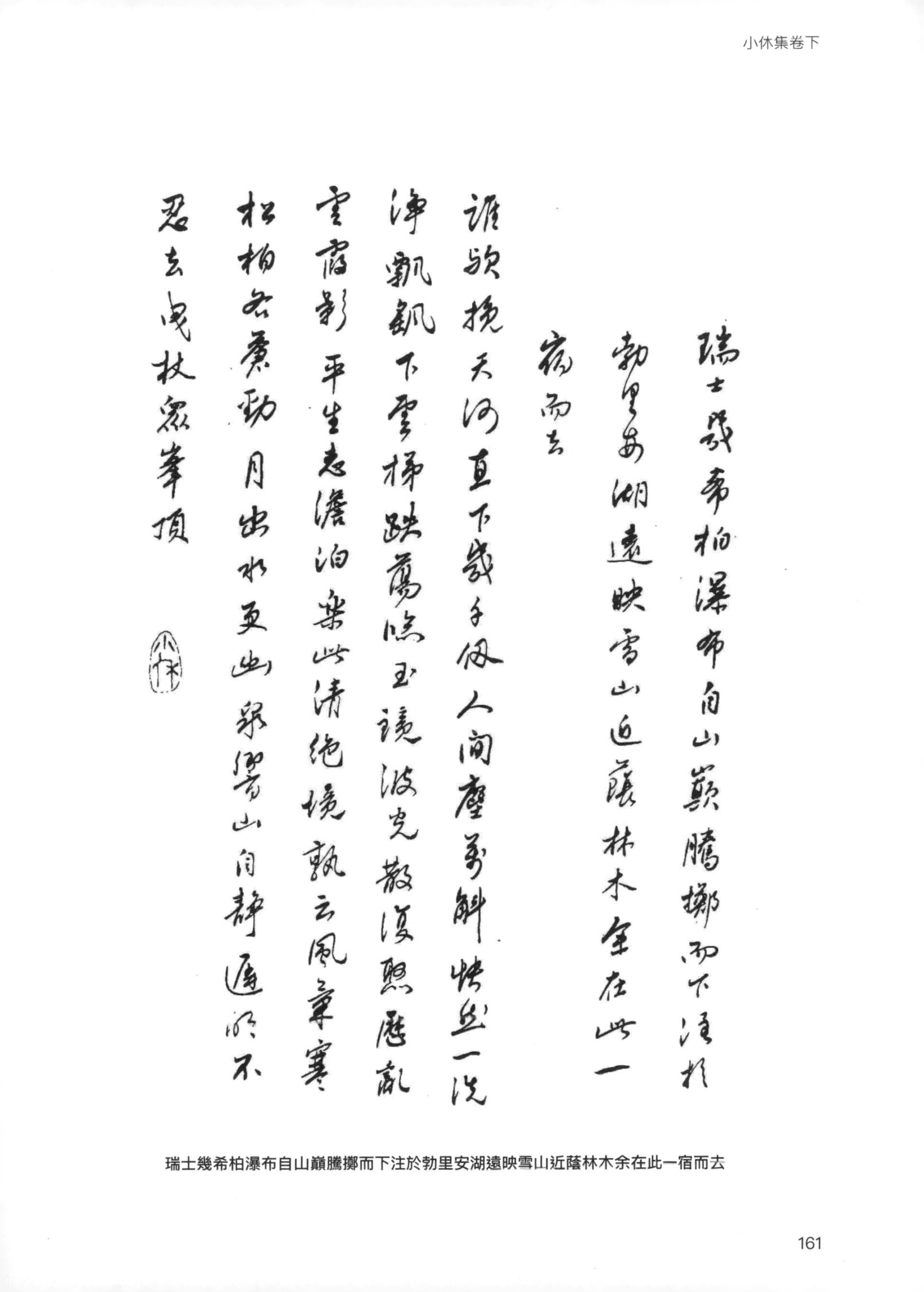

瑞士幾希柏瀑布自山巔騰擲而下注於勃里安湖遠映雪山近蔭林木余在此一宿而去

秋夜　以下十八年

夜聞霜林號，撼枕百憂集。朝來天地間，凜凜見寒
色。商飈一何迅，掃此流塵積。蘐憂每如此，摧陷
苦不力。學道無窮限，勢若常相厄。崎嶇蟻負重，
飄瞥駒過隙。寧無欲速意，所戒在枉尺。不勞而
可獲，失之未云惜。短檠不我棄，朝夕伴矻矻。

秋夜
夜聞霜林號

譯囂俄共和二年之戰士詩一首

吁嗟共和二年之戰士，吁嗟白骨與青史，萬人之劍齊出匣，誓與暴君決生死。暴君流毒遍四方，曰普曰奧遙相望，秋而斯興蘇多穆，就中北帝尤披猖。此輩封狼淫瘈狗，生平獵人如獵獸，萬人一怒不可回，會看太白懸其首。

漫漫歐陸苦淫威，孰往摧之無健兒。嘆惜猛將為指揮，步兵塞野如雲馳，鐵騎蹴踏風為靡，萬眾

譯囂俄共和二年之戰士詩一首

一心無詭隨塊然澒海蟠蛟螭與子偕行兮和子以
歌大無畏兮死靡它徒跣不怛霜露多爲子捧日
揮天戈

日之所出日之所沒南斗之南北斗之北山之高水之
深何處不有吾健兒之足跡綠泱泱槍荷於肩提
襟蔽胸時已穿晝不得食兮夜不得眠身行萬里
無歸休意氣藹藹不知愁試吹調角聲啾啾有如
天魔與之游

健兒胸中何所蓄自由之神高且穆誰言艦隊雄
截海歸掌握誰言疆場蔽鞾尖供一蹴吁嗟吾
國由來多瑰奇男兒橫闖如虹霓君不見祖拔
將軍破敵阿狄江之上又不見馬索將軍擁兵
萊茵河之湄
聲張先登說無前突騎旁出摧中堅進奔冒
雨復犯雪水深及腹無迴旋受降城外看衝
壘鼓吹聞營森列戰王冠委地如敗葉付與

秋風掃蹤跡

健兒一身經百戰英姿颯爽眾中見目炬爛如巖

下電短髮蓬蓬風採面神光朗照卓立迴高

標有如猿猴一躍驚岩嶤忽鬣嘯吸風叢叢

壯懷激越臨沙場雄聲入耳如碎狂甲及相觸

生理諦讀歌傳翼隨風揚鼓聲繁促笳聲長

間以彈雨聲滂滂有如雷霆百萬強喑嗚叱咤

毛髮張嗚呼嘉然長嘯者何聲赫尼偉將軍

死貓生

革命之神慨然而長呼蒼生債此皆泥塗誰無伯叔與諸姑趣往救之切蹂躪軀殼雖珍心魂愉健兒聞之喜萬口同一唯相將赴死如弗及前者雖仆後者繼呼嗟乎孰言窮黎太所僇君看趯倒地球如蹴鞠

生平不識畏懼與憂患力淂長夜求平旦由來衆志可成城端賴一身都是膽吾知之神淂指

魔百難千災從不辭若云無私在天路便當

些子簡雲去

遊春詞

花枝紅映玻璃鏡雜遝遊人笑語和我更向花深禱告折花人少種花多

千紅萬紫多成行日暖林塘鵓鵓急此際園丁高枕臥遊人自為看花忙

藤竹蕭森石徑斜結隣三五盡田家遊人去後黃蜂靜付與村童掃落花

積雨初霽偶至野橋即目成詠

以下十九年

迴澗初蘇柳餘寒尚噤鶯天仍含宿雨人已樂新晴負笈兒趨學提籃婦饁耕尋常墟里事入眼總怦怦

積雨初霽偶至野橋即目成詠

金縷曲

余居北京獄中嚴冬風雪夜未成寐忽獄卒推余示以片紙皺摺不辨行墨就燈審視赫然冰如手書也獄卒附耳告余此紙乃傳遞展轉而來促作報章余欲作書懼漏洩倉猝未知所可思憶平日喜誦顧梁汾寄吳季子詞為冰如所習聞欲書以付之然馬角烏頭句為人所熟識且非余意所欲出乃匆匆塗改以成此詞

金縷曲

別後平安否

以冰如書中有忍死須臾云云慮其留京
實禍故詞中峻促其離去冰如手書留之
不可棄之不忍乃咽而下之冰如出京後
以此詞示同志遂漸有傳寫者在未知始
末者見之必以余為勦襲顧詞矣此詞無
可存之理所以存之者亦藉以明書之淑意
云爾

別後平安否便相逢淒涼萬事不堪回首國
破家亡無窮恨禁得此生消受又添了離

愁萬斗眼底心頭如昨日訴心期夜夜常攜手
一腔血爲君剖　淚痕料漬雲箋透倚寒衾
循環細讀殘燈如豆留此餘生成底事空令
故人僝僽愧戴卻頭顱如舊跋涉關河知
不易願孤魂繚護車前後腸已斷歌難又

念奴嬌　偕冰如泛舟長江中流賦此

飄颻一葉，看山容如洗，波痕如簟。誰道長江千里直，盡入襟頭舒卷。暮靄初收，月華新浴，風定波微翦。儘教揮手，雲帆與意俱遠。記否煙樹淒迷，年年飄泊，淚灑關河遍。恨縷纏綿千萬結，纜向東風微展。野蔬同甘，山泉分汲，衷快平生願。呢喃何語，掠舷曾笑雙燕。

此詞經冰如推敲再三然後定稿附記於此

念奴嬌

飄颻一葉

高陽臺

福州留別方曾諸妙弟且申相見之約

澹月流波明霞浴水釣絲微漾風前水遠天垂遙
憐遠樹如阡歸心已逐征颿去怎離魂轉更淒然
最難忘話雨燈痕臨水欄邊 年來聚散渾如夢
儘思隨帆積愁與情緜閱盡悲歡鼓山無限雲煙
西窗翦燭曾相約好凝眸天際歸船且安排翦
了園蔬引了流泉

高陽臺
澹月流波

八聲甘州

太平山園在四圍山色中隐水結構極自
然之美余游記中有句云坡巒起伏水
流隐以縈廻花木疏明波光蕩之映帶益
佳實也是日大雨衣履盡溼而遊興轉勝
爲賦此詞

纔輕雷送雨便蕭然晚涼滿人間看疏林風灑
平原暝合遠水煙迷是處鳴鳩相和底事語

八聲甘州
纔輕雷送雨

閒閒罨畫溪山裏褰袂人間　夢裏遊蹤曾記

試臨流照影綠上眉彎笑邊岑沈靜依約韓

雲鬟種腮微颭枝頭露似桃波醋面欲生寒

歸來後一鉤新月初上闌干

齊天樂

印度洋舟中

海波浮簸山如動孤舟已懸天半雲幕周遮星
河搖漾月黑淡燐零亂狂瀾正捲想海若頻
嚬魚龍未厭夢入空濛射潮強弩倩誰挽
溟河此時自遠謾無言徙倚清淚如霰萬里
波濤百年身世一樣蒼茫無畔憐無意漁蓑
浴羽魚間眠鷗與懶舊地憂來奈何空自嘆

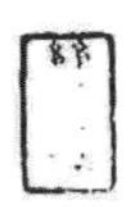

齊天樂
海波浮簸山如動

百字令

七月登瑞士碧勒突斯山巔遇大風雪

泠然風善思吹來人在廣寒深處應是仙峰天外
秀不受人間塵土四遠微花一襟縹緲自了山中
路披煙下壑青、鬟黛無數　還笑初識荷衣
又吟椰紫萬象更如許石磴幽花神自峭慣與
長松為侶張嶼如樽明湖似綫將把酡顏駐酒
雖夜白寒雲、枕下來去

百字令
泠然風善

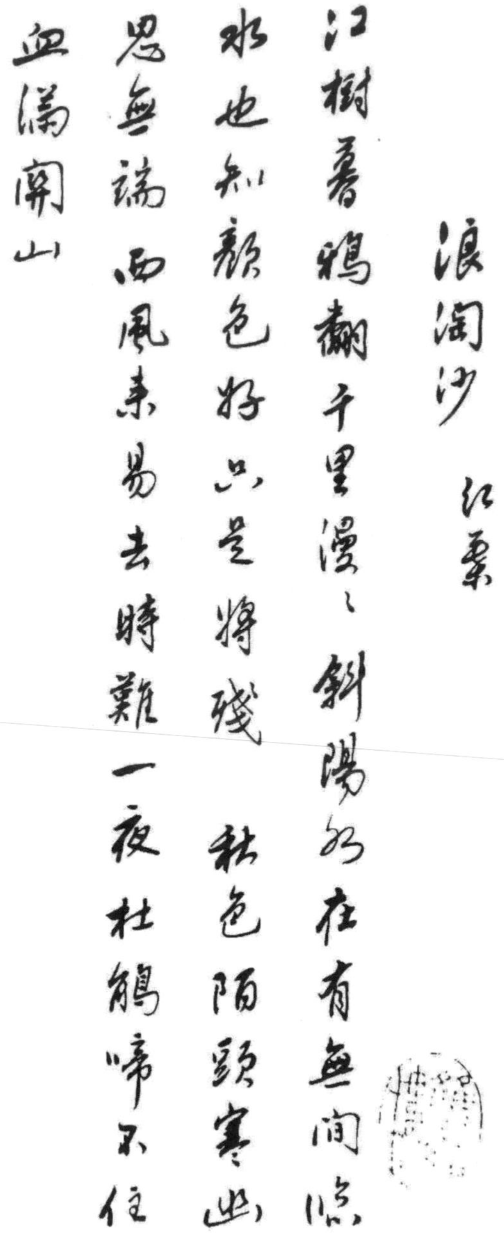

浪淘沙 紅葉
江樹暮鴉翻千里漫々斜陽猶在有無間點
水也知顏色好只是將殘 秋色陌頭寒幽
思無端西風來易去時難一夜杜鵑啼不住
血滿關山

浪淘沙
江樹暮鴉翻

蝶戀花

昨日得國內友人書道時事甚悵惘

因賦此

雨橫風狂朝復暮入夜清光耿耿還如故抱得
月明無可語念他憔悴風和雨　天際游絲無
定處幾度飛來幾度仍飛去底事情深愁
亦妒愁絲和絆情絲住

蝶戀花
雨橫風狂朝復暮

高陽臺

冰如手遊西湖賦此

風葉書窗霜藤繡壁蕭疏近水人家初日詢
簾遠青恰映檐牙湖山已似曾相識況舊遊
人倚屏紗最句留泉冷風篁石醉煙霞
湖光不被芳隄隔但東西吹柳遠近浮花水
澹山柔輕煙暈出清華夷猶一棹凌波去
亂野鳧飛入蒹葭夜如何皓月當頭照澈

高陽臺
風葉書窗

蝶戀花

昔聞展堂誦其中表文芸閣所為詞有一寸山河一寸傷心地之句未嘗不流連反覆感不絕于心近得雲起軒詞讀之則似已易為寸寸關河寸寸銷魂地顧二語意境各殊不能無割愛之憾余今日度遼所經行地觸目怵心不忍殫述爰就原

蝶戀花

雪偃蒼松如畫裏

而足成此闋點金之請所不敢辭掠美之愆庶幾知免云尔

以下十一年

雷偃蹇松如畫裏一寸山河一寸傷心地浪齧岩根危欲墜海風吹水都成淚　夜涉冰澌尋故壘冷月叢叢照出荒年事　萬塚老狼魂亦死髑髏奮擊發風起

蝶戀花

大連曉望

客裏登樓驚信美雪色連空初日還相媚玉
水含暉清見底鷗峰一一生霞綺　水繞山
橫仍一例昔日蠻邨今日鮫人市無限樓臺
朝靄裏風光不管人憔悴

蝶戀花
客裏登樓驚信美

采桑子　以下十二年

人生何苦催頭白　知也無涯　憂也無涯　且趁秋晴看落霞　春花讓出湖山美　纔見開花　又見飛花　潦草東風亦可嗟

采桑子
人生何苦催頭白

綺羅香

冰如有美洲之行賦此送之

月色輕黃花陰淡墨寂寂春深庭戶自下重
簾不放游絲飛去博今宵絮語西窗拚明日
消魂南浦最憐他兒女燈前依依也識別離
苦　蕙花煙水萬里好把他鄉風物自溫情
緒柁尾低飛空妒煞閒鷗鷺當海上朝日
生時是江東暮雲低處正悄悄梅子初黃

綺羅香
月色輕黃

小樓聽夜雨

齊天樂

過鴉爾加松故居

蔚藍不被纖雲染輕飈捲來秋爽遠岫如煙平
沙似雪人與白鷗同放漁歌晚唱看一棹歸
來釣絲微漾殘日搖明墨新月已東上源波潛
出相向似依依繪出當日情狀草徑全荒松扃
盡長只有青山無恙臨風悵惘儘馬策攜門
塵封蛛網落葉蕭蕭亂蟬空自響

齊天樂
蔚藍不被纖雲染

晉羊曇為謝安所器重安居西州門
安既殁曇不敢過西州門一日大醉徑
詣城下左右告曰此西州門也曇感慟
以馬策擿門大哭而去余過鴉爾加拓方
氏柳君瑛故居感不自勝故用此語

行香子

晶晶平川快雨初晴棹扁舟一葉風輕煙消雲碧雲斂遙青看半江霞烘素月作微赬明波如鏡平林倒照似蟾宮桂影縱橫冩盡元生風露泠泠儘月搖心波搖月兩無聲

行香子
晶晶平川

探春慢

風惜殘紅雨墻新綠又是一番天氣淺草鳴蛙浮萍照鴨各有十分生意誰道春歸了看滿眼芳菲水此空懷啼鴂多情聲聲為春憔悴　有識清和味好況野色晚來恬穆新霽薄靄收霏流虹散彩玉宇天然無滓一點谿山月曾照我杏花陰裏只顧清輝湛然不令心起

探春慢
風惜殘紅

浣溪沙

遠接青冥近畫闌，鷗飛渺渺不知還，陵高彌覺翠波寬。玉宇鮮澄新雨後，翠嵐融冶夕陽間，果然人世有清歡。

浣溪沙
遠接青冥近畫闌

百字令　蒙特雨山中作

蒼崖四合悄無人，雖見玉龍飛舞，夭矯盤紆行漸上，卻似凌崖潑墨，鬱鬱森森，連山嶺嶺，搽入雲濤去。一峰未沒，偶然好作孤注。　堪歎玉宇瓊樓，清寒如此，留得何人住。縱使素娥能耐冷，脈脈幽情誰訴。小亭歸來，殘雨猶在，滴滴沾衣露。曙霞紅映，霓裳應為君賦。

百字令

蒼崖四合

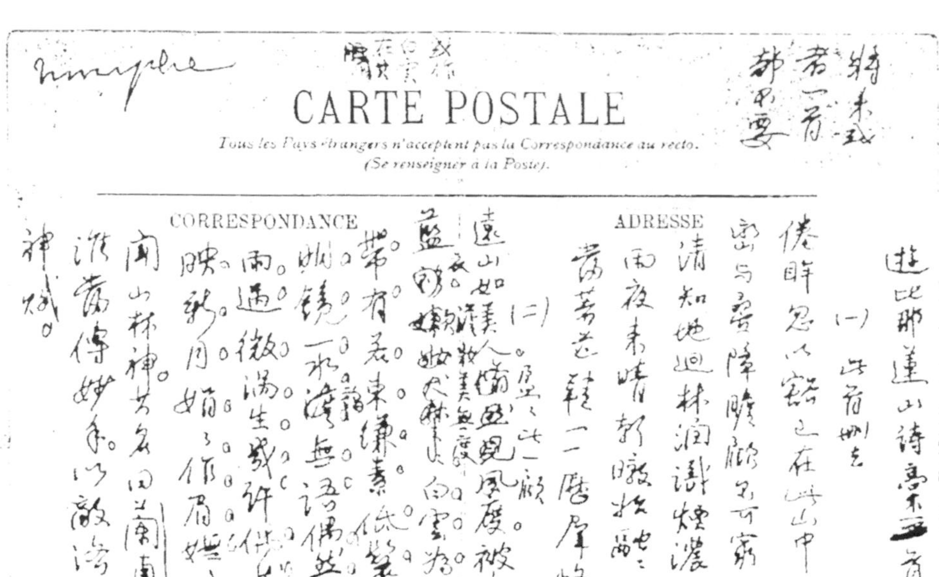

CARTE POSTALE

Tous les Pays étrangers n'acceptent pas la Correspondance au recto.
(Se renseigner à la Poste).

CORRESPONDANCE ADRESSE

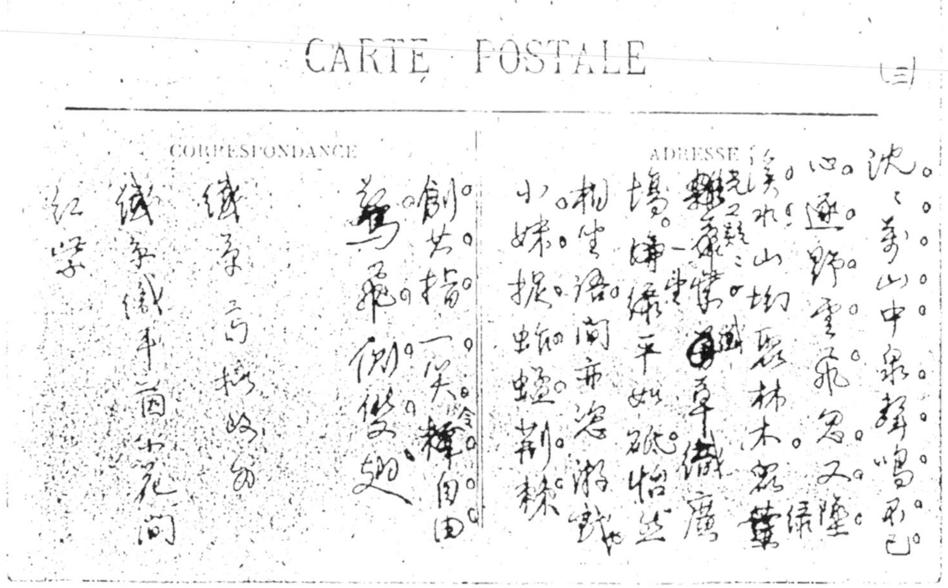

CARTE POSTALE

CORRESPONDANCE ADRESSE

比那蓮山雜詩
此首刪去、遠山、山中即事

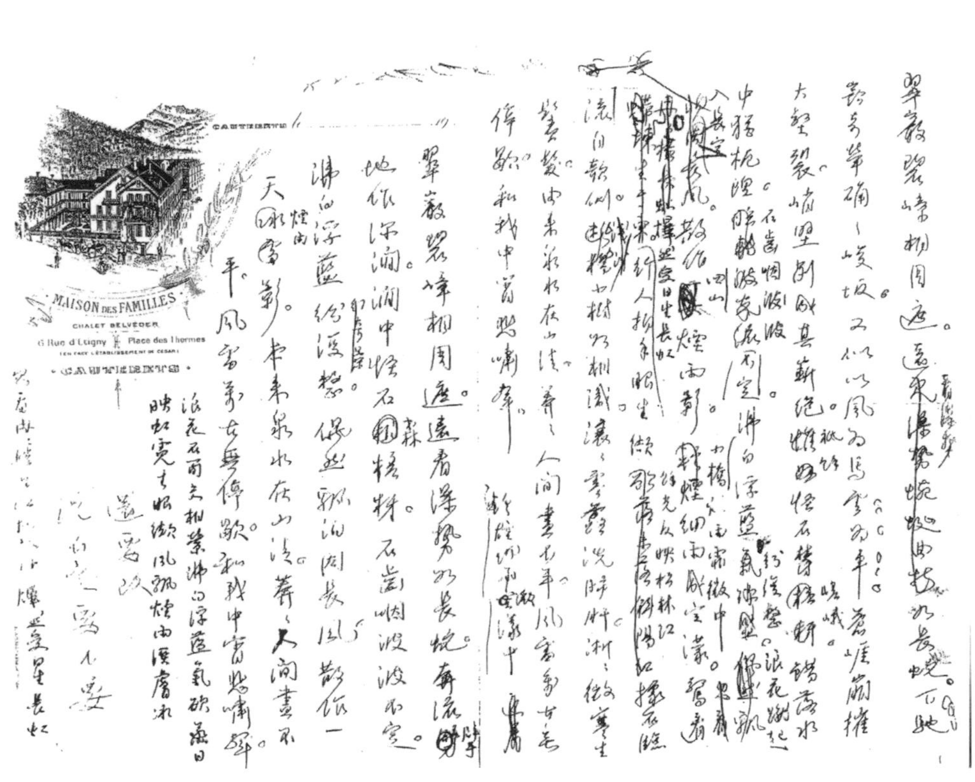

西班牙橋上觀瀑

此為掃葉集原稿之一部詩人吟咏亦必
原稿，求窺全豹，殆不可能，而斷錦零縑
尤覺珍貴。
「春雨」及「過巫峽」諸作，集中未載，更可
補刊本之不足。

何孟恒題識

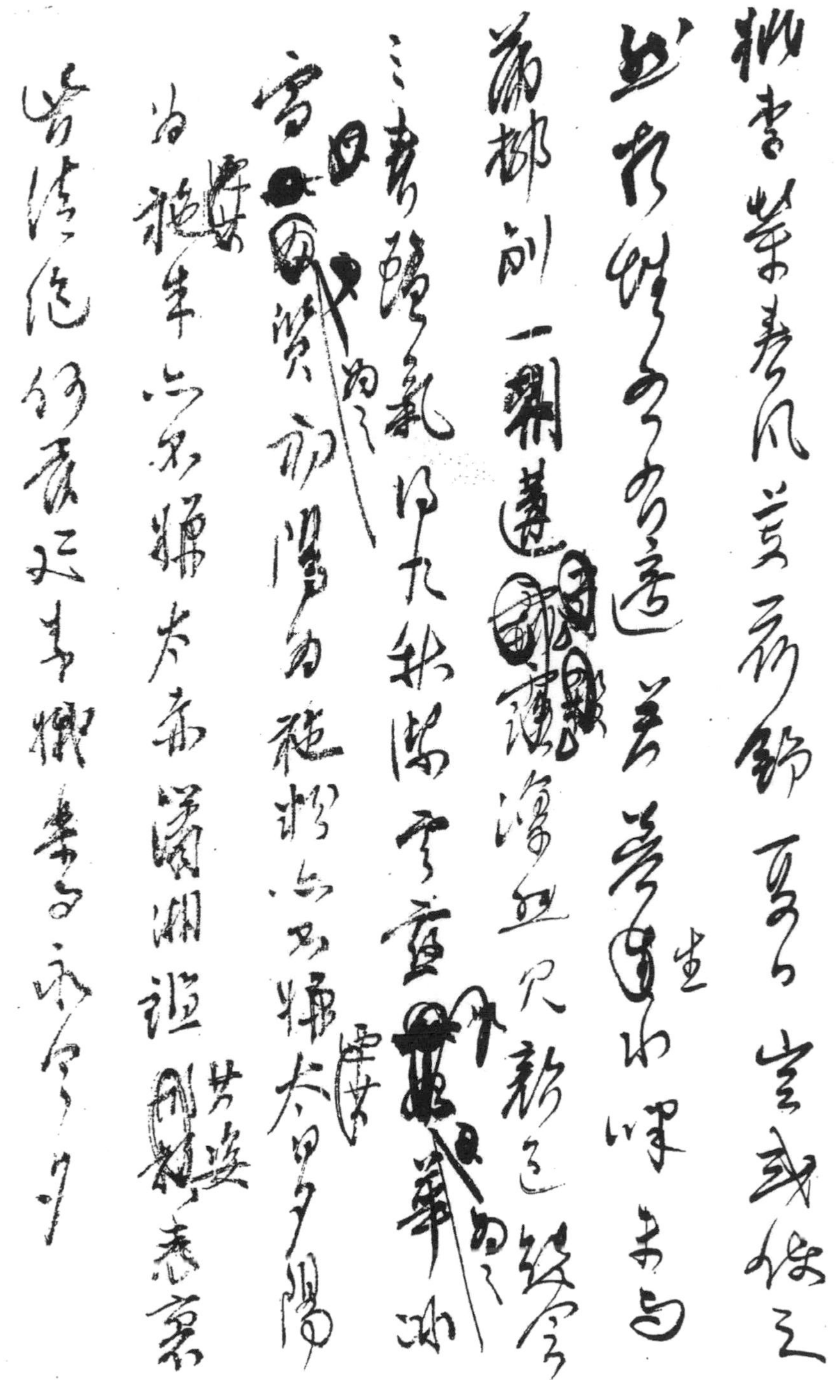

余詠木芙蓉有句云霜華為汝添顏色只合迎霜莫拒霜他日檢蘇東坡詩集有和陳述古拒霜花詩云喚作拒霜知未稱細思卻是最宜霜此誠所謂得句還愁後古人也因引申此義復成二首

（手稿僅存其一）

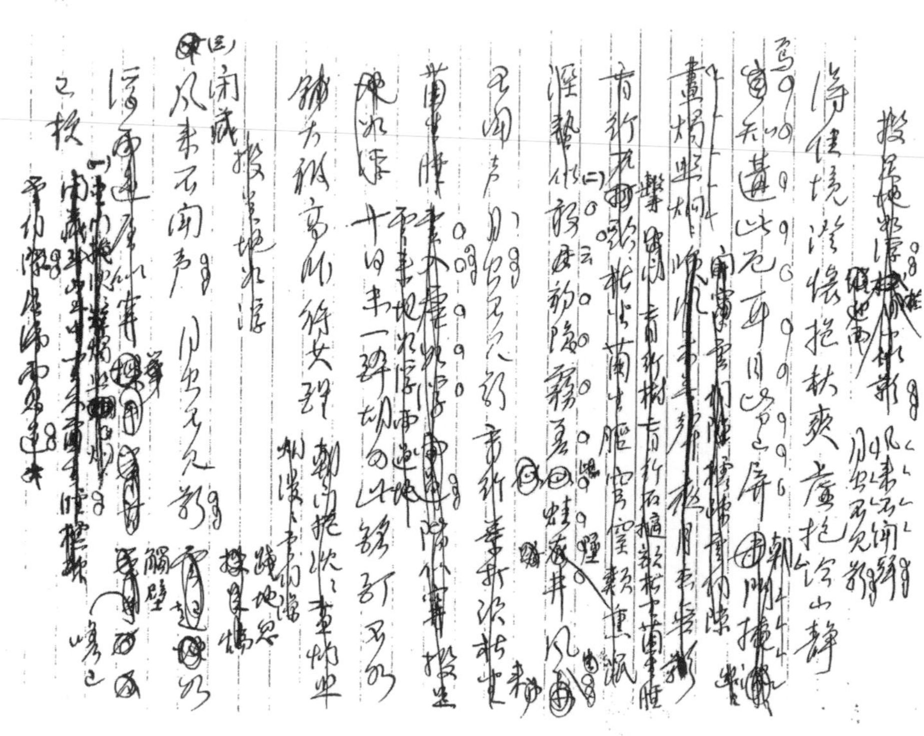

入山十日雨多晴少於其將去投以惡詩

入山十日雨多晴少於其將去投以惡詩

入山十日雨多晴少於其將去投以惡詩

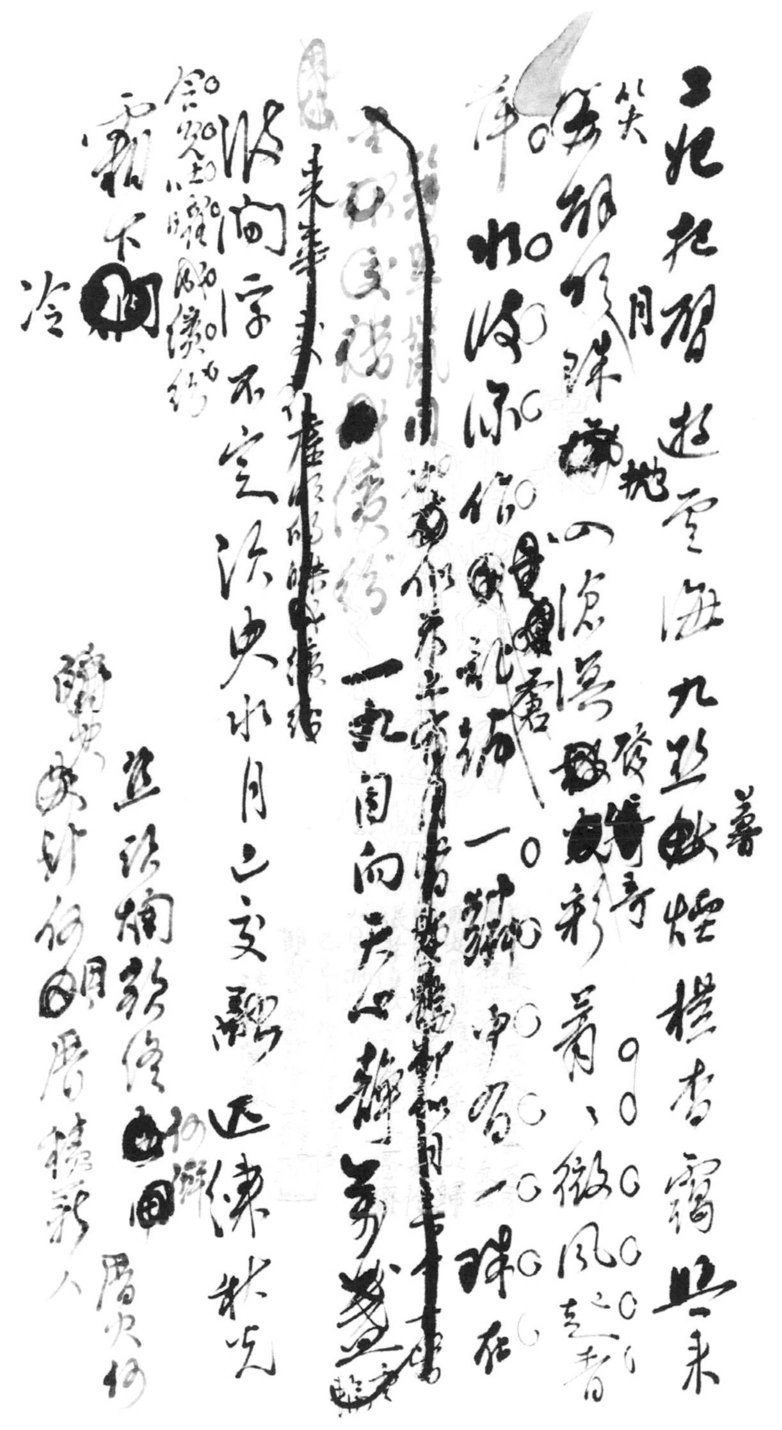

觀月戲作

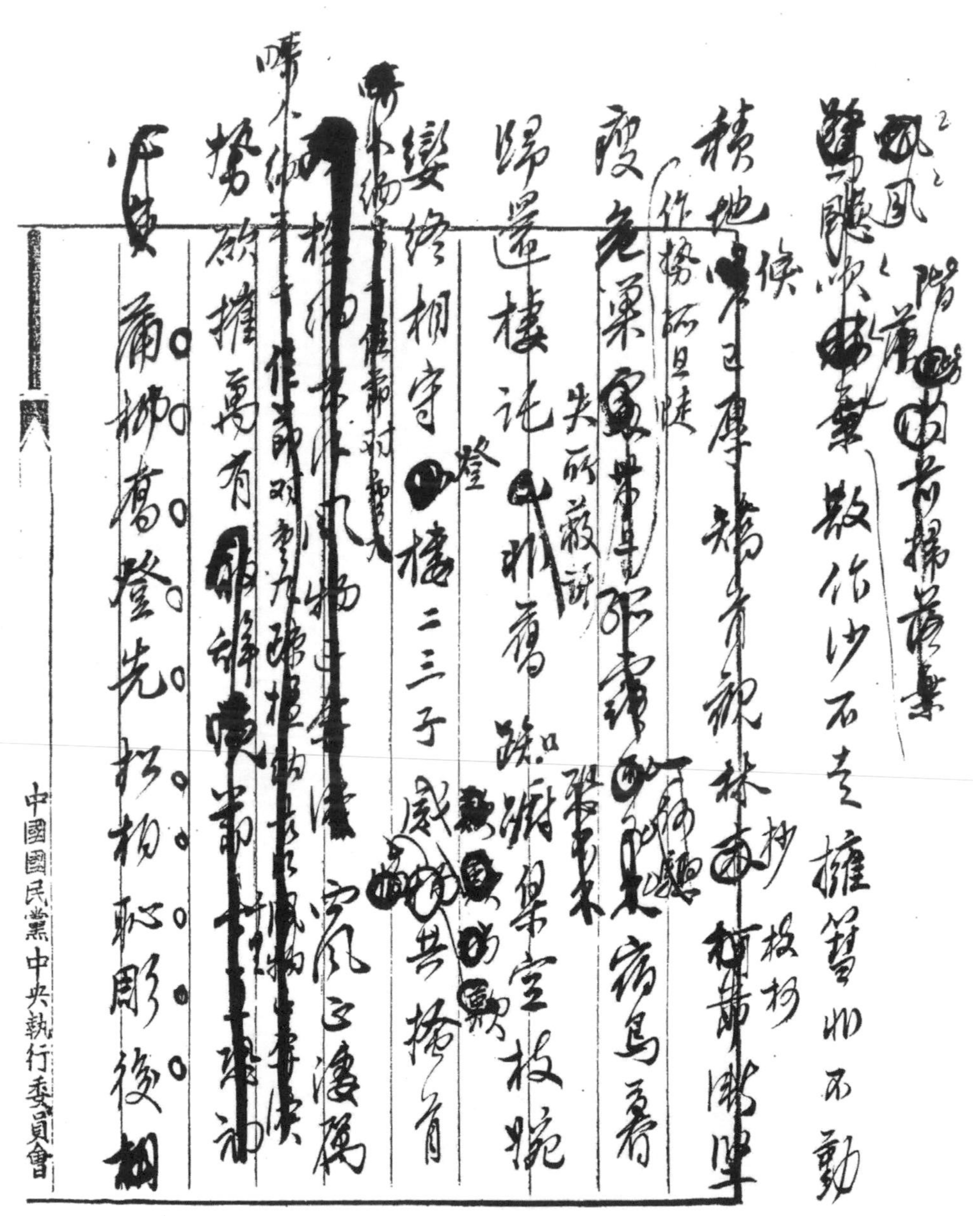
中國國民黨中央執行委員會

重九集掃葉樓分韵得有字

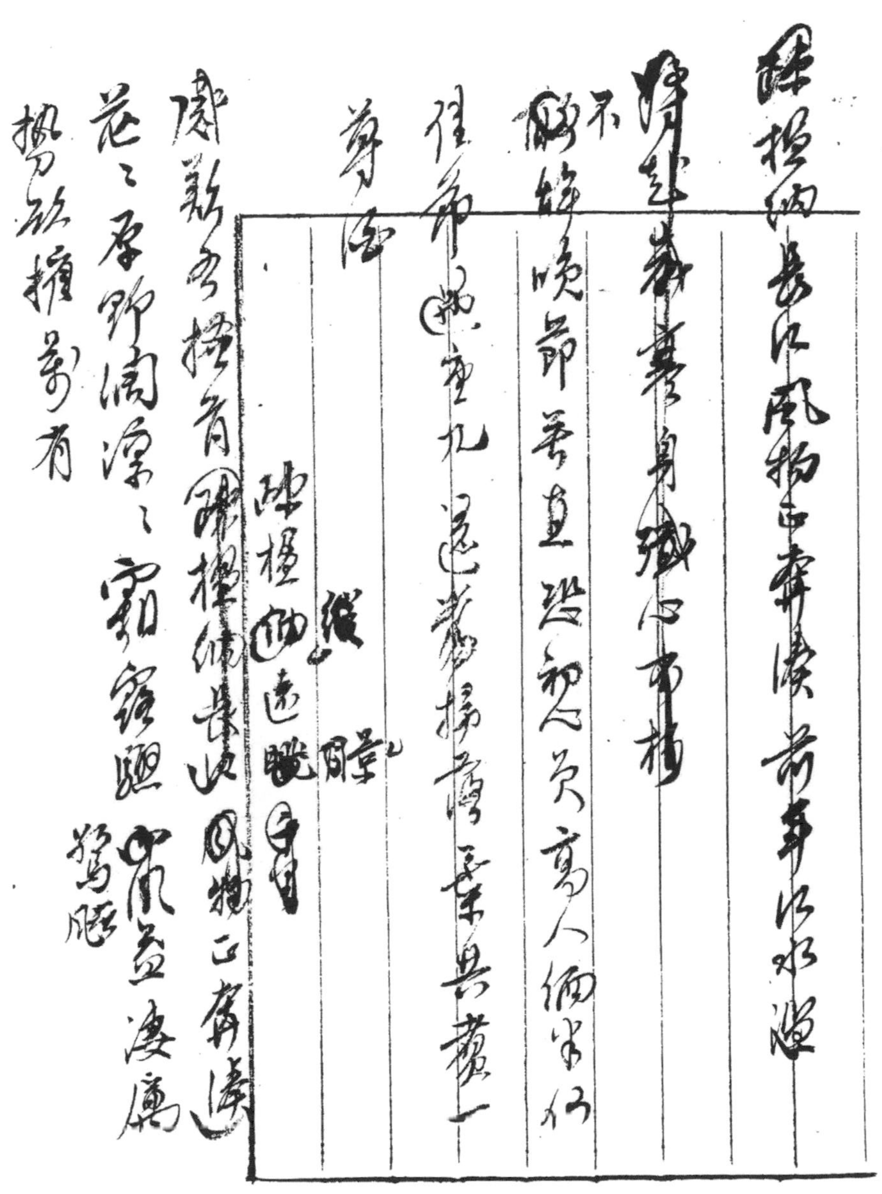

重九集掃葉樓分韵得有字

重九集掃葉樓分韻得有字

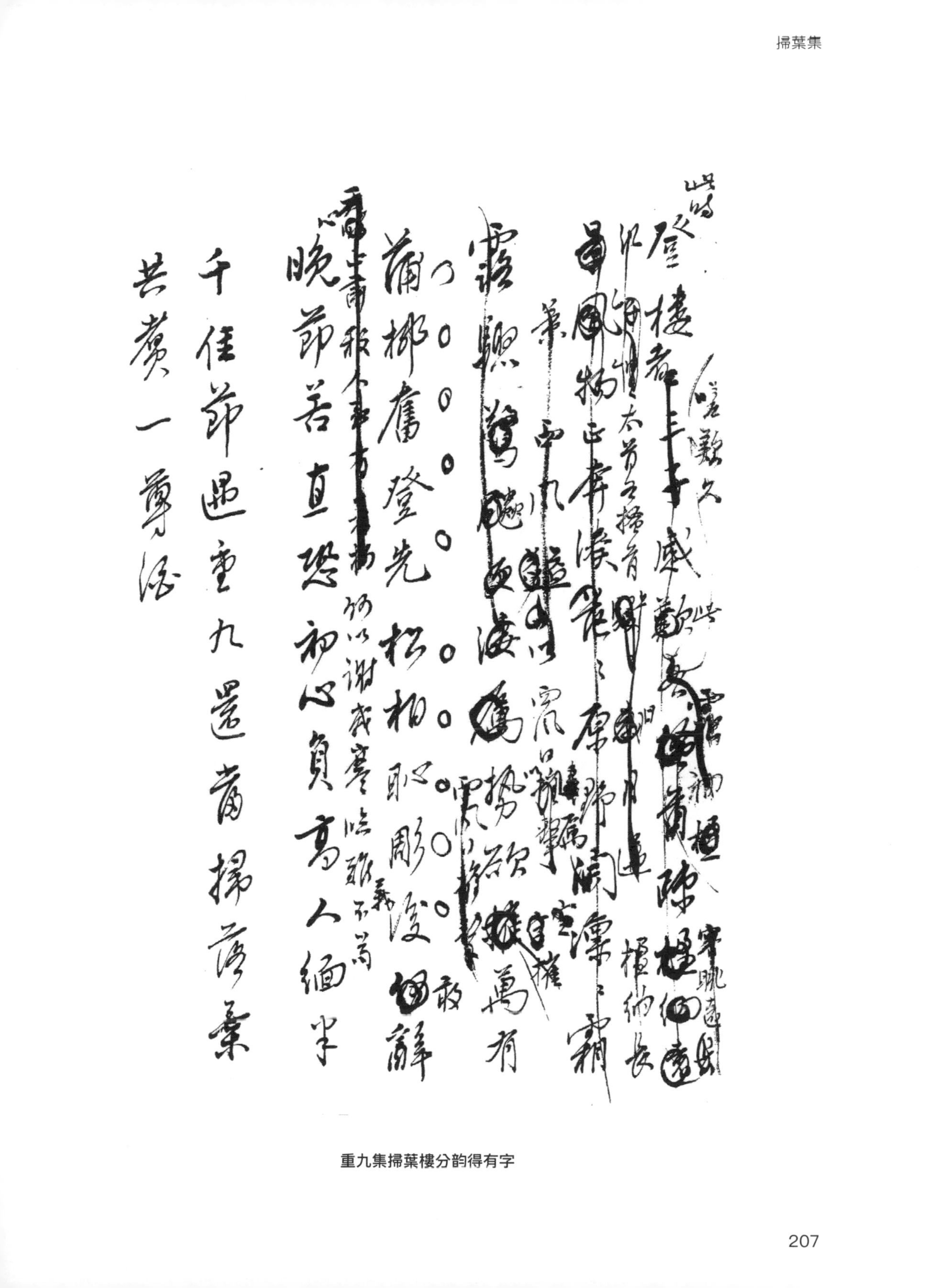

重九集掃葉樓分韵得有字

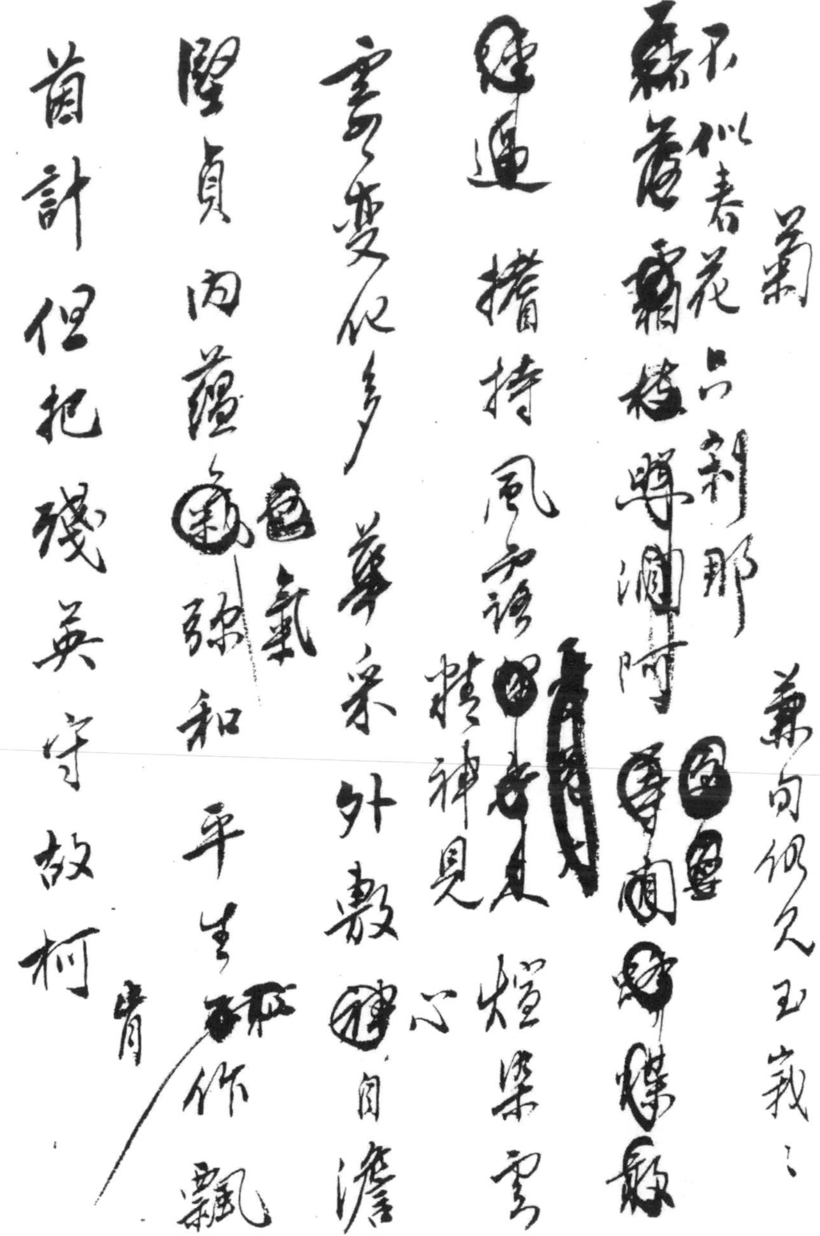

菊
爛熳花枝總刹那

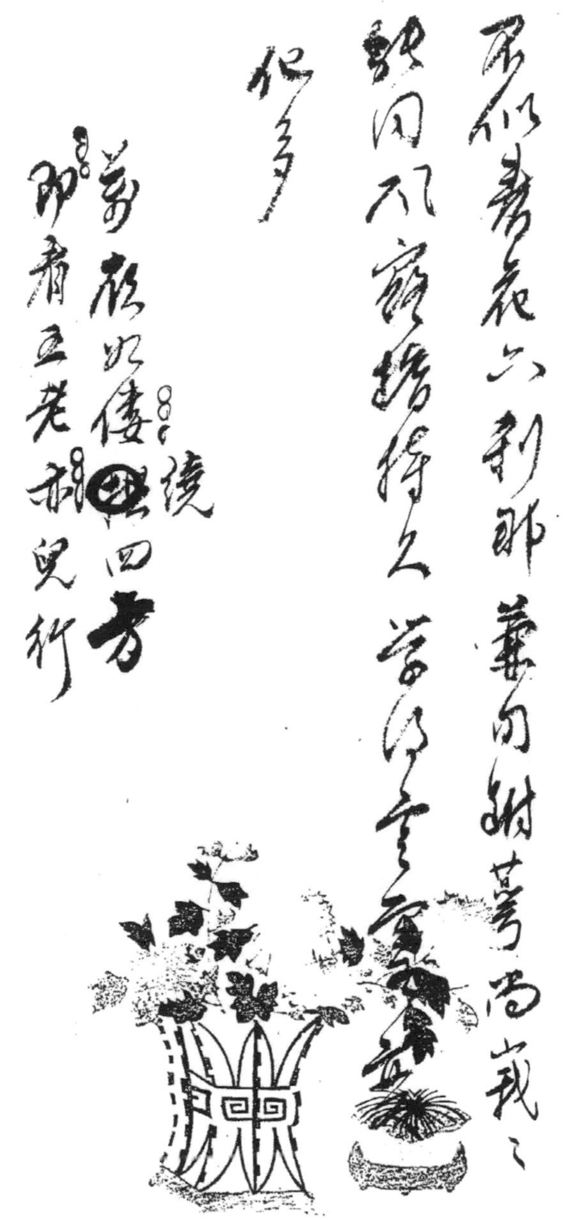

菊
爛熳花枝總剎那

菊

爛熳花枝總剎那東籬秋色獨
峨峨能同風露撐持久兼得雲
霞變化多華采外敷心自澹
黃貞內蘊氣彌和生平不作
飄蓬計只把殘英守故柯

菊
爛熳花枝總剎那

郊行

雨餘溝洫水泱泱

七月二十六日乘飛機至九江
望見廬山口占 別來七八
年矣

萬峰攢聚水縈迴 晴日穿雲出
翠開五老峰頭齊一笑故人天
外忽飛來

乘飛機至九江望見廬山口占一絕句蓋別來八九年矣

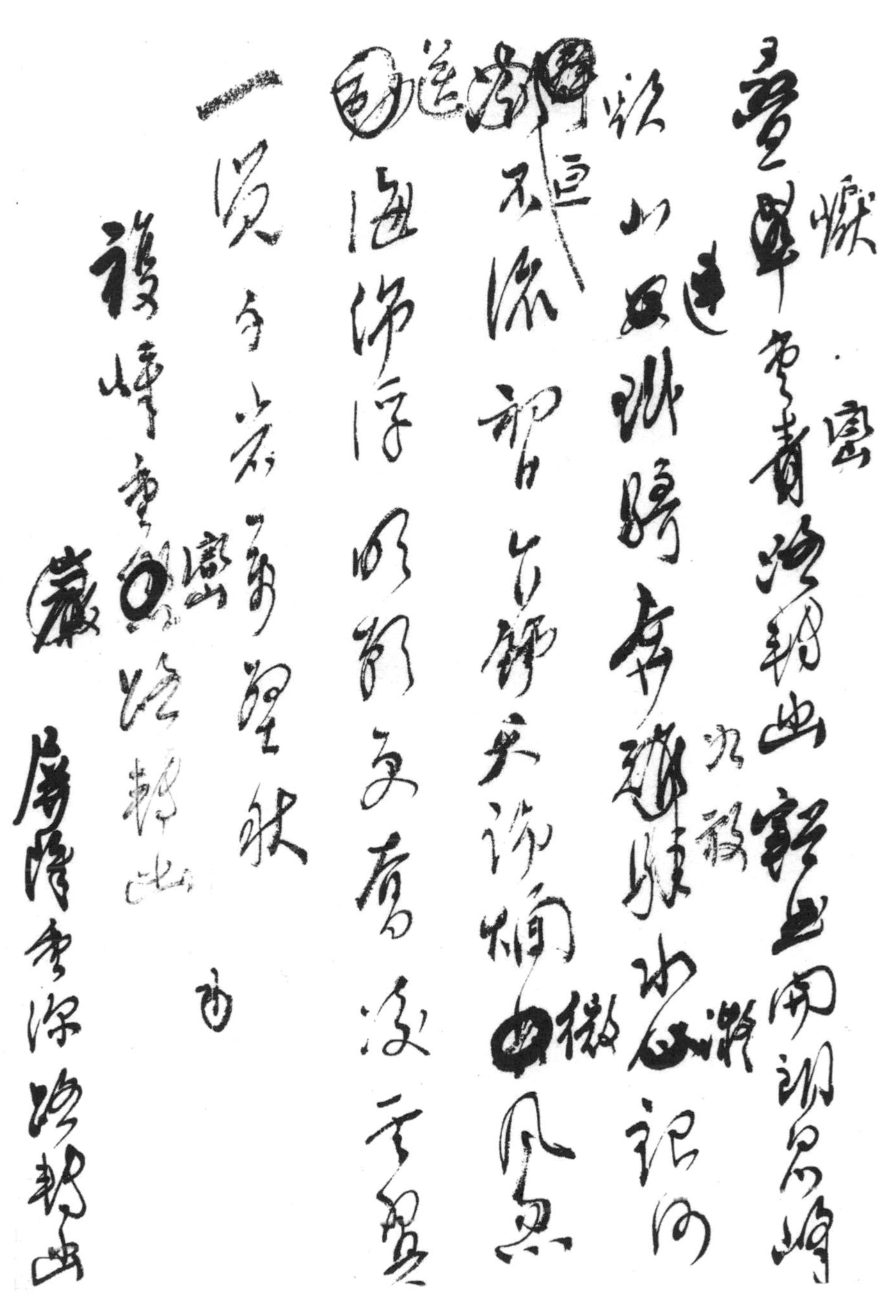

曉登天池山將以明日乘飛機發九江

曉登　將以次日乘飛機發九
江矣
屏峰重深路轉幽豁然開朗眾
峰頭山連鐵騎奔如放冰凝(亙)似
河亙(凝)不流和月飾天錦繡微
風急送海綿浮明朝更為凌雲
翼一覽千巖萬壑秋

曉登天池山將以明日乘飛機發九江

曉登

屏障森蒼路轉幽，谿巒開朗眾峰頭。
山連識騁奔如放，水凝認河靜不流。
初日乍舒天錦纏，微風忽送海綿浮。
明朝更奮凌雲翼，一覽千巖萬壑秋。

曉登天池山將以明日乘飛機發九江

晚眺

濯足龍宮興未休，天池曳杖更夷猶。
松門一一稅千騎，鷲花徑還同一鶴遊。
輕霧綠迷巖佛手，夕陽紅上石人頭。
秋來邱壑明如畫，抵得春時錦綉不。

自神龍宮登天池山，則佛手巖、人頭石、錦綉谷、松門、花徑諸勝歷歷在目

晚眺
濯足龍宮興未休

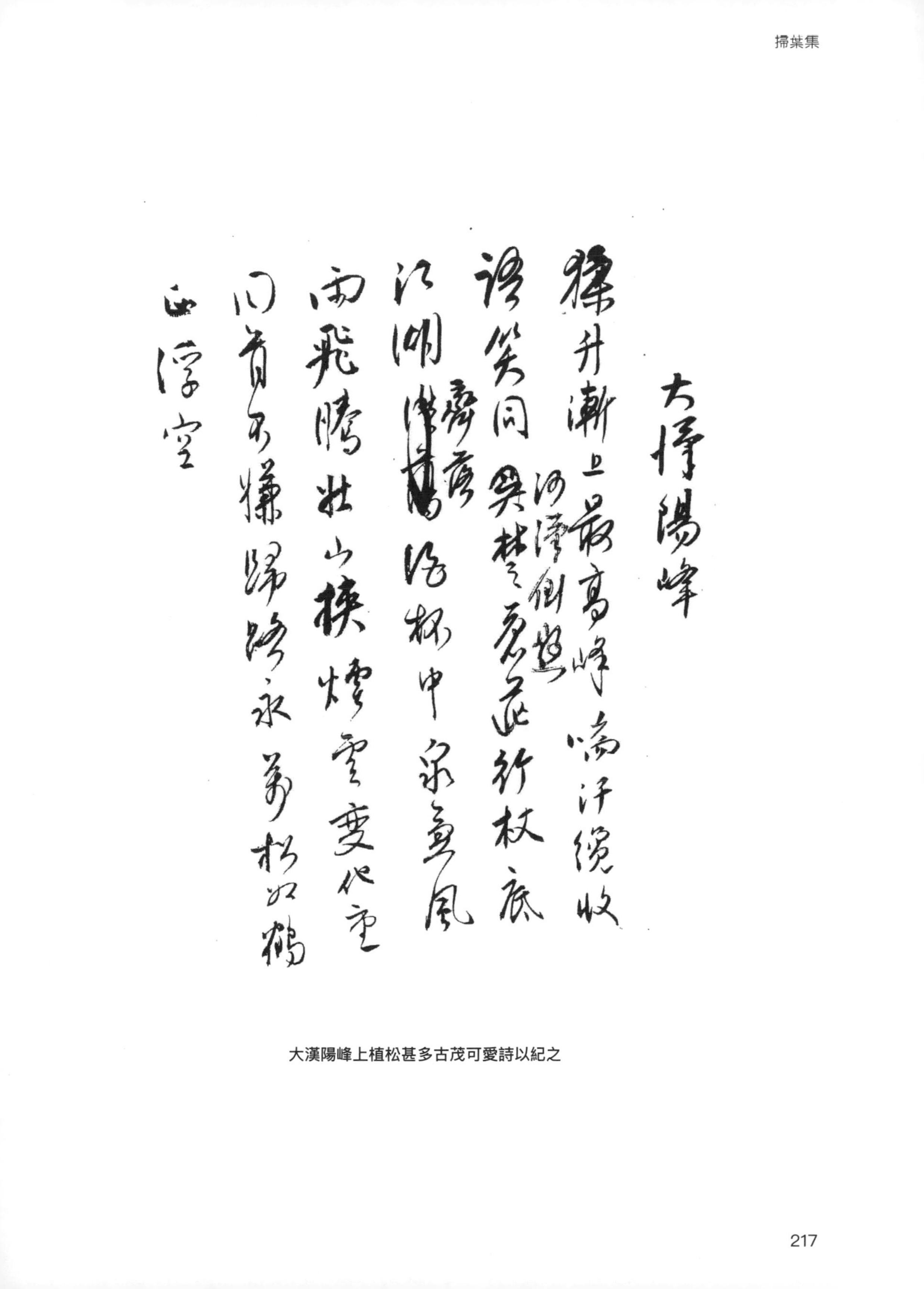

大漢陽峰上植松甚多古茂可愛詩以紀之

大漢陽峰上植松甚多古茂可
愛詩以紀之
攀升漸上最高峰滿汗纔收語
笑同河漢倒懸行杖底江湖齊
落酒杯中衆盡風雨飛騰壯山
接煙雲變化重回首東攀歸
路永萬松如鶴正浮空

大漢陽峰上植松甚多古茂可愛詩以紀之

大漢陽峰上作

猱升漸上最高峰
暢汗攬收諸笑同
河漢倒懸於杖底
江湖齊落酒杯中
衆無風雨飛騰壯
山納煙雲變化重
回首不懼歸路永
萬松如鶴正浮空

大漢陽峰上植松甚多古茂可愛詩以紀之

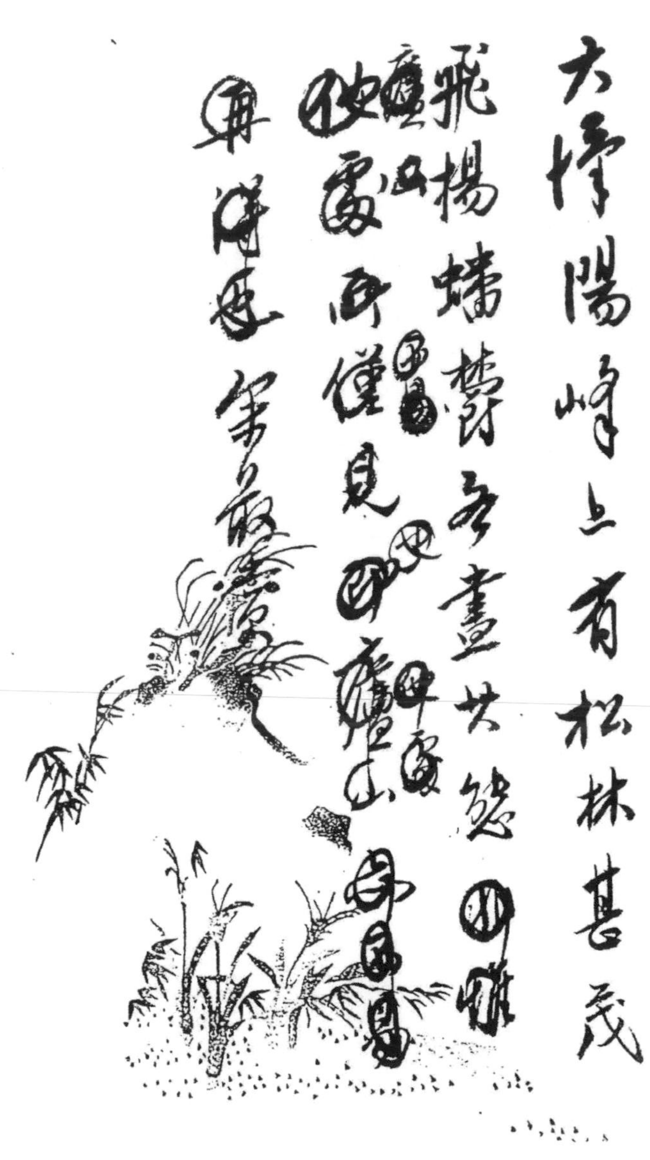

大漢陽峰為廬山第一主峰登絕頂作長句

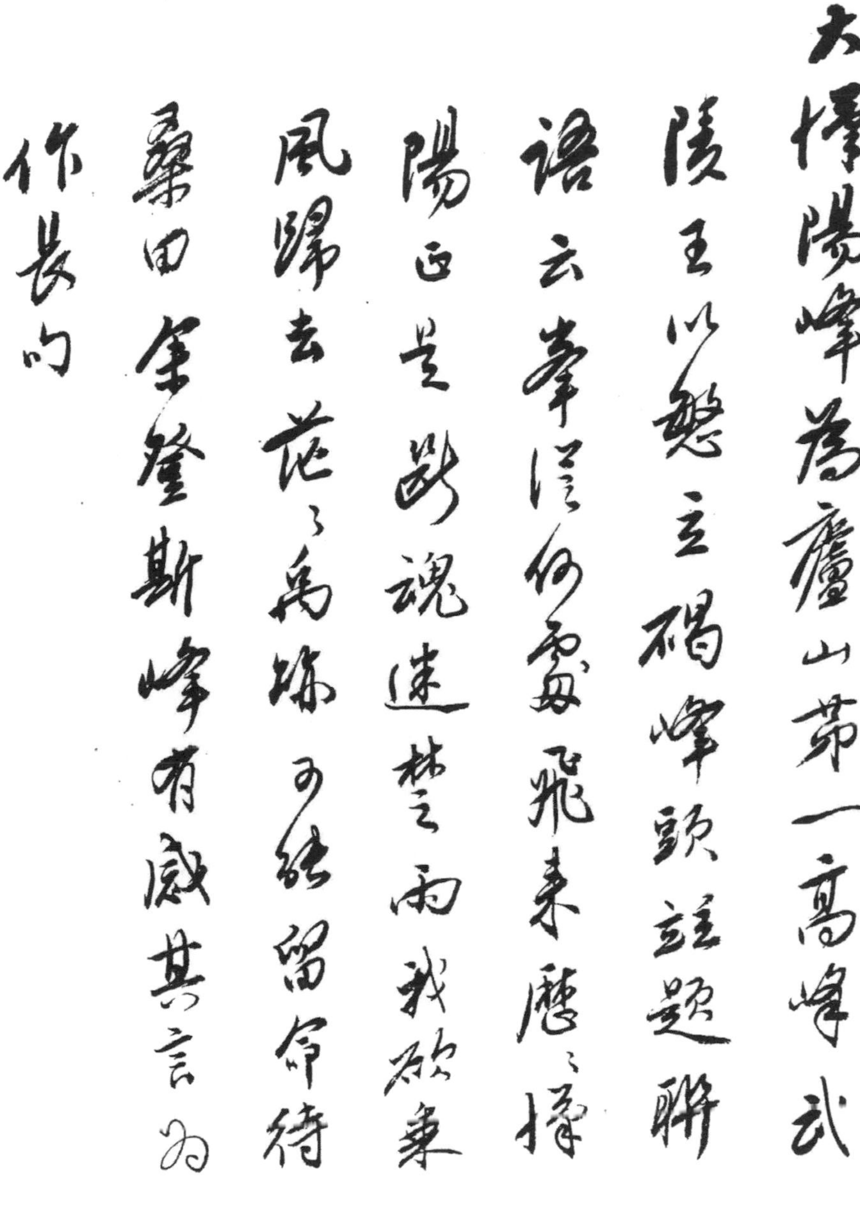

大漢陽峰為廬山第一主峰登絕頂作長句

大漢陽峰為廬山第一主峰登絕頂作長句

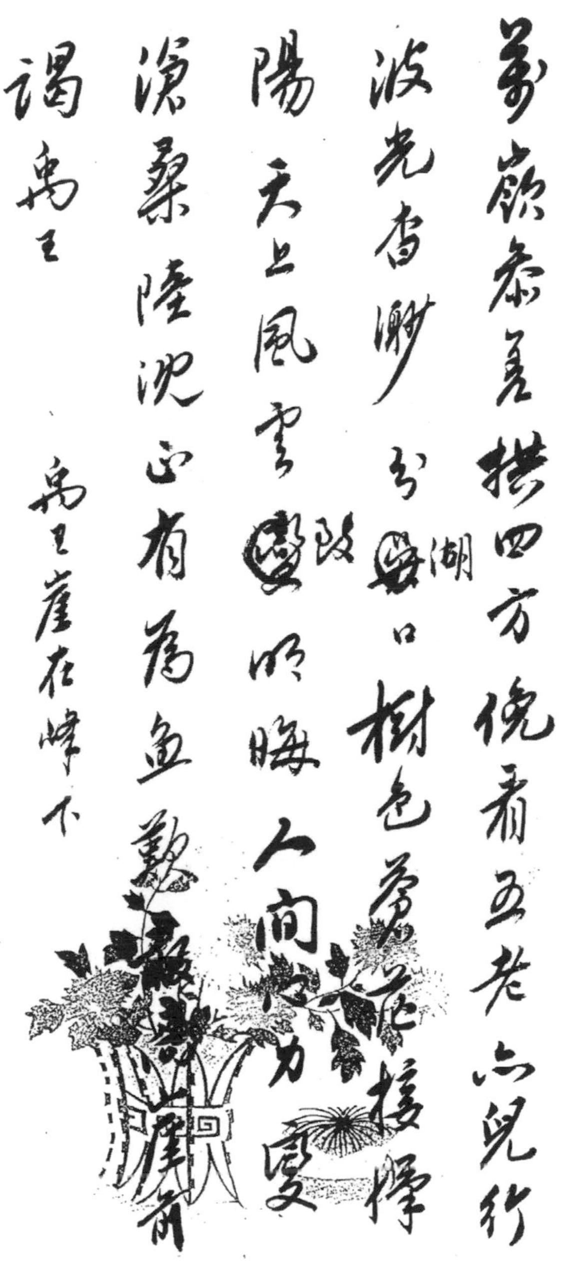

大漢陽峰為廬山第一主峰登絕頂作長句

登大漢陽峰作

萬嶺如僂拱四方即看五老亦兒
行波光窈窕分湖口樹色蒼茫
接漢陽天上風雲殊晦人
間心力變滄桑陸沈已有為
魚歎敢向崖前謁禹王

大漢陽峰為廬山第一主峰
禹王崖在峰下

大漢陽峰為廬山第一主峰登絕頂作長句

天池山上有王陽明先生詩一首鑱巨石上昔年曾作詩紀之今歲為作亭以蔽風雨落成題壁

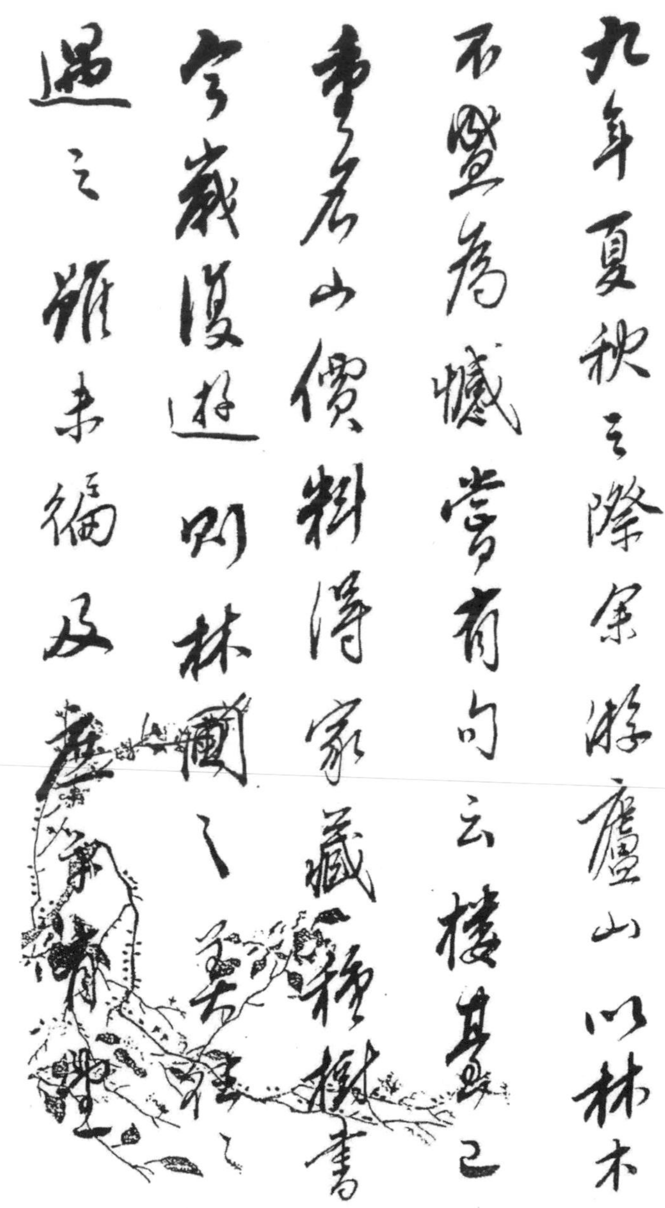
九年夏秋之際余游廬山以林木
不盛為憾嘗有句云樓臺已
重名山價料得家藏種樹書
今歲復遊則林木蔥
遇之雖未徧及

十餘年前曾遊廬山樂其風景而頗以林木鮮少為憾所為詩有樓臺已重名山價料得家藏種樹書之句今歲復來蘆林一帶樹木蒼然因復為長句以紀之

詩以誌感

蒼松衛護倚山田家雞淨飯餘閒
稻粱鶯雀錯爭陵果蔬兒童大覆
還層疊碧睡丹峰上樂舊紅氛
綠蔭間十年樹木非虛願好為秋
光一酡顏

十餘年前曾遊廬山樂其風景而頗以林木鮮少為憾所為詩有樓臺已重名山價料得家藏種樹書之句今歲復來蘆林一帶樹木蒼然因復為長句以紀之

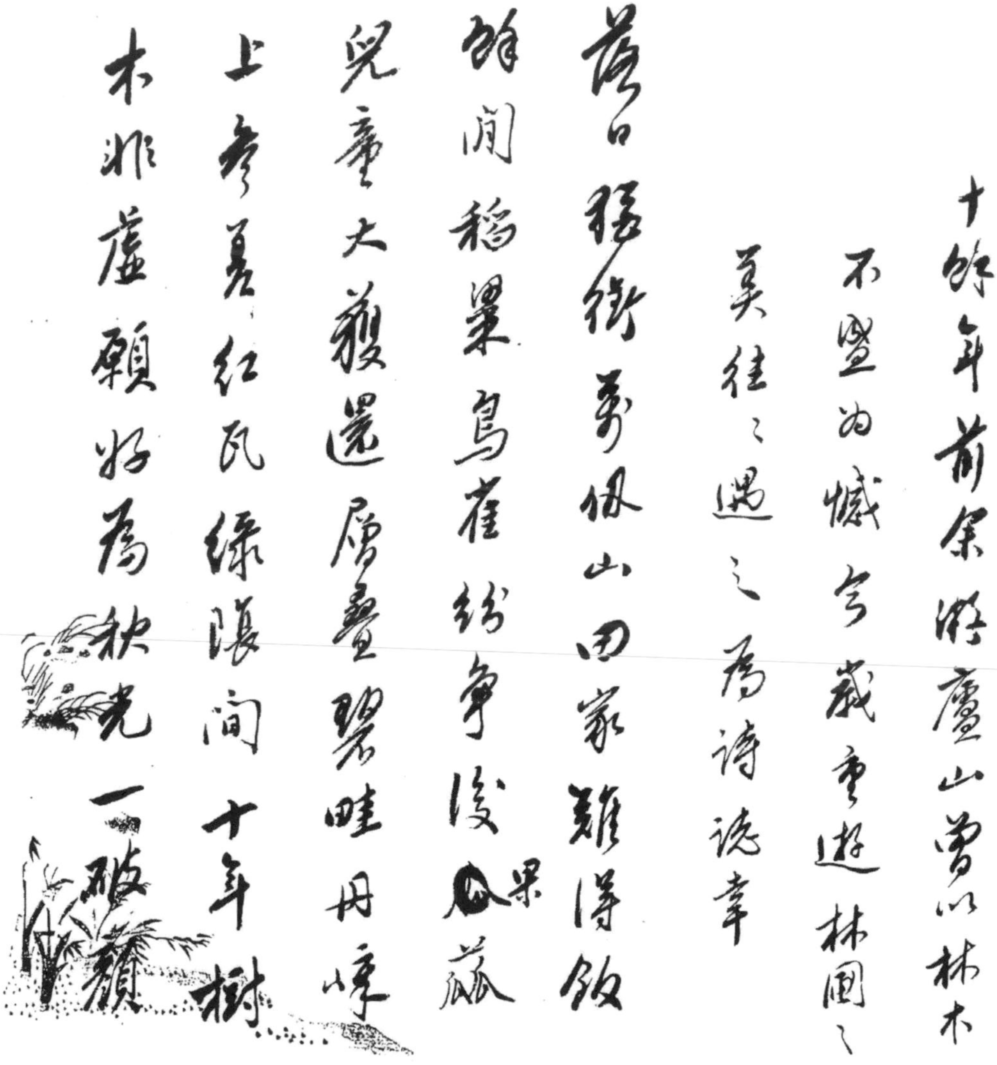

十餘年前曾遊廬山樂其風景而頗以林木鮮少為憾所為詩有樓臺已重名山價料得家藏種樹書之句今歲復來蘆林一帶樹木蒼然因復為長句以紀之

十餘年前曾遊廬山樂其風景而頗以林木鮮少為憾所為詩有樓臺已重名山價料得家藏種樹書之句今歲復來廬林一帶樹木蒼然因復為長句以紀之

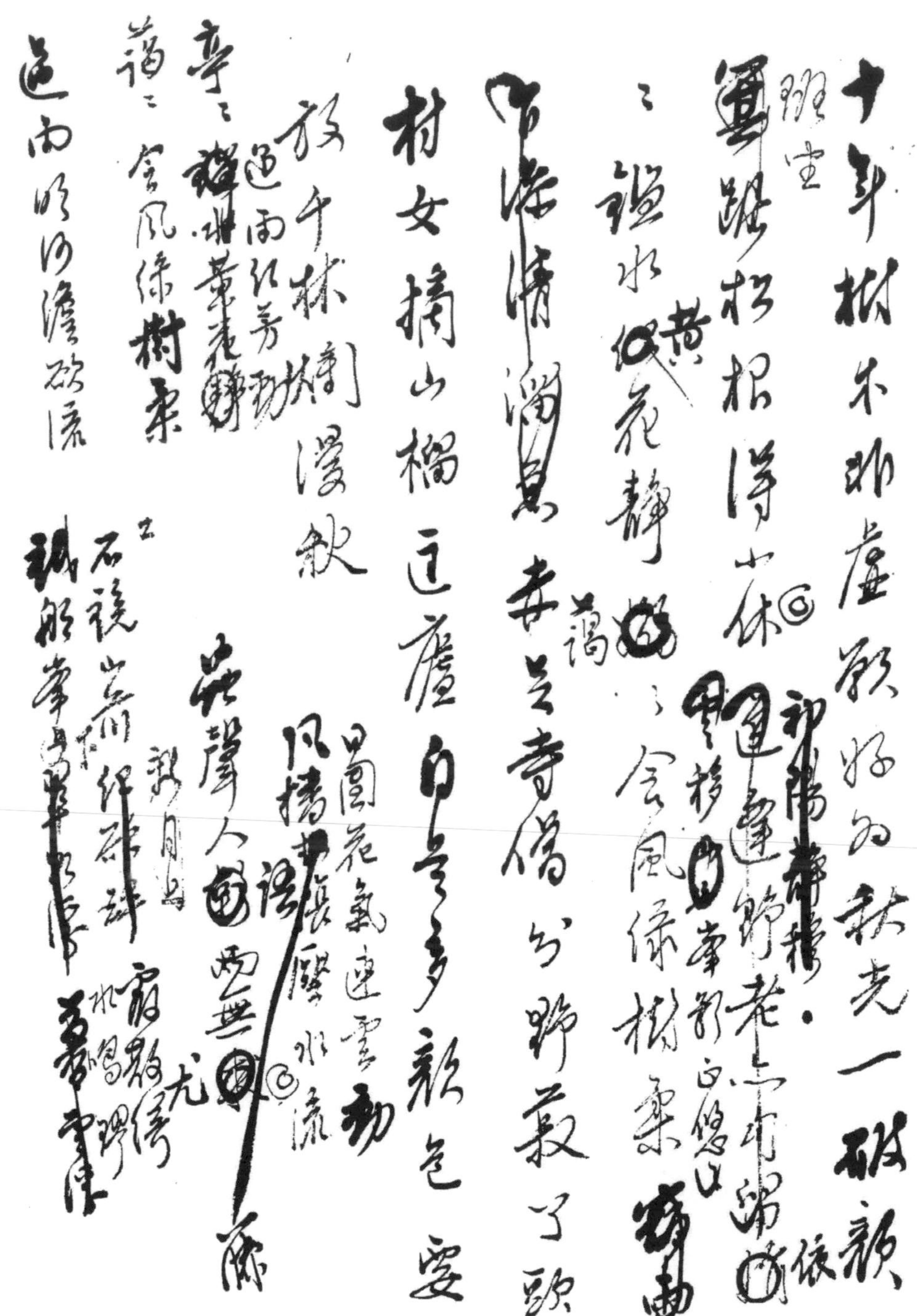

十餘年前曾遊廬山樂其風景而頗以林木鮮少為憾所為詩有樓臺已重名山價料得家藏種樹書之句今歲復來廬林一帶樹木蒼然因復為長句以紀之

山行

即事

殘暑新涼勢欲爭

即事

殘暑新涼勢似爭四山倏忽變
陰晴日圍花氣連雲氣風縱
蟬聲雜雨聲白鹿臺前芳未
歇黃龍潭畔水初平不妨弦
月遲遲上且看明河淡淡生

即事

殘暑新涼勢欲爭

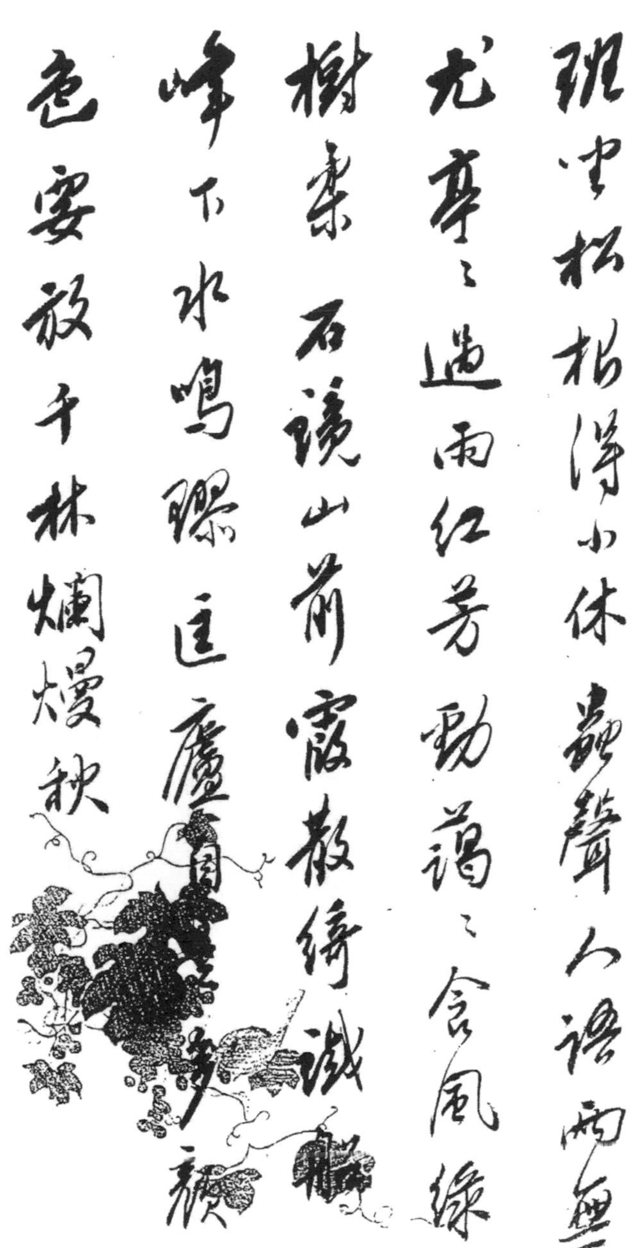

山行

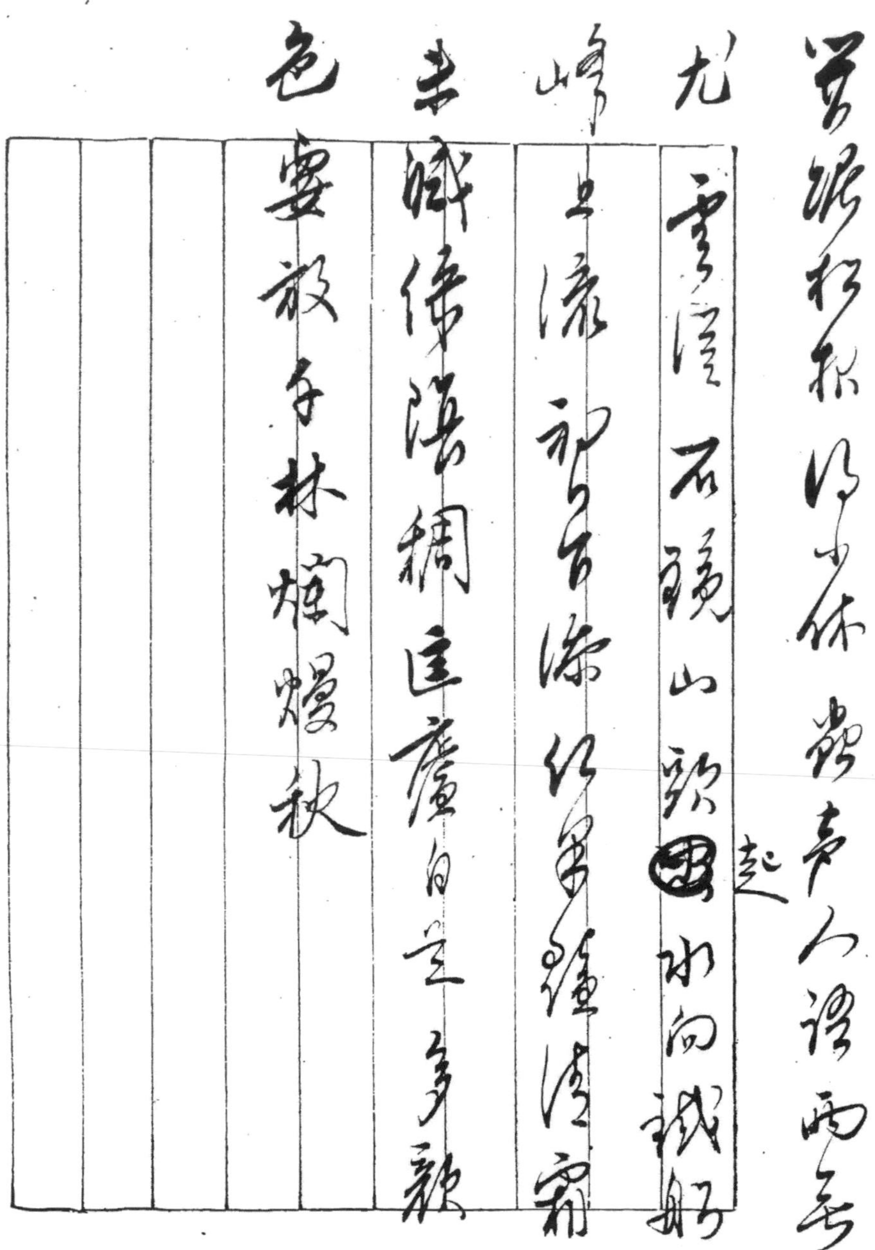

山行

山行

蕈踞松根得小休蟲聲人語
兩無尤雲迷石鏡山頭起水
向識船峰上流稍竹添紅
果餘清霜未減綠張稠
近廬自是多顏色要放
千林爛熳秋

山行

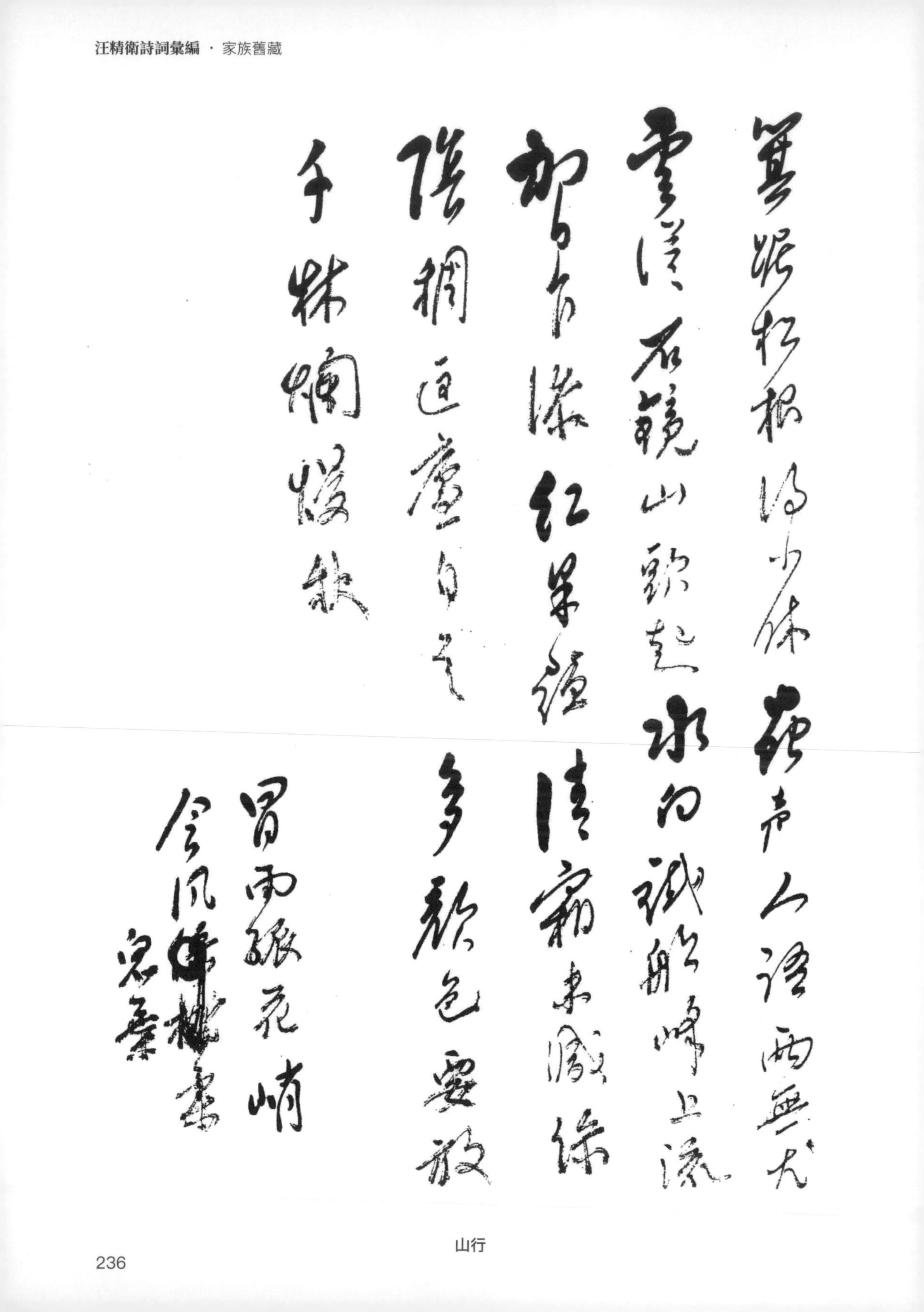

山行

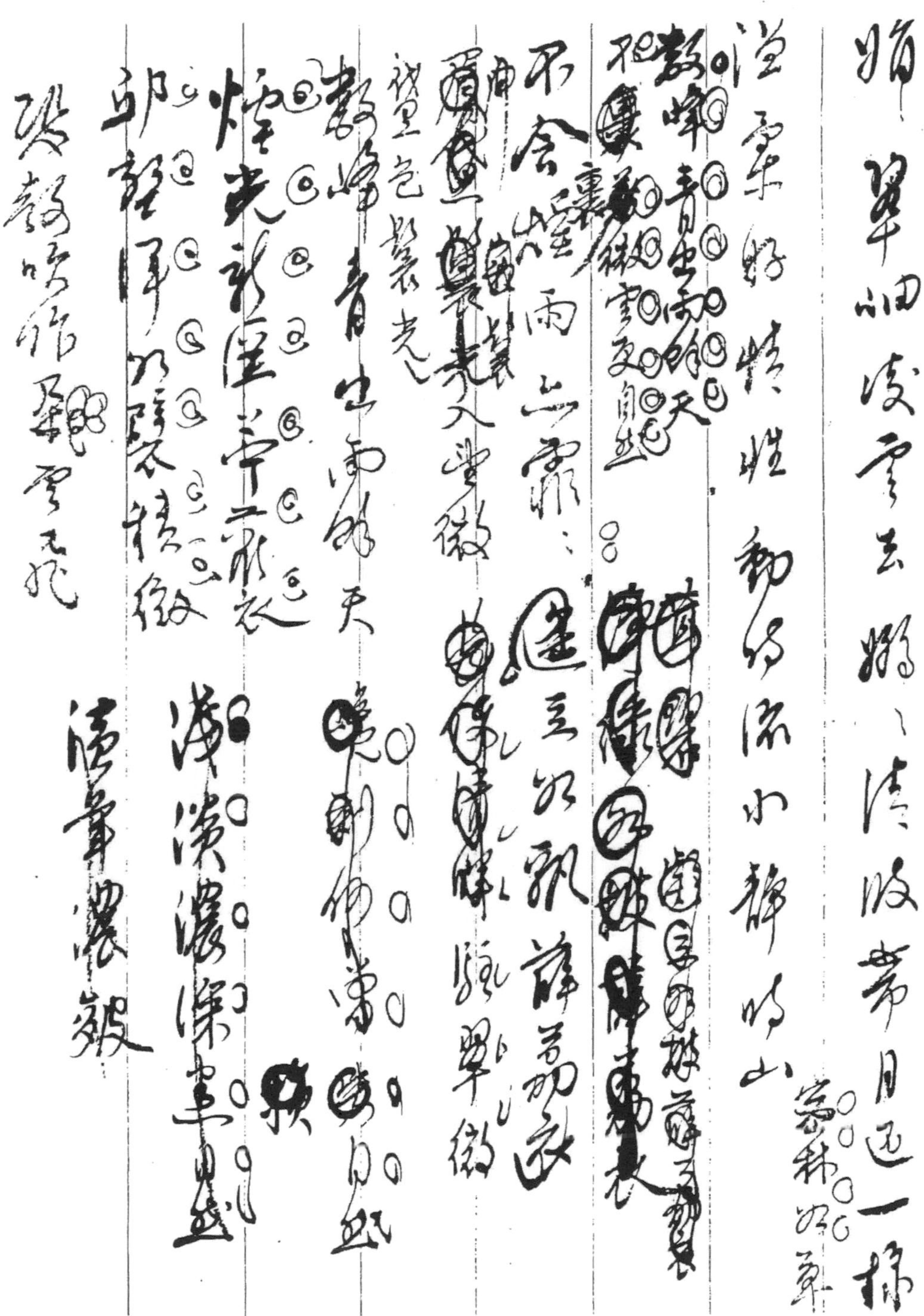

自佛手巖遠望數峰秀軟殊絕為作絕句四首

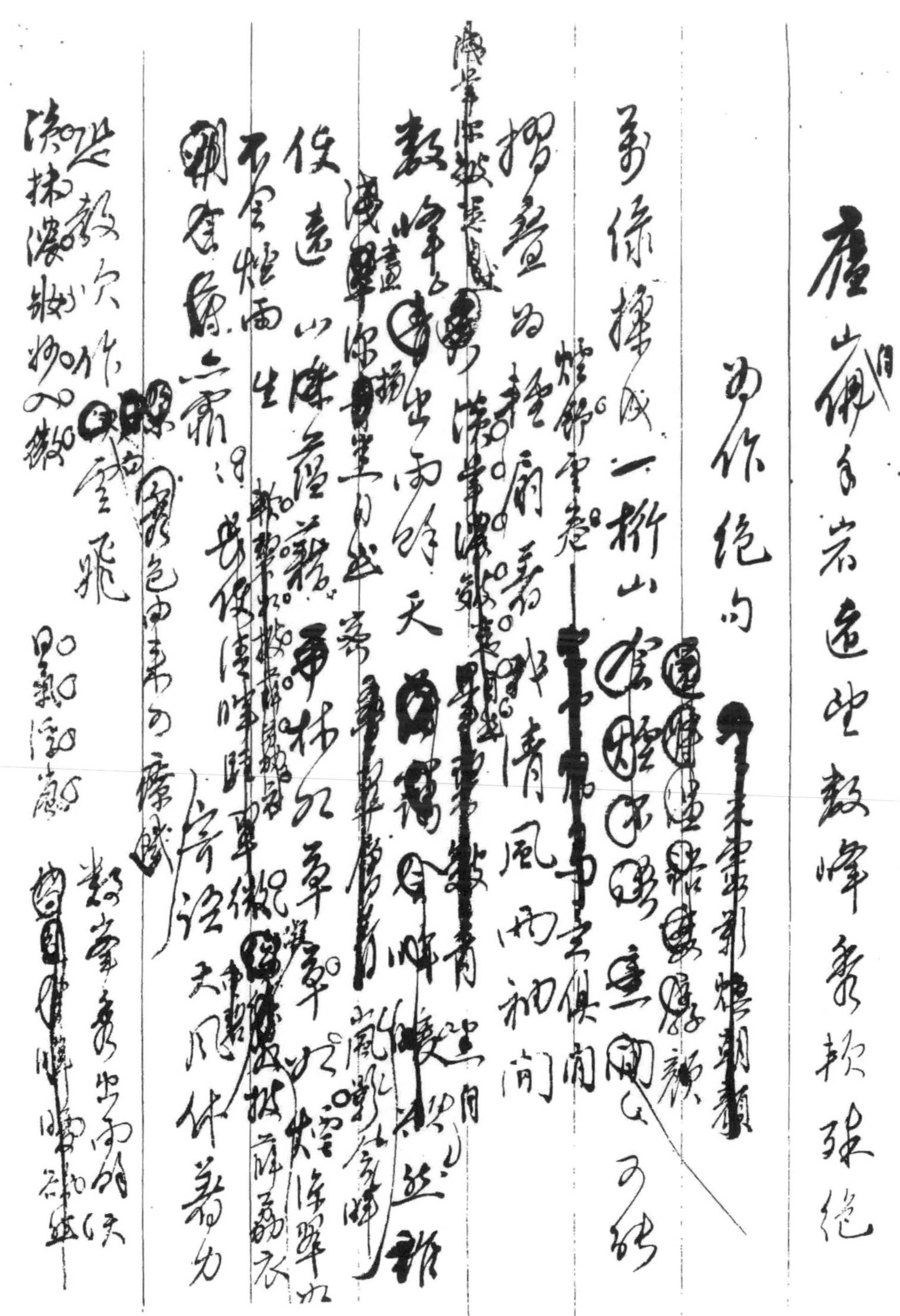

自佛手巖遠望數峰秀軟殊絕為作絕句四首

自佛手巖遠望數峰秀軟殊絕為作絕句四首

自佛手巖遠望數峰秀軟殊絕為作絕句四首

自佛手巖遠望數峰秀軟殊絕為作絕句四首

草如煙
煙光新潑苧蘿衣
郎瑩澤如裳
積微寄語天風休著力放教吹作
白雲飛
峭峭翠巘凌雲去獨獨清波帶月
還一樣溫柔好情性動時流水

自佛手巖遠望數峰秀軟殊絕為作絕句四首

別廬山

年年歌廬山。廬山空厭聞。今當欲
去時。語吐還復吞。上山還延下山
快。廬山不舍遜吾背。哭聲一歎
掾。石生今日廬山太多態。回頭
語廬山。母為兒女顏。君不見潯
陽江頭人造島。張兩翼還我

別廬山

云聲隱約猶可聞我見廬山夏
不見廬山秋廬山好色時節
復念我不諸見競攝影儀取
山光置菓頭我別獨行吟樓
牽枯腸入
小休

別廬山

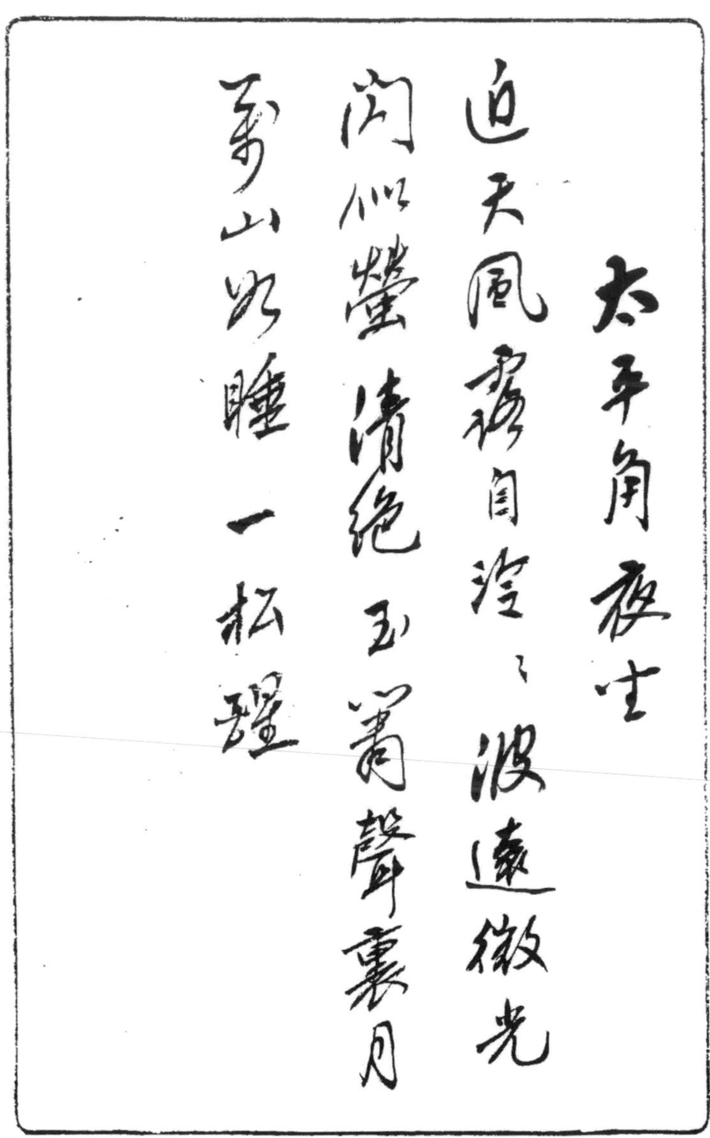
太平角夜坐
迥天風露自澄澄波遠微光
閃似螢清絕玉簫聲裏月
萬山如睡一松醒

太平角夜坐

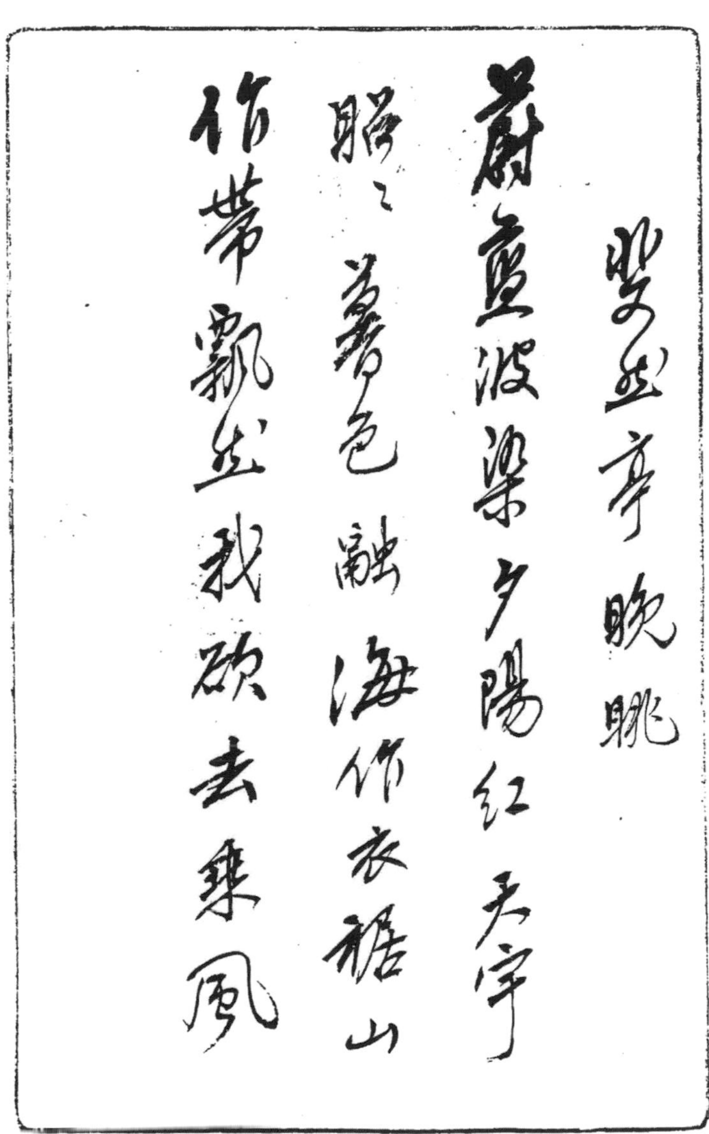
斐然亭晚眺
蔚藍波染夕陽紅天宇
昭〻暮色融海作衣裾山
作帶飄然我欲去乘風

斐然亭晚眺

勞山紀遊詩

乙亥六月病甚七月舁疾至青島
八月稍能出門遂作勞山之游
為詩紀之得若干首

人亦勞勞似此山卻慚偷得病餘閒
巉巖石徑新椎鑿猶費勞人汗
點斑

臥病青島少瘉試遊勞山為詩紀之得若干首

老槐深竹影交加
行到勞山道士家
舊事猶兒終記得
雪中曾見耐冬花

滿山奇石鬱輪囷
水色清寒不受塵
路是瑯嬛隱霧有
松根時坐久行人

臥病青島少瘉試遊勞山為詩紀之得若干首

臥病青島少痛試遊勞山為詩紀之得若干首

兩峰鐵索海天收炯炯碧波媚晚晴
一片清音聽不斷松風直下接濤
聲
纍纍点雲畫垂空蘿蘿高架過一
尋農事歇澗茶飯了耦耕人坐
綠榆陰

臥病青島少瘉試遊勞山為詩紀之得若干首

碧琉璃水接天長，翡翠屏風耀夕陽。
左是山光右海色，中間花木護周行。
華嚴寺口萬雲封，石徑幽幽翠竹中。
忽地方庭臨灘水，一輪明月御天風。

臥病青島少瘉試遊勞山為詩紀之得若干首

樹老天清萬壑秋
片雲峯頂自悠悠
勞人亦飽霜侵鬢
莫怪勞山易白頭

紫薇花發太平宮
謁罷還登獅子峰
若說石頭似獅子
諸松一一似游龍

臥病青島少瘉試遊勞山為詩紀之得若干首

一亭遙出翠微巔，盡納煙波置檻前。日動光華霞散綺，此時山水更嫣然。

仰攀喬木俯幽宮，路轉千巖萬壑中。海闊天空歸一覽，誰知人在最高峰。

臥病青島少瘉試遊勞山為詩紀之得若干首

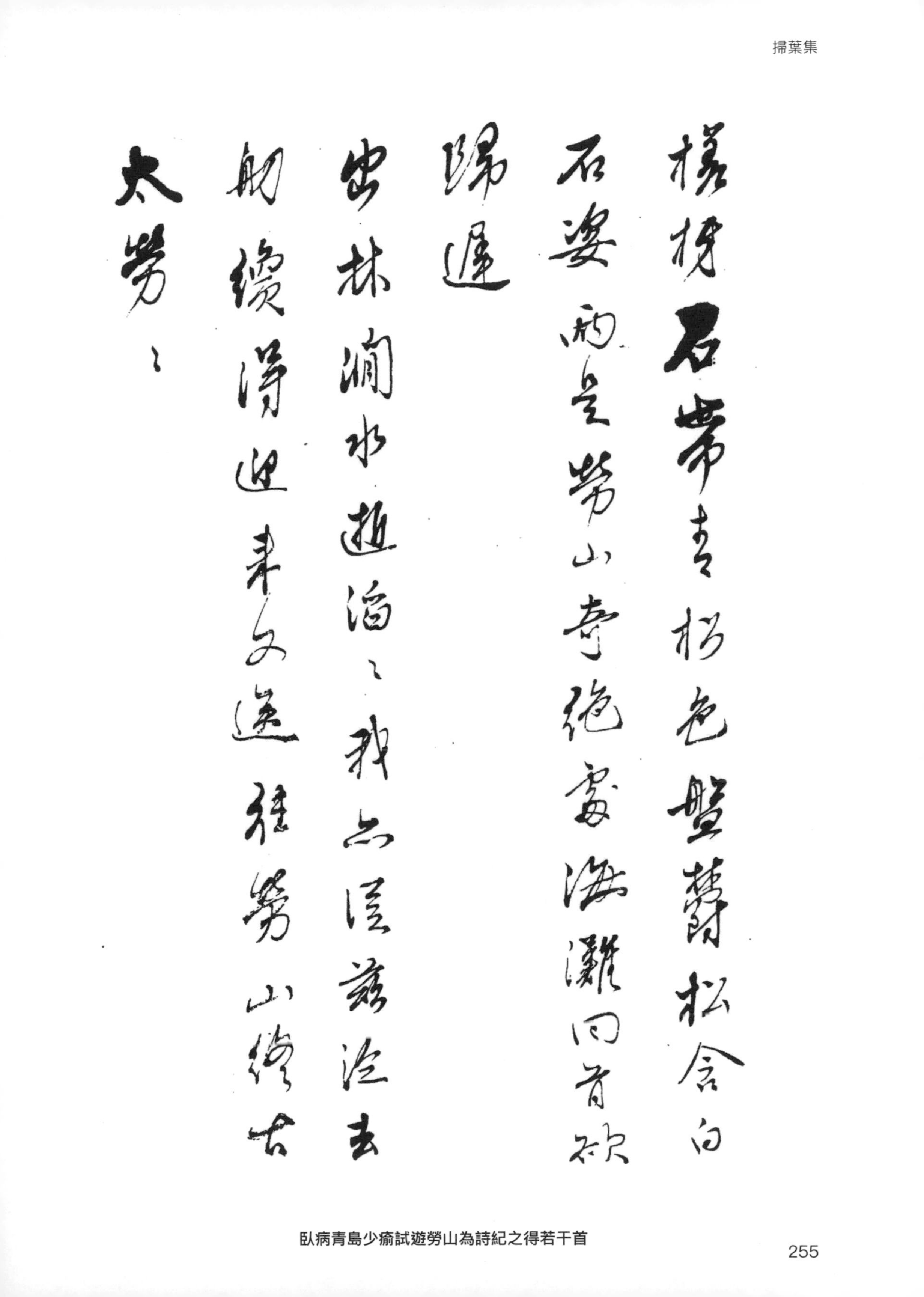

臥病青島少瘉試遊勞山為詩紀之得若干首

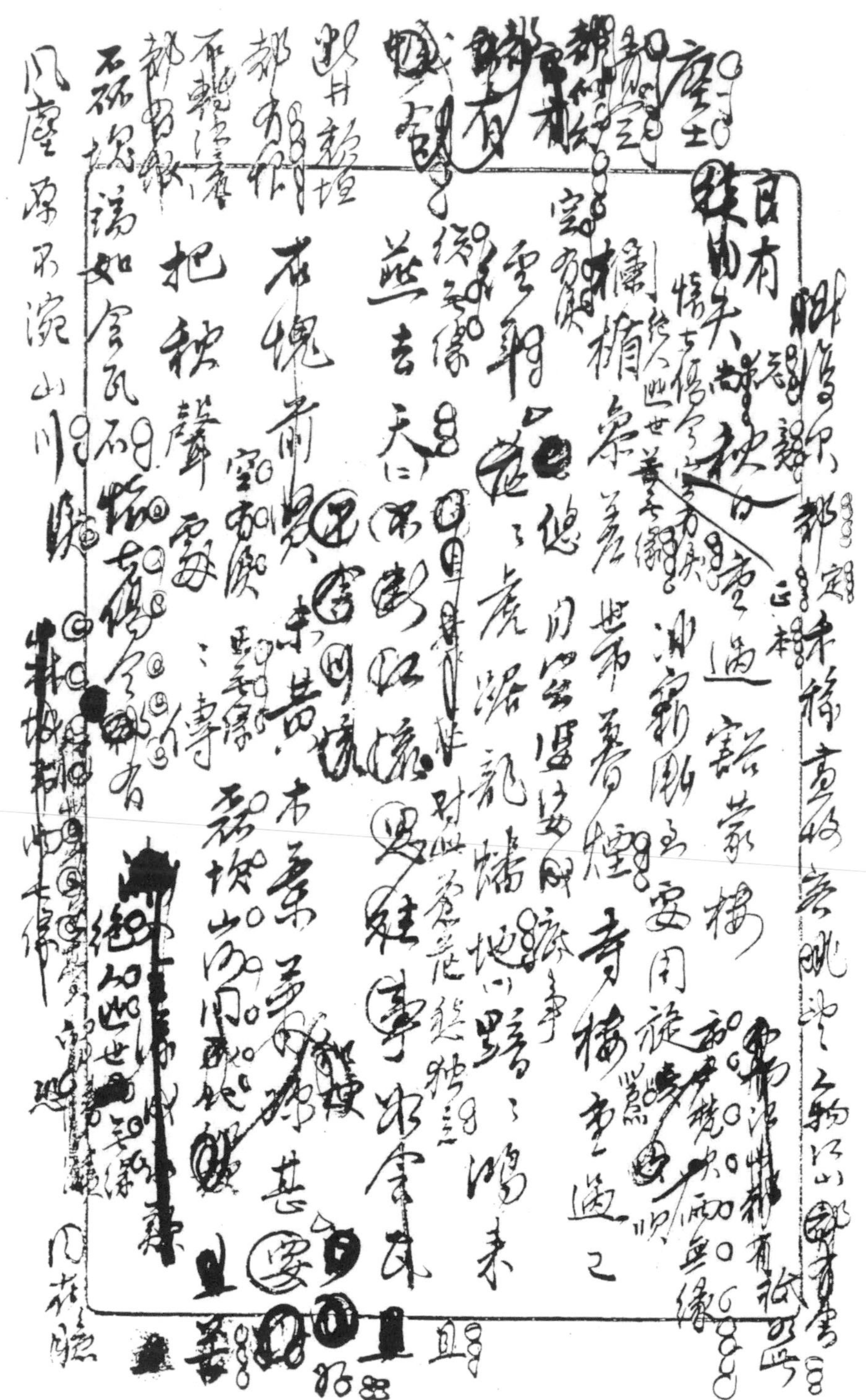

秋日重過豁蒙樓

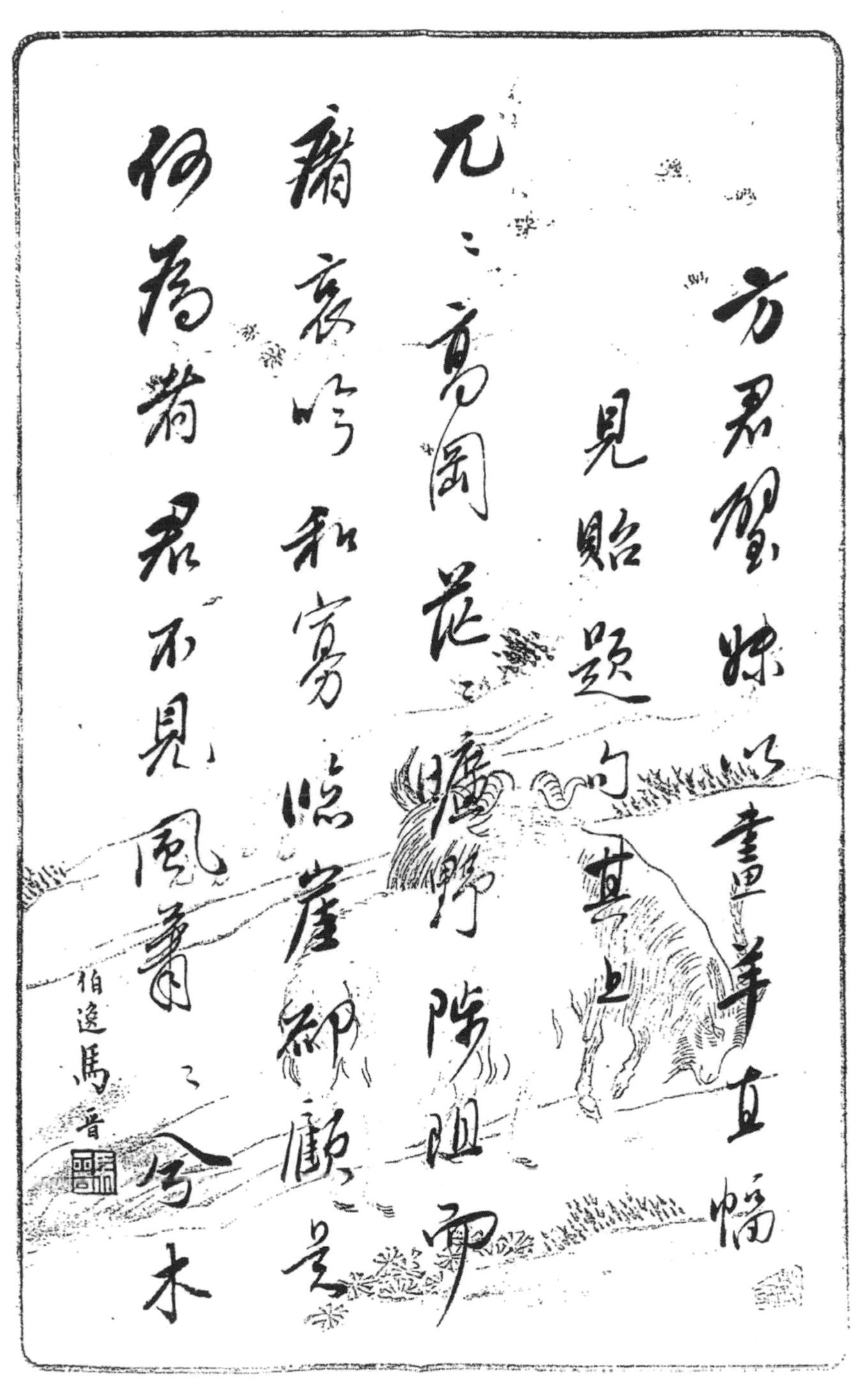

方君璧妹以畫羊直幅見貽題句其上

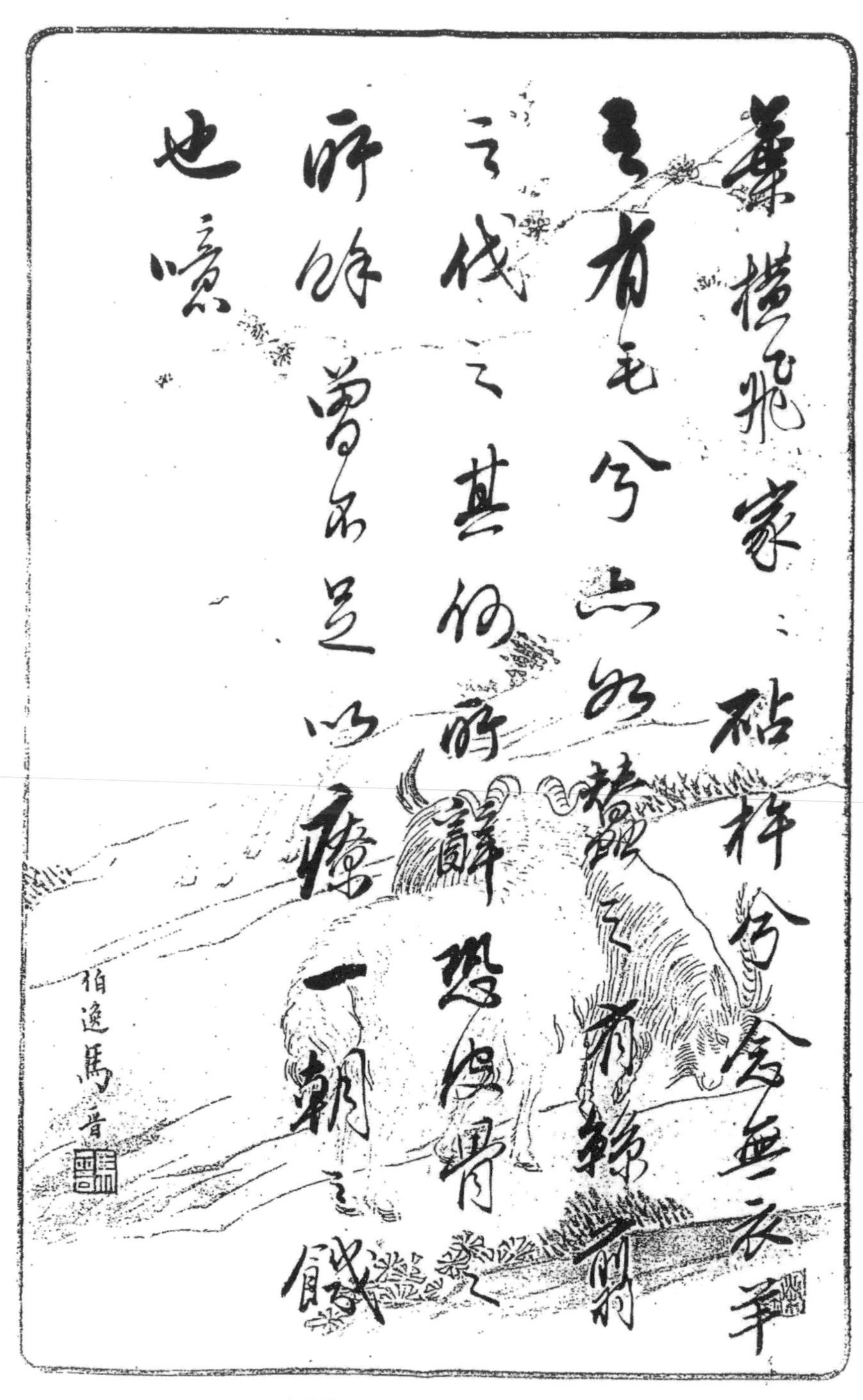

方君璧妹以畫羊直幅見貽題句其上

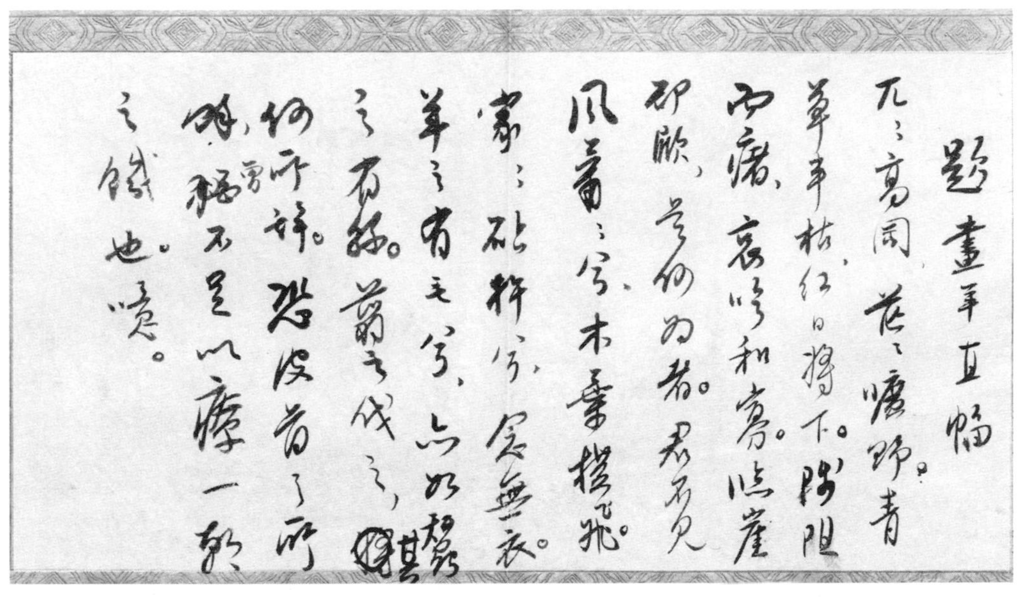

方君璧妹以畫羊直幅見貽題句其上

夢裏

題鎮海樓圖

夢裏樓臺幾變遷

畫棟雕欄幾變遷　畫圖猶是十年

前　沈沈綠霞連滄海　點點紅棉界

遠天　懷抱真似石　風塵[illegible]不浣

白雲隱約題詩處　指點黃

花又惘然　歷劫山川

[illegible]雲光幾變遷

[illegible]

劍父

題高劍父畫鎮海樓圖

題雙照樓圖

松枝与梅花來自月谿中皎潔自有質
婉孌相為容歲晚多晦冥瑤臺偶一逢
對影踈林下欲語心忡忡自從涉世來日在
荊棘叢只今霜霰逼何以禦嚴冬南枝方
含和此枝已迎風淩彫以為期相看漸飛
蓬回頭望來處冰鑑開蒼穹照質本

二十五年一月病少間展雙照樓圖因作此詩以示冰如

長澤月光与之融清輝徹下土萬里無纖
蒙悠悠山河影忽復涵虛空縱橫着枝柯
映蔚成蔥隴感激平生心飛動如長虹願
保寶石姿頷頷以相浸共命不間世不辭憂患
重百孔千瘡餘一笑歎已置所憂已不力寧
復憂時窮栖栖百年內耿耿此心同玉宇信
高寒照天猶可通蟾覓有缺時光明長
在胸況此如槃月正照小樓東

二十五年一月病少間展雙照樓圖因作此詩以示冰如

舟中偶成

二十五年三月印度洋中

多情燈火照更殘
寶氣微生笑筆寒
自被瘧魔常損慮
轉令魂夢得粗安
蒼波熨月無微摺
碧宇繁星有密攢
誰奏雞鳴風雨曲
懶[illegible]推枕起長歎

印度洋舟中
多情鐙火照更殘

即事

病起扶節陟彼岡果然日月渾相
望寄聲不用遙相憶數雁天涯
自一行

用冰如舊句

代家書

即景

劍掛墳頭草不青，又將拂拭試新硎。紅旗綠柳隱時見，馬語笳聲徹耳聽。松鼠忘機隨散策，天鵝得餌逐揚舲。春來萬物熙熙甚，那識人間戰血腥。

雨後遊羅痕公園

乍憑微雨洗郊坰，日出風來水上亭亭
手紅甜似醉，溶溶萍綠快如醒。池邊
爭餌無倫次，林鹿窺人有性靈。聞道
江南春正好，莫搔攘鬢歎星星

羅痕

七月八日晚泊木洞明日可抵巴縣矣

峽掩重門靜不棼檥舟猶及未鐘曛
月牙影浸玻璃水日腳光融琥珀雲沙
際雁聲方聚宿天中牛女又離羣川流
東下人西上惆悵濤聲枕畔聞

七月八日晚泊木洞明日可抵巴縣矣

舟夜

臥聽鐘聲報夜深

夜泊

雨底孤篷夢不同蘋花魚傍水
田閑浪聲恬適風知●空雲意空
靈識月來買蛤吹人好有情
聲蛙續叢若無猜尋思物我
相忘理演稚摘筆貴盡才

夜泊

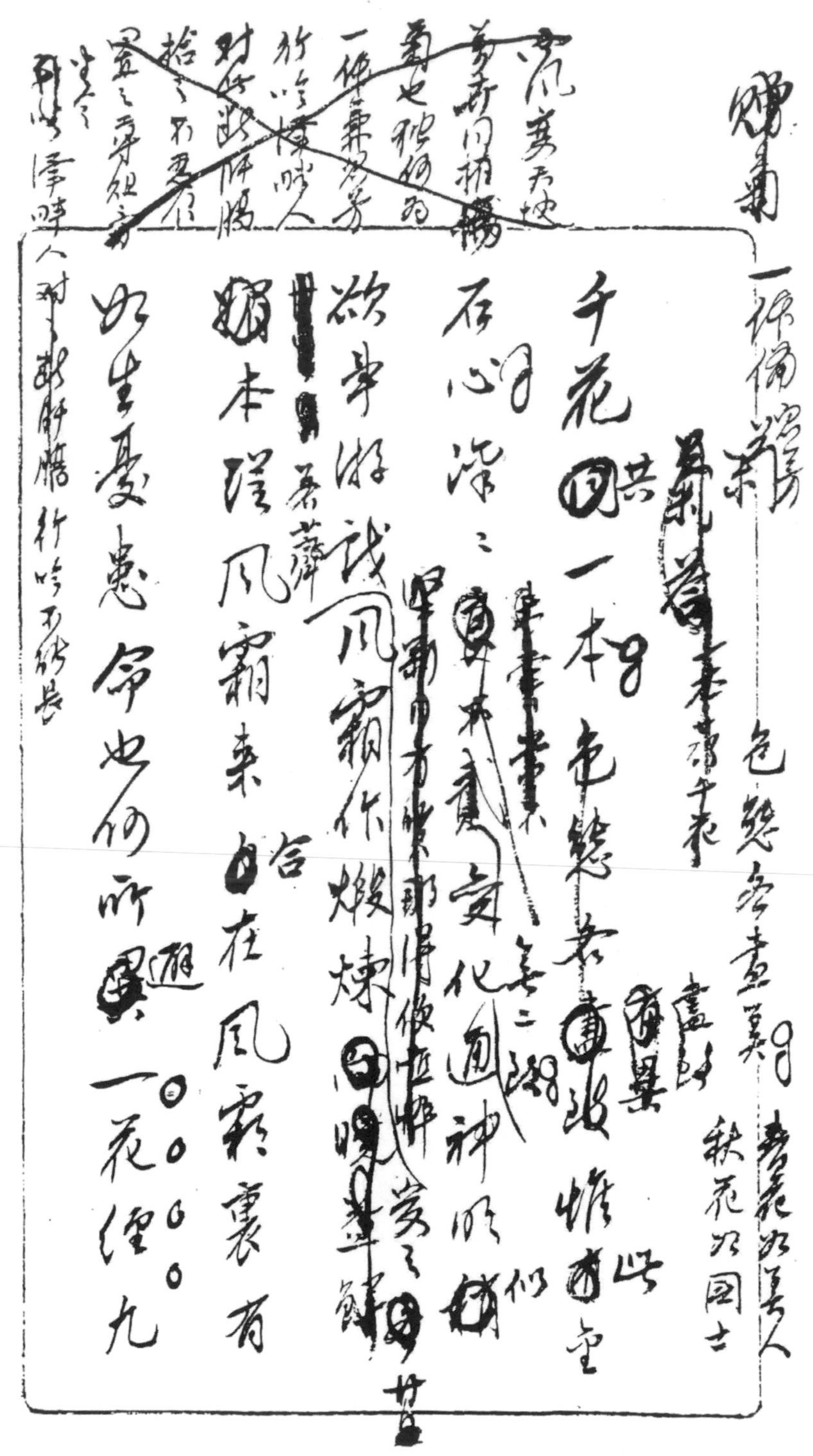

菊

菊以隱逸稱

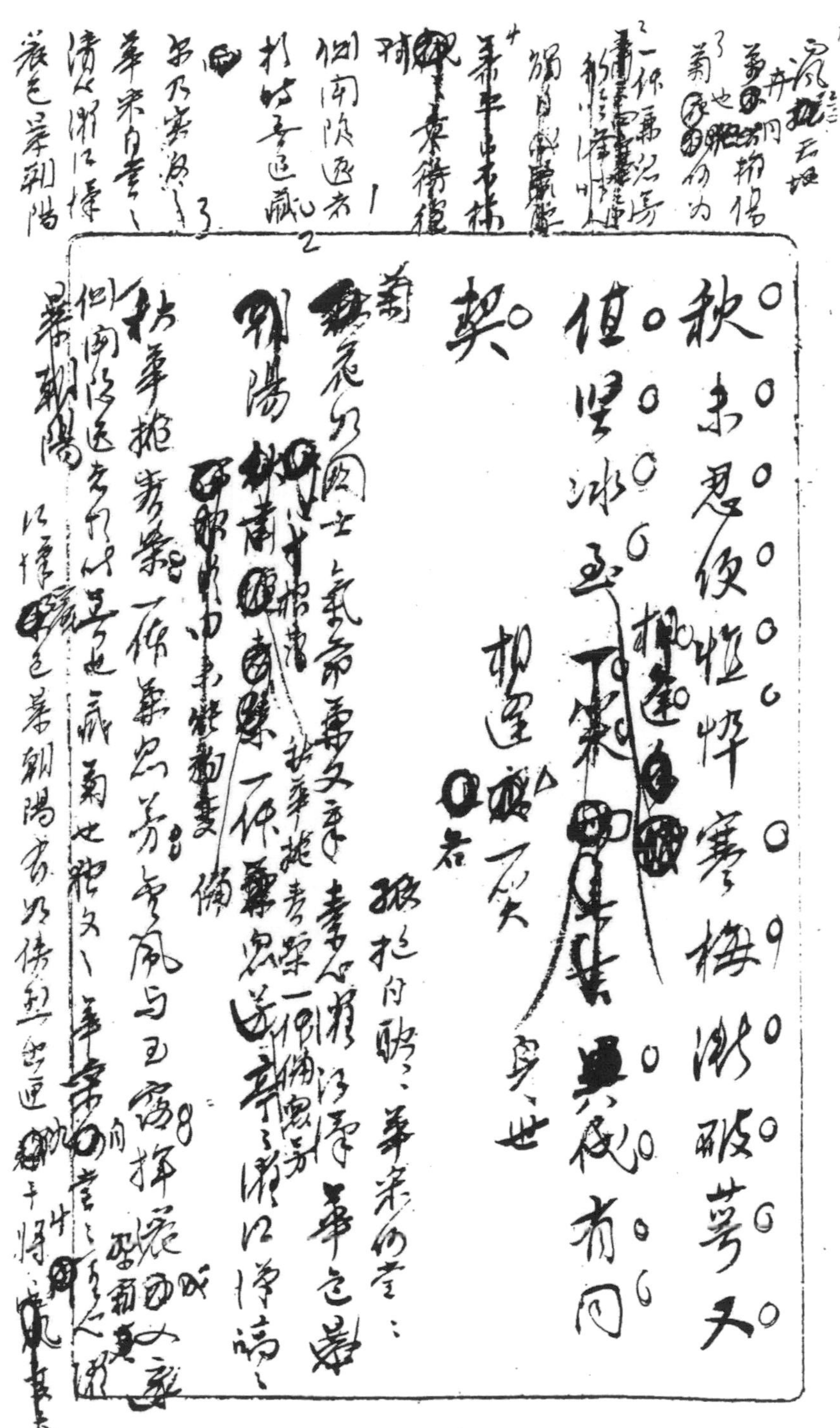

菊

菊以隱逸稱

菊

菊以隱逸稱

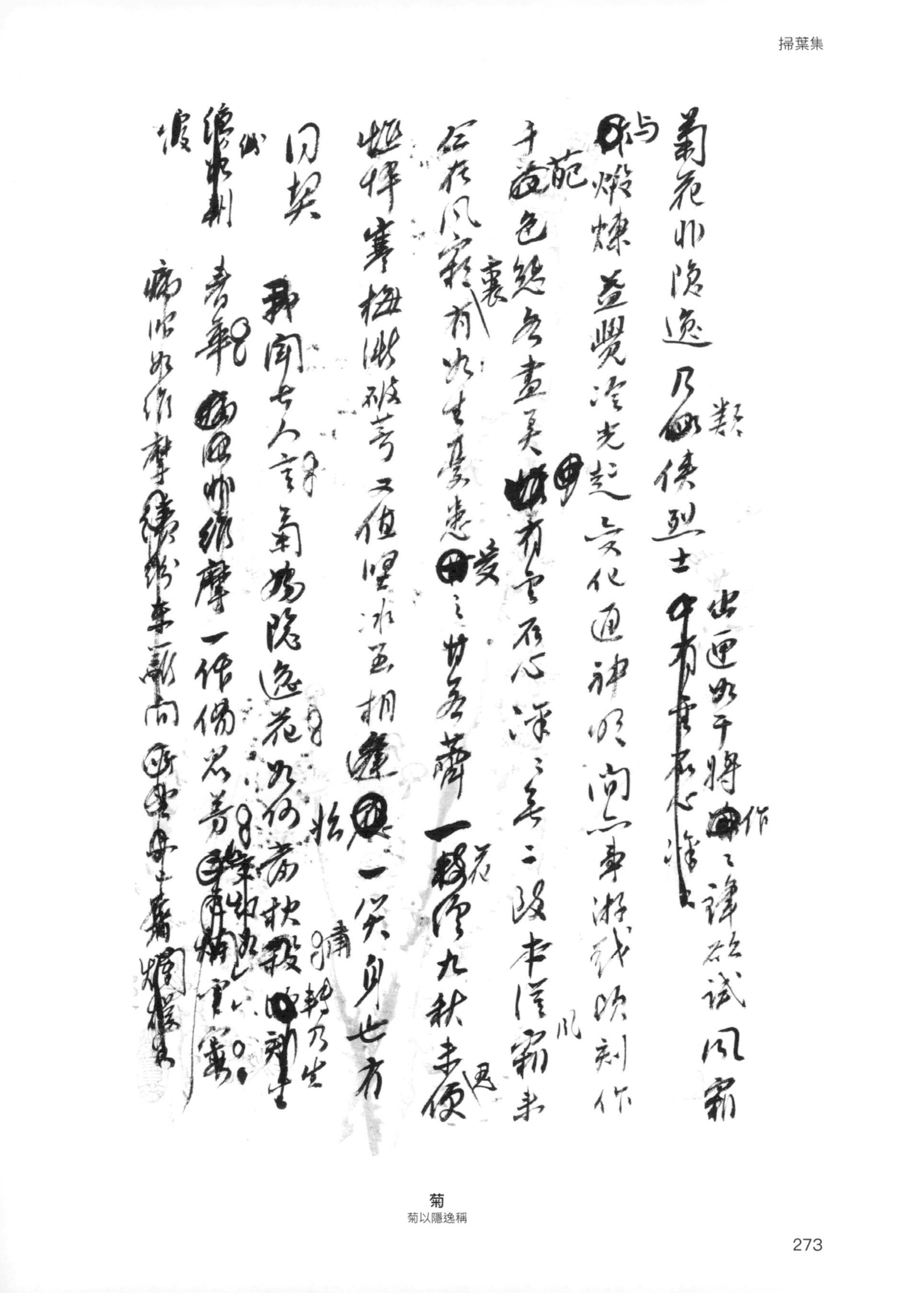

菊

菊以隱逸稱

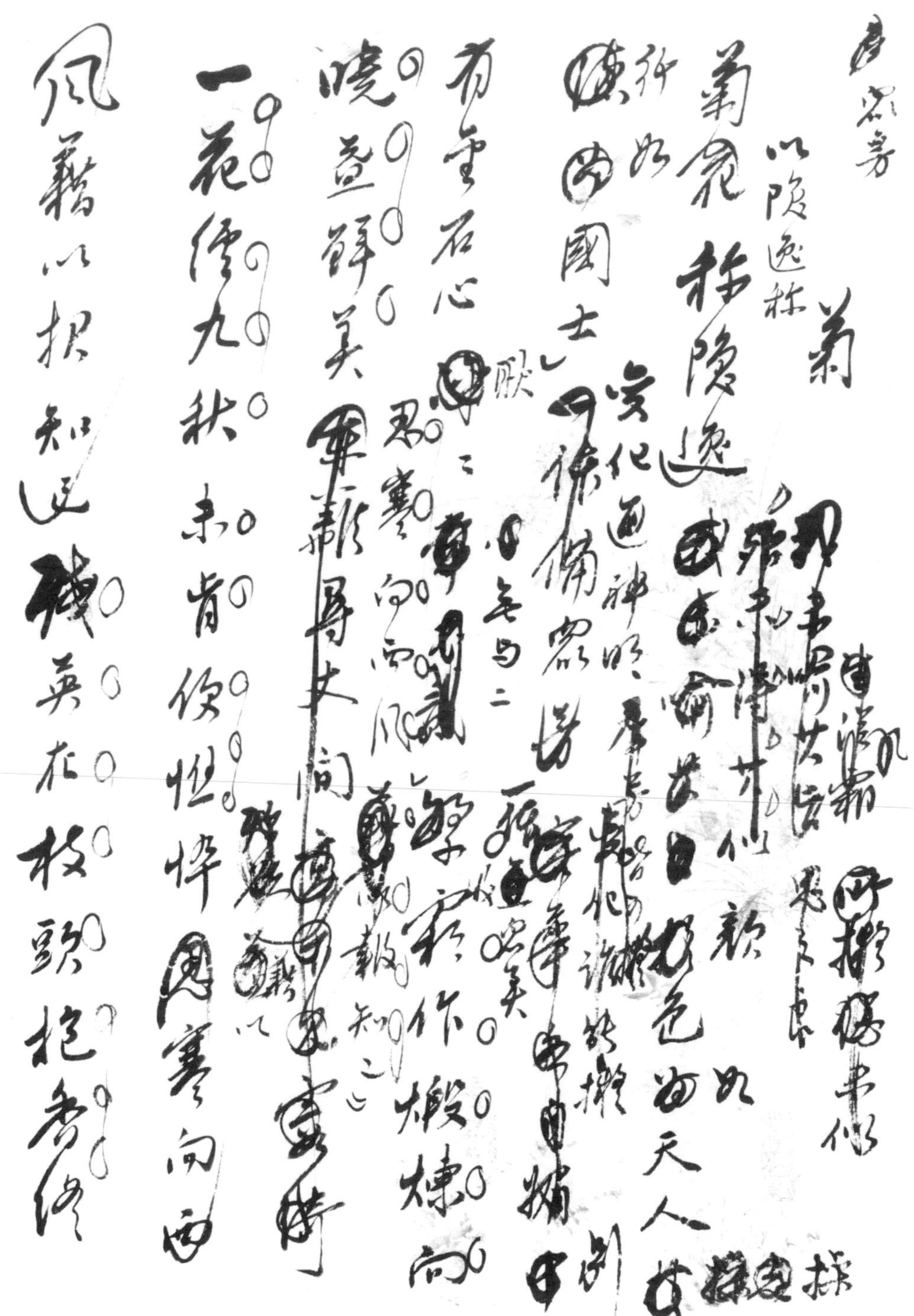

菊
菊以隱逸稱

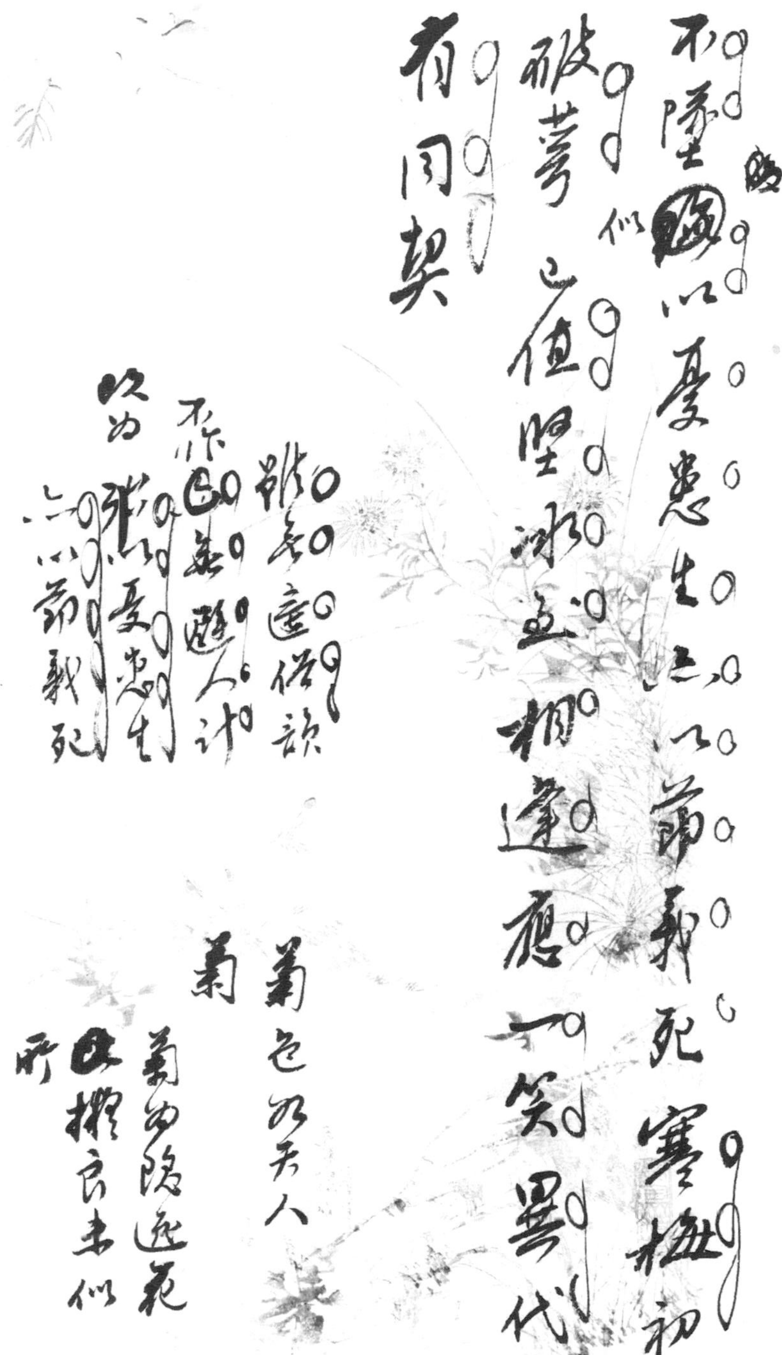

菊

菊以隱逸稱

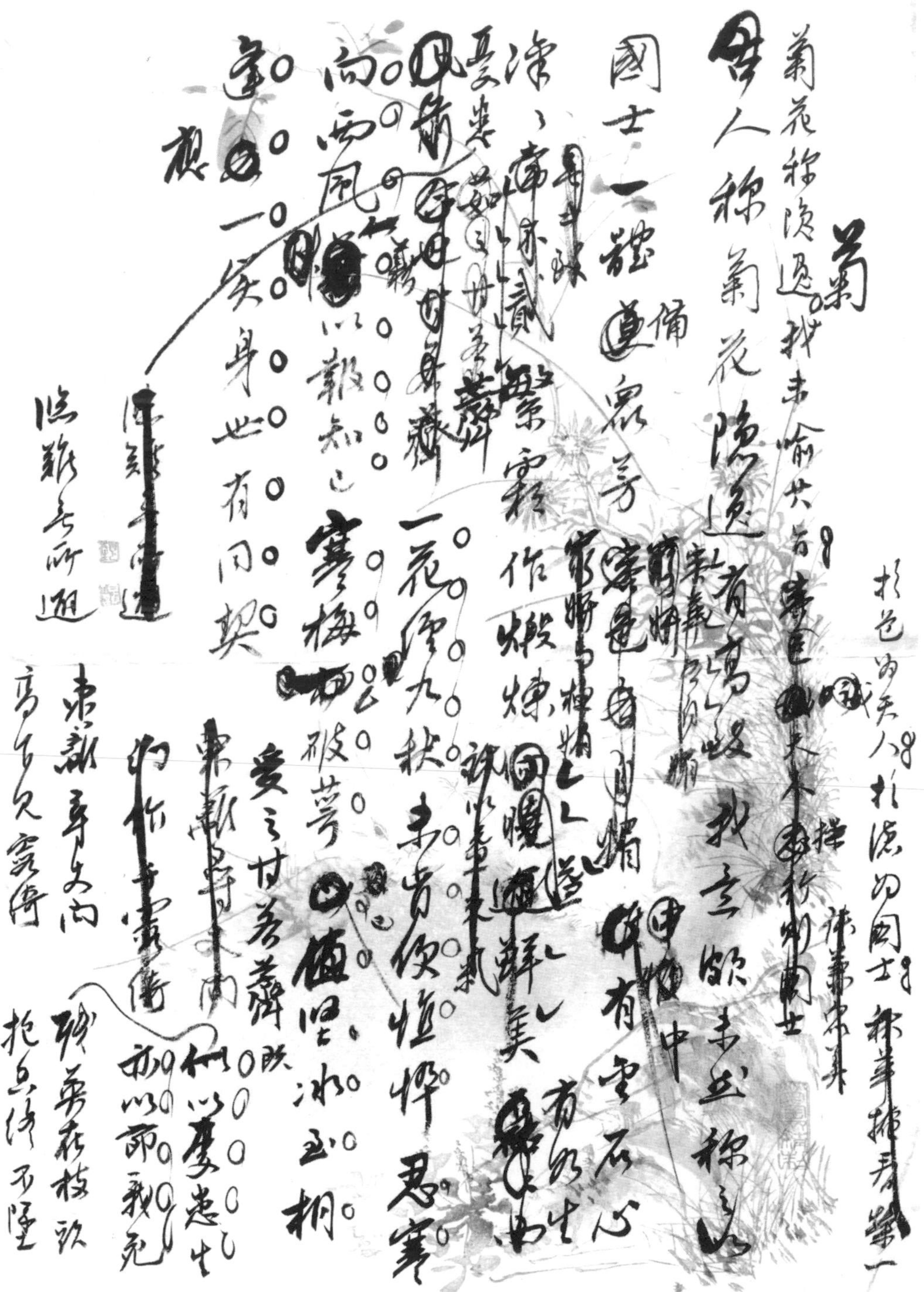

菊

菊以隱逸稱

豁盦出示易水送別圖中有予舊日題字並有榆生釋戡兩詞家新作把覽之餘萬感交集率題長句二首

（從第二行下半句起）

菊花絕句

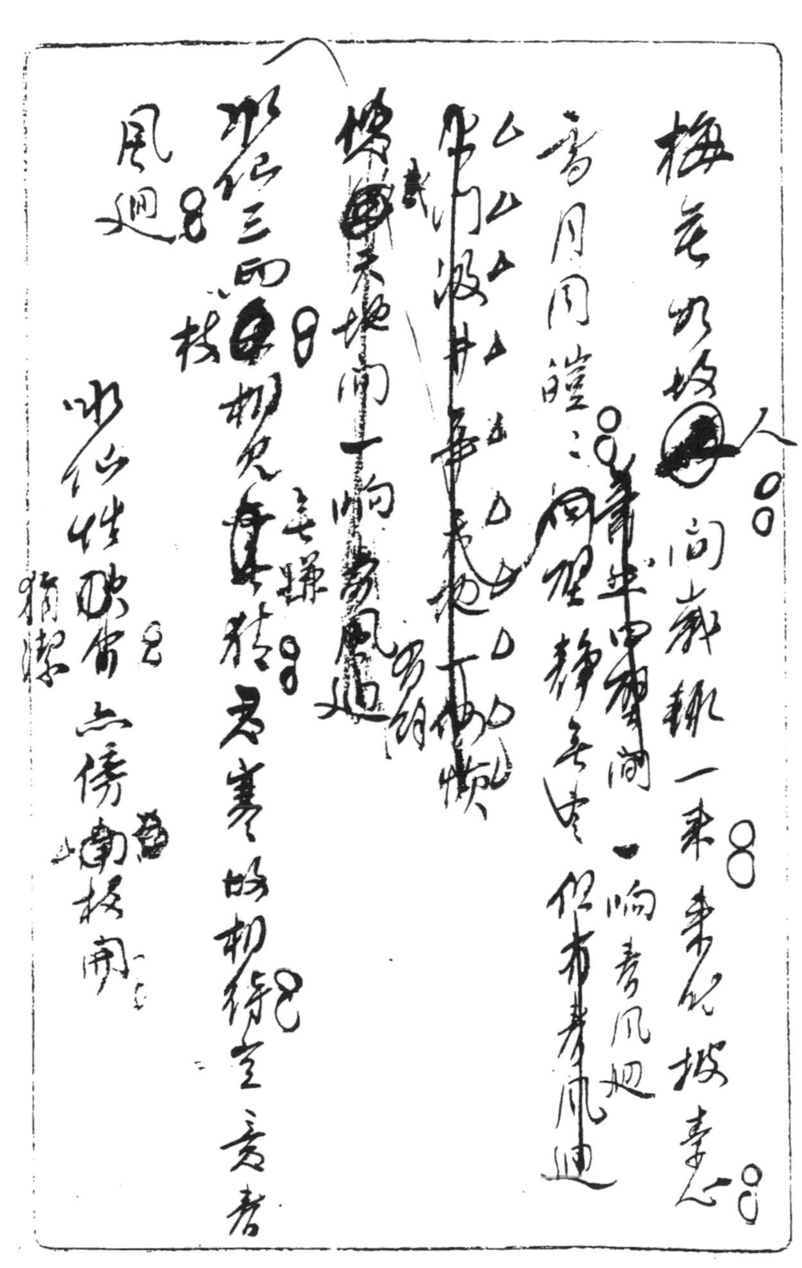

辛巳除夕寄榆生

心悰傷
行吟澤畔人對此辛偏往
采之不忍棄置之尊俎旁
將影相因依

辛巳除夕寄榆生

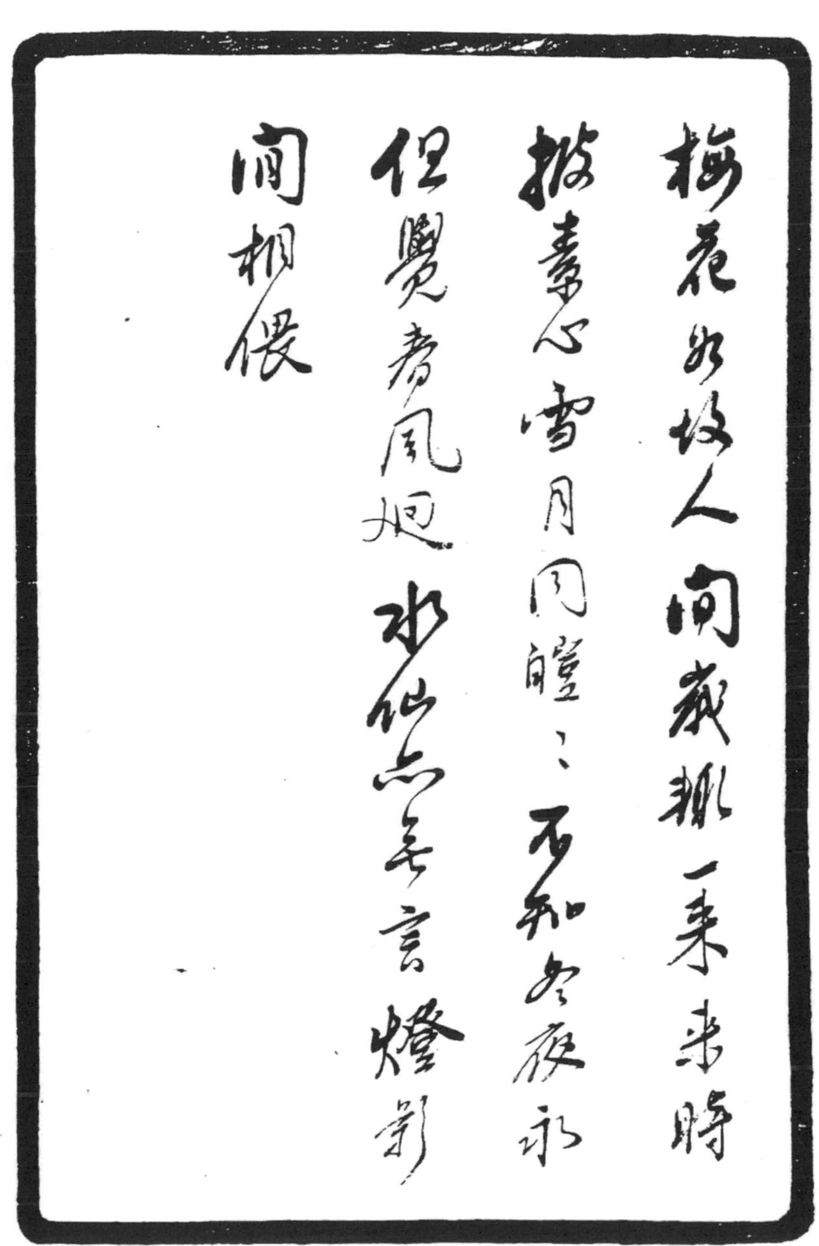

辛巳除夕寄榆生

金縷曲

啼鴂催山醒

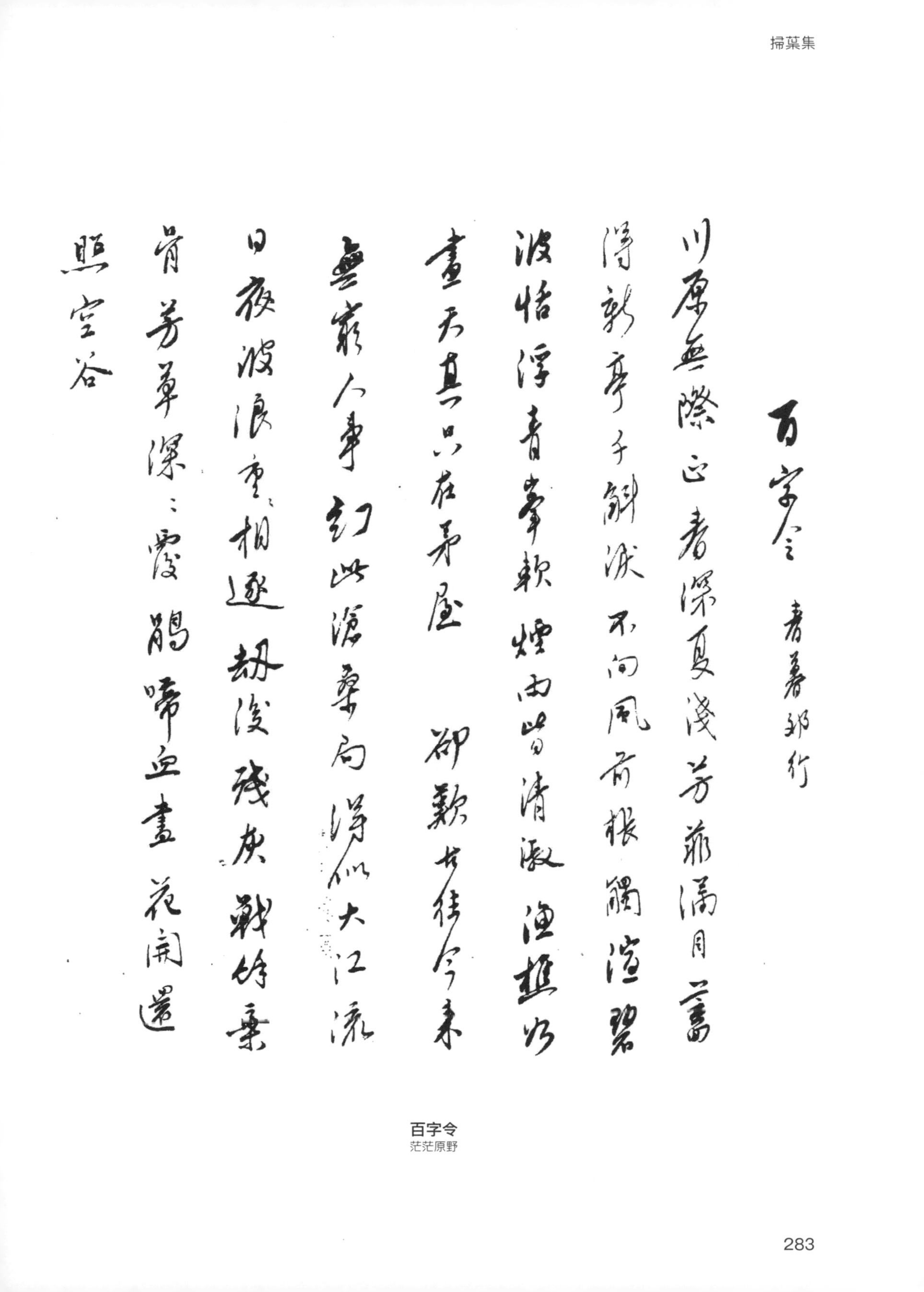

百字令
茫茫原野

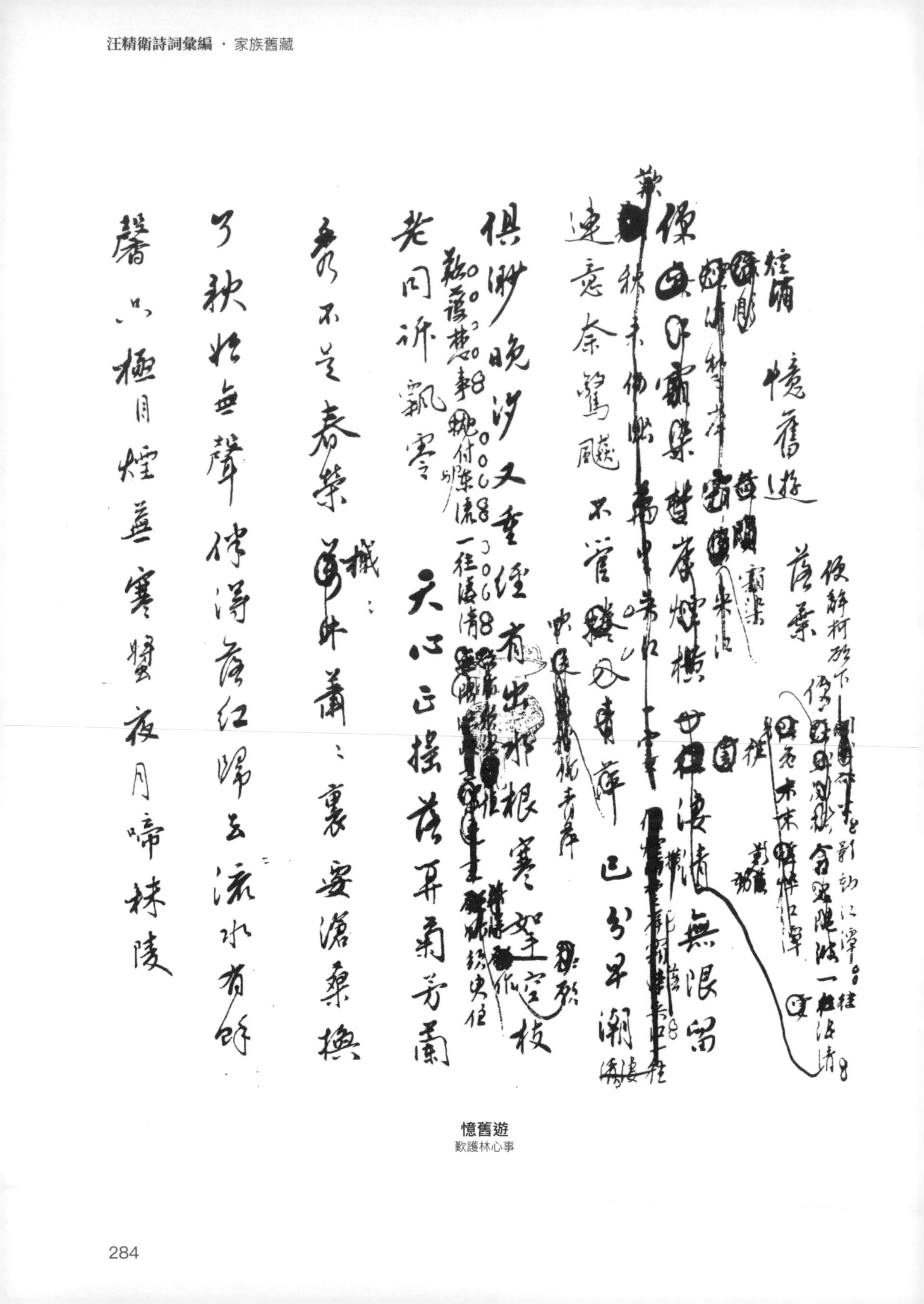

憶舊遊
歎護林心事

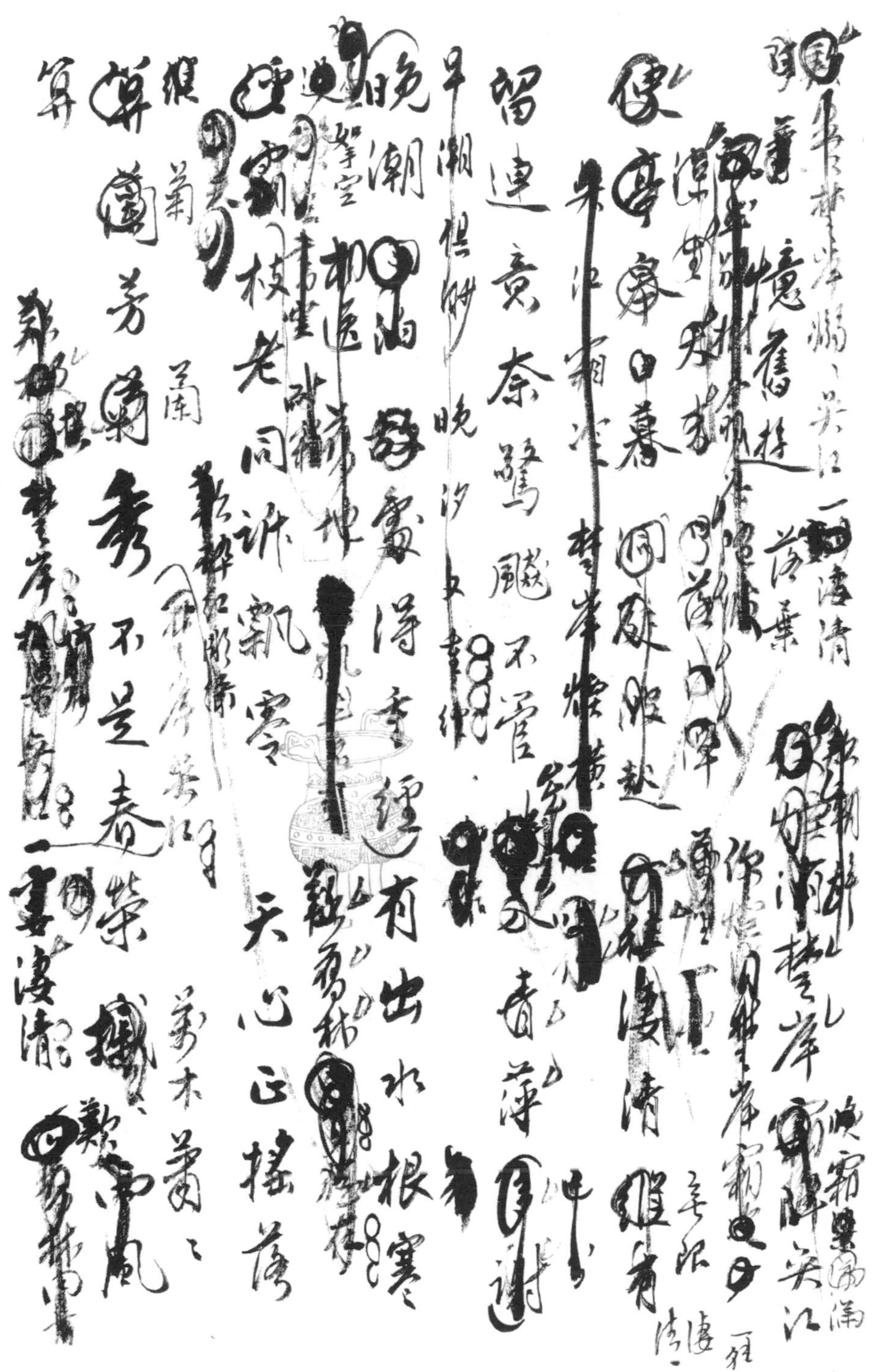

憶舊遊
歎護林心事

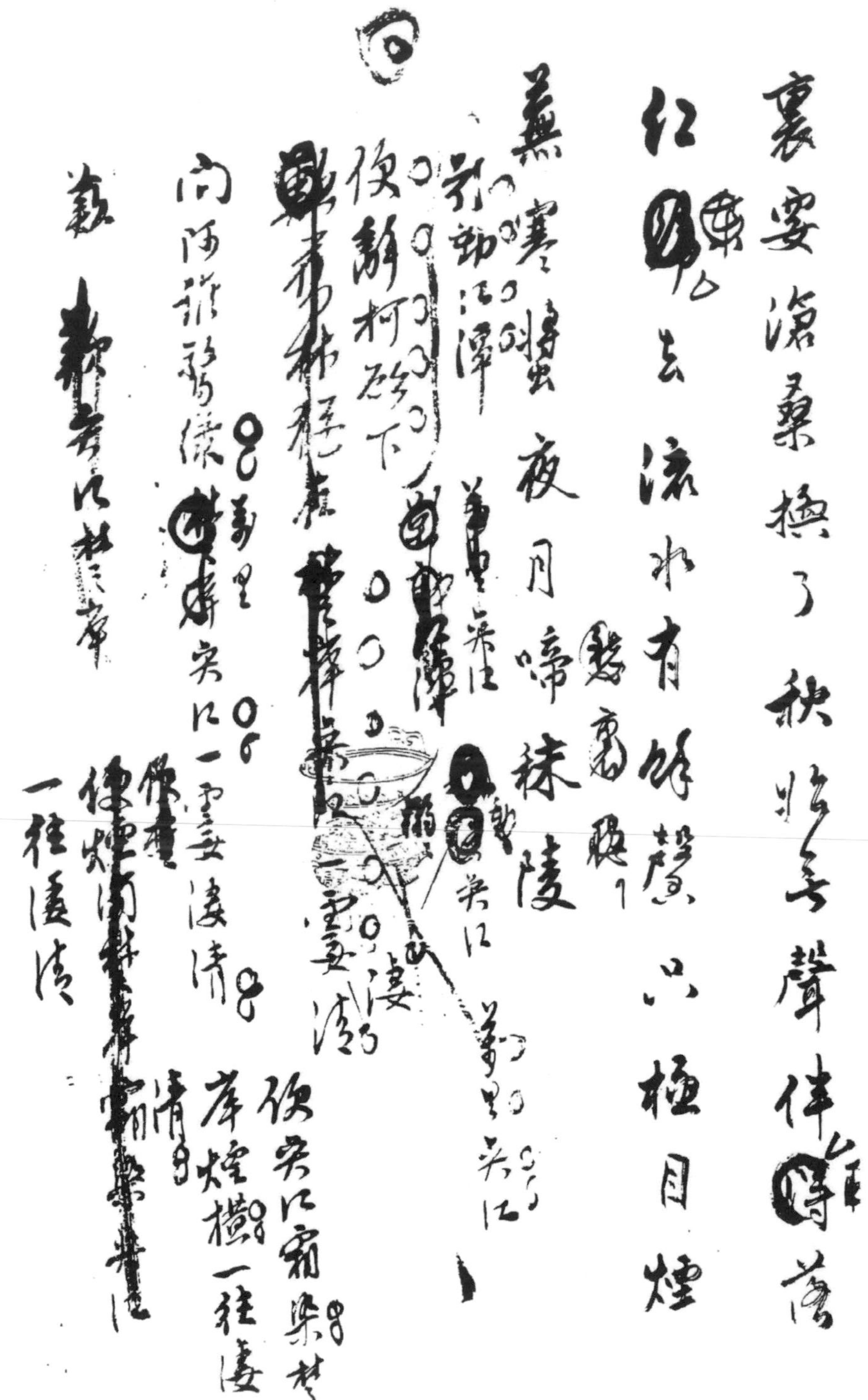

憶舊遊
歎護林心事

憶舊遊

落葉

歎護林心事，付與東流，一往淒清。猶作留連計，奈鷺飈不管，催化青萍。已分星去潮俱渺，晚汐又重經。有出水根寒，如空枝老，同訴飄零。天心正擬落再

憶舊遊
歎護林心事

菊芳蘭秀，不是春榮。摵摵蕭蕭裏，要滄桑換了，秋始無聲。伴得落紅歸去，流水有餘馨。只極目煙蕪，寒蛩夜月啼（悲）秣陵。

憶舊遊
歎護林心事

憶舊遊　落葉

便涼生天末回落江潭一徑淒清無
限留連意奈鷺飈不管捲入青萍
已分早潮俱渺晚汐又重經有
出水根寒過霜枝老同訴飄
零　天心正搖落算蕙芳蘭秀

憶舊遊
歎護林心事

不是春榮萬木葉葉裏要滄桑換
了秋始無聲伴得落紅歸去流
水有餘馨只極目煙蕪寒螿夜月
啼秣陵

憶舊遊
歎護林心事

金縷曲

綠遍池塘草

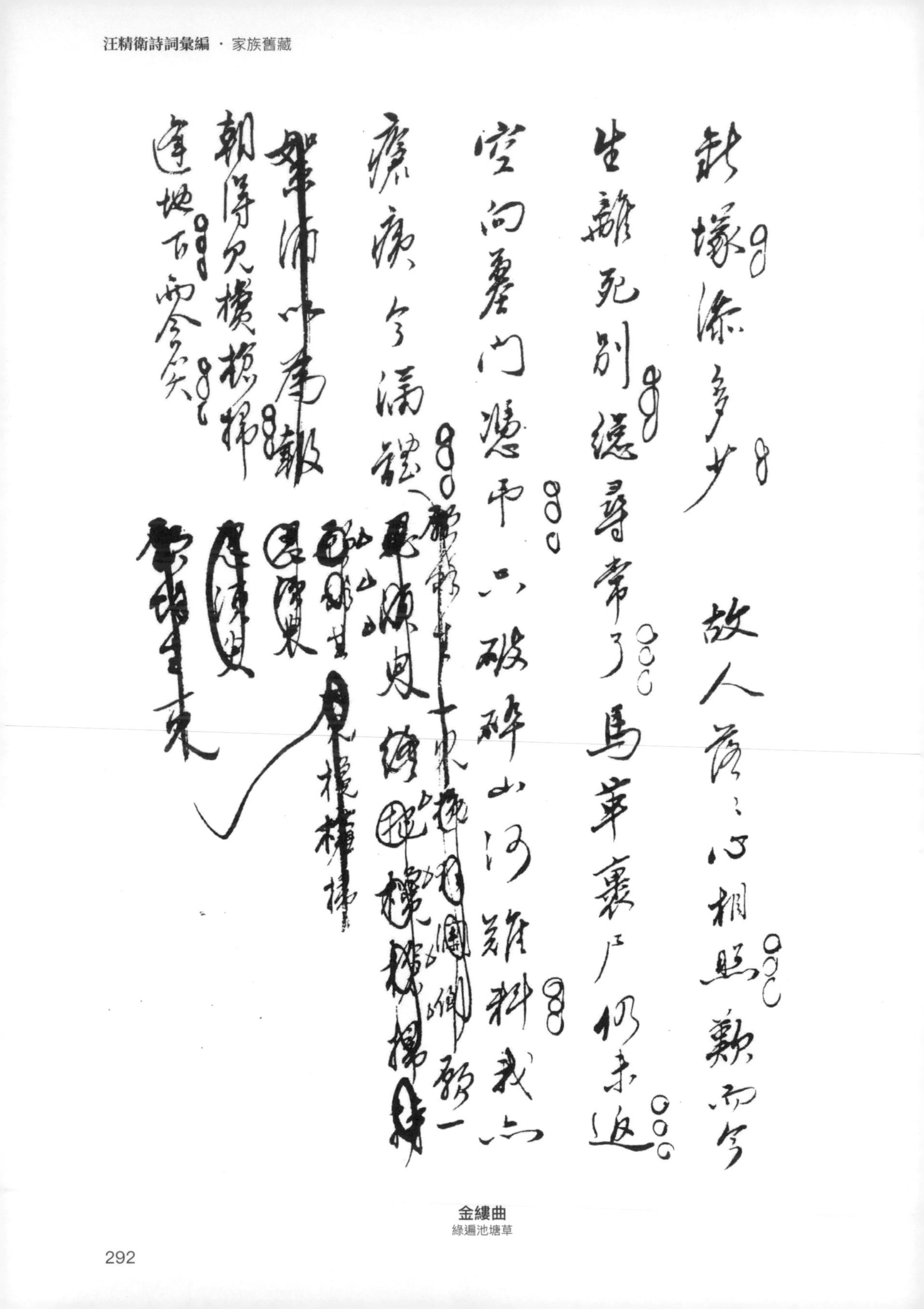

金縷曲

綠遍池塘草

滿江红

庚辰中秋

一點冰蟾便幻出十分秋色光滿處
家家羅幕一時都揭世上難逢乾
淨土天心終見重輪月歎
滄海亦何常同圓缺 雁陣
香蟲聲咽天寒澗人蕭瑟

滿江紅

一點冰蟾

照長堤衰草，苦戰
磧圍未賊殘戰場暴骨撼收九霄
風露淡滌來鄉里關河潔霜
月光流影到疏巢，烏頭白

滿江紅
一點冰蟾

虞美人

週遭風雨城如斗

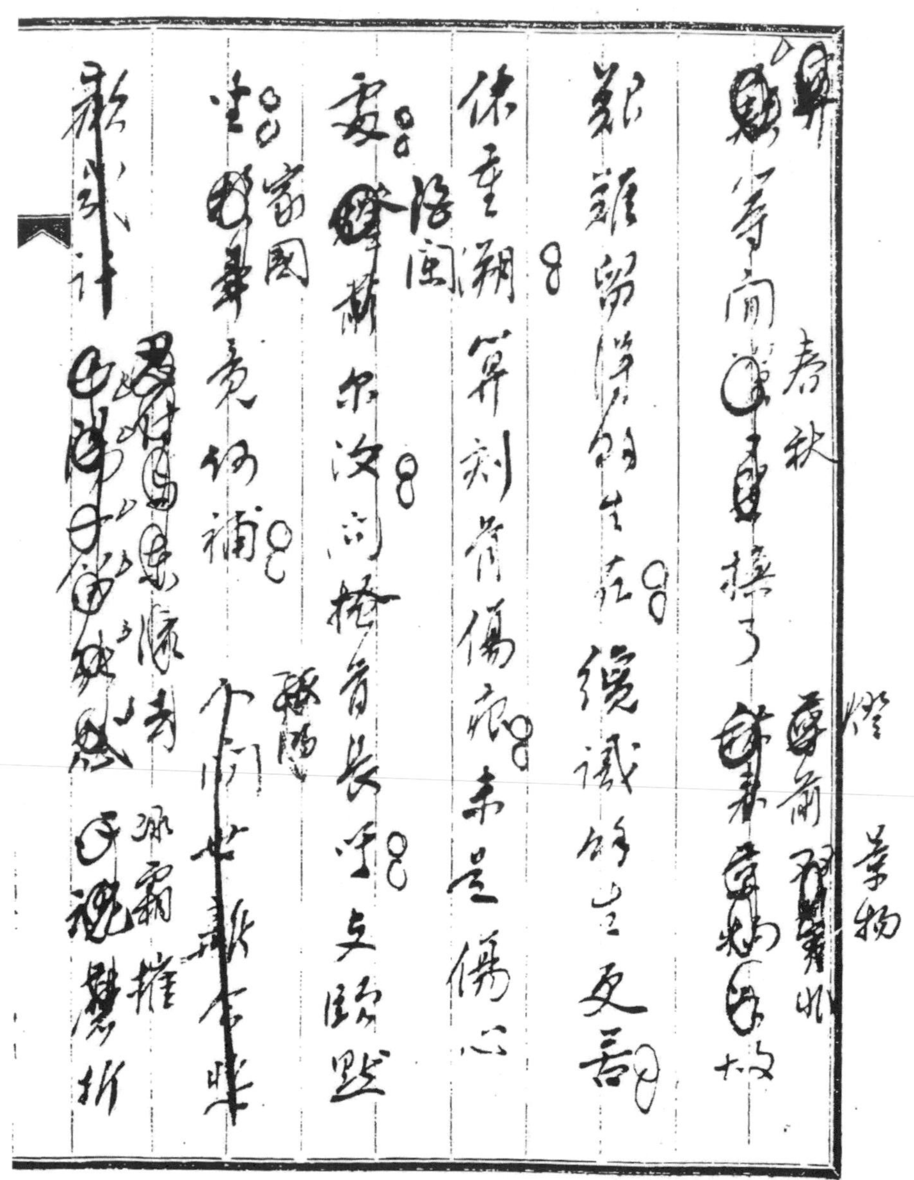

邁陂塘
歎等閒

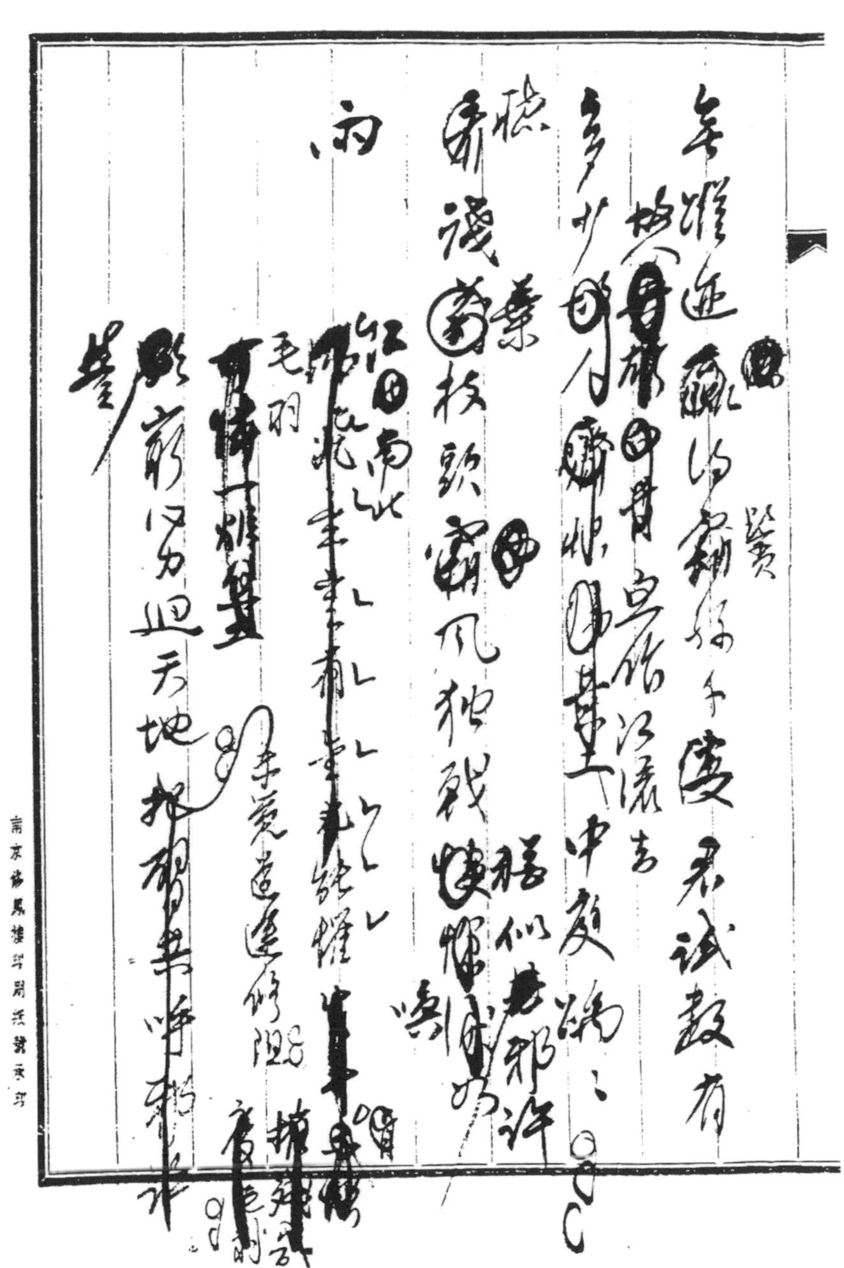

邁陂塘

歎等閒

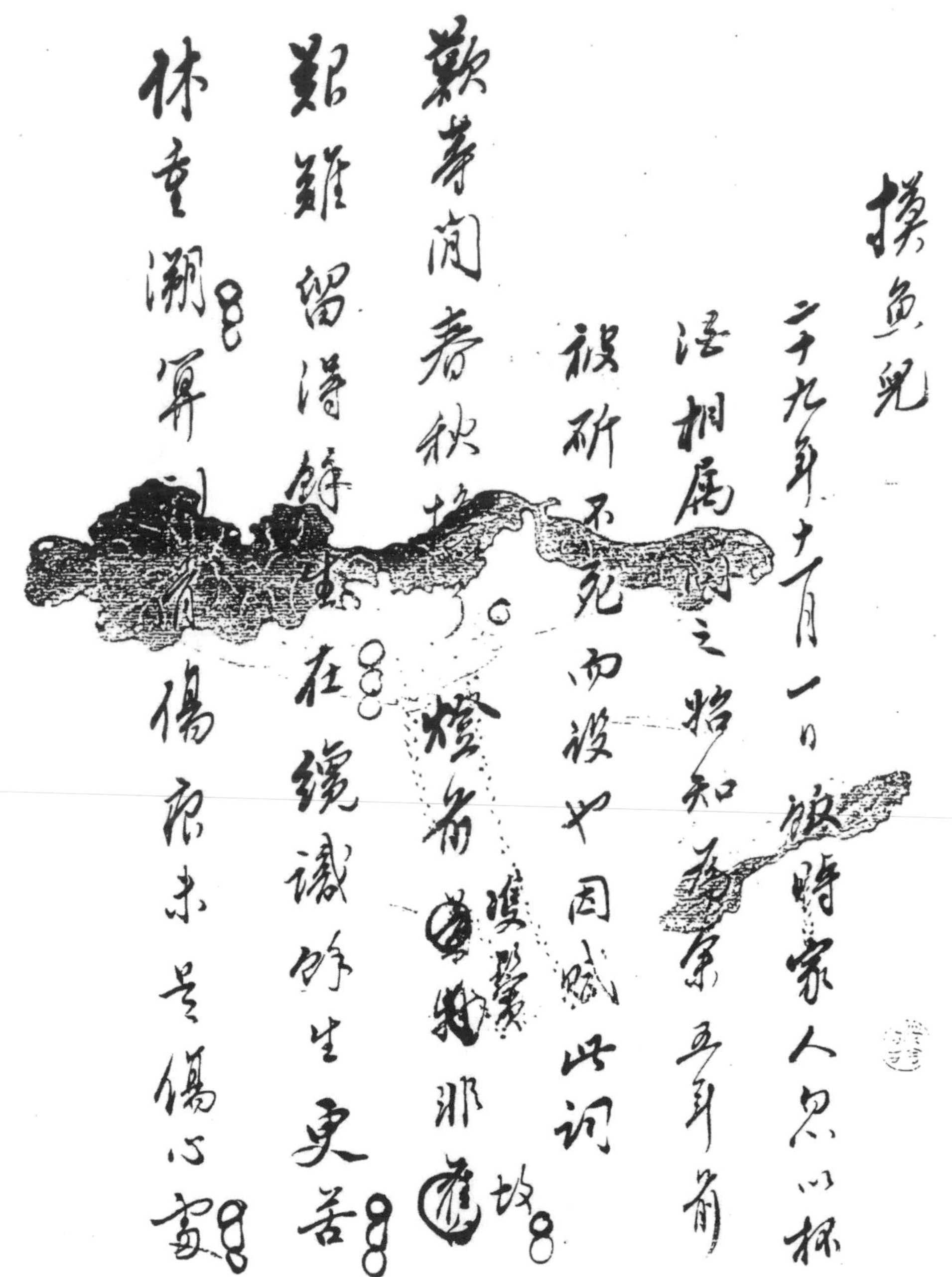

摸魚兒
二十九年十月一日旅時家人以採
蓮相屬因之始知[illegible]五年前
被斫不死而復也因賦此詞
歎等閒春秋換了。燈前[illegible]故。
艱難留得[illegible]在。鏡識餘生更苦。
休重溯。算[illegible]傷痕未是傷心處。

邁陂塘
歎等閒

邁陂塘

歎等閒

水調歌頭

一片舊時月

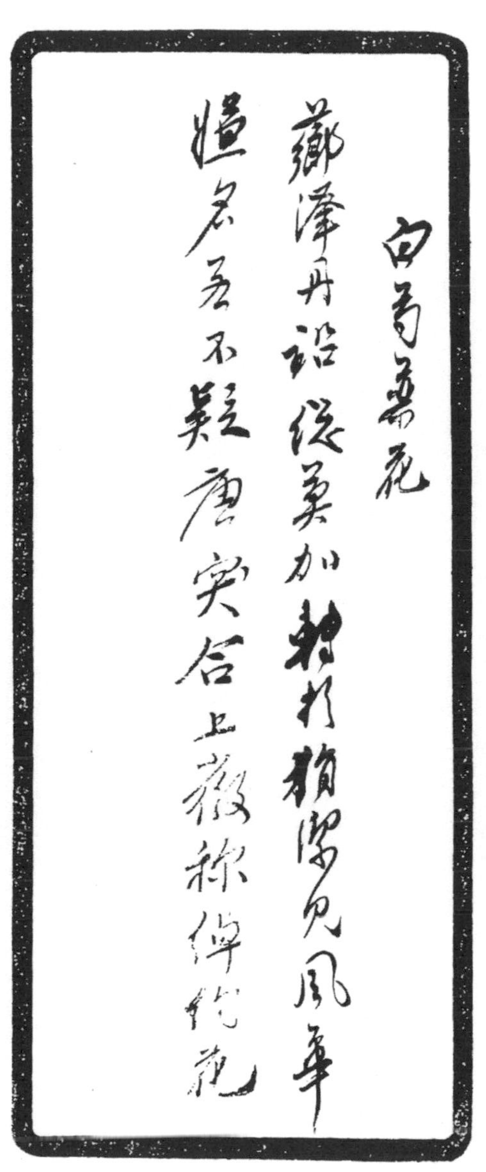

白芍藥花

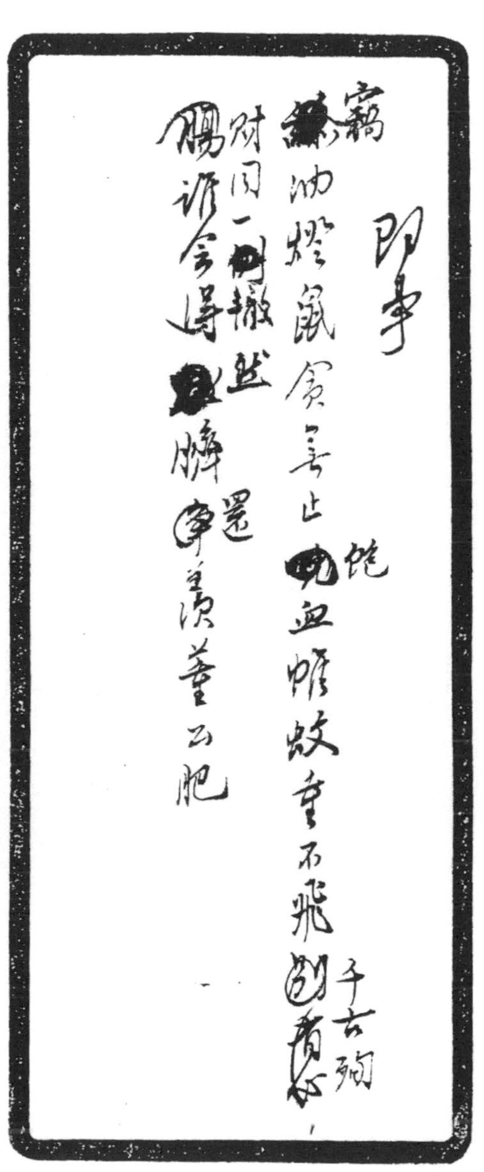

讀史

題曼昭江天笠屐圖卷

笠屐儼然似放翁江天魚鳥亦從容盤空
黑羽頻捎月出水赬鱗欲化虹別浦燈
光深樹裏歸舟人語淡煙中畫圖但
溯兒時樂嗟爾披吟淚滿胸

為曼昭題江天笠屐圖

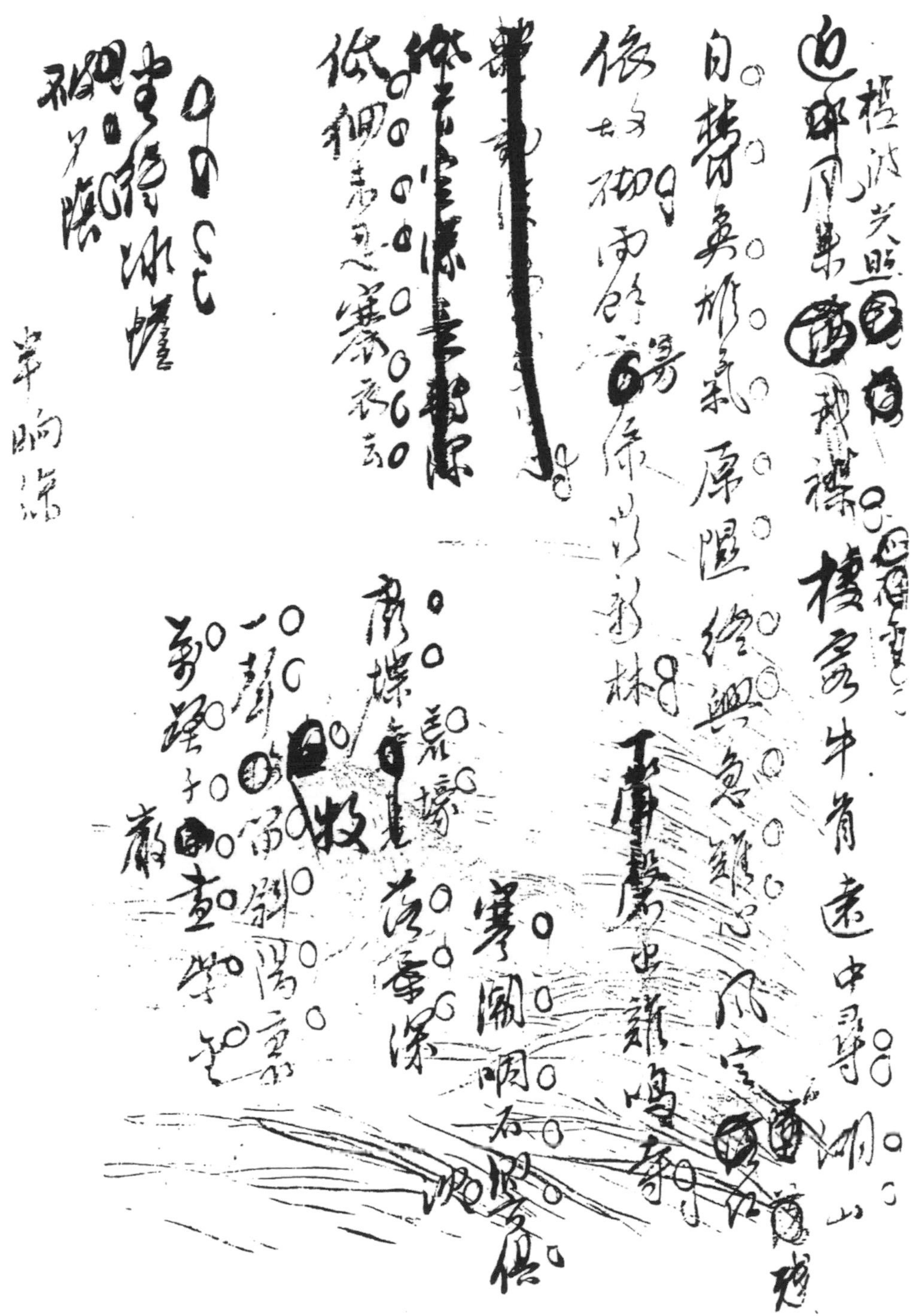

春暮登北極閣

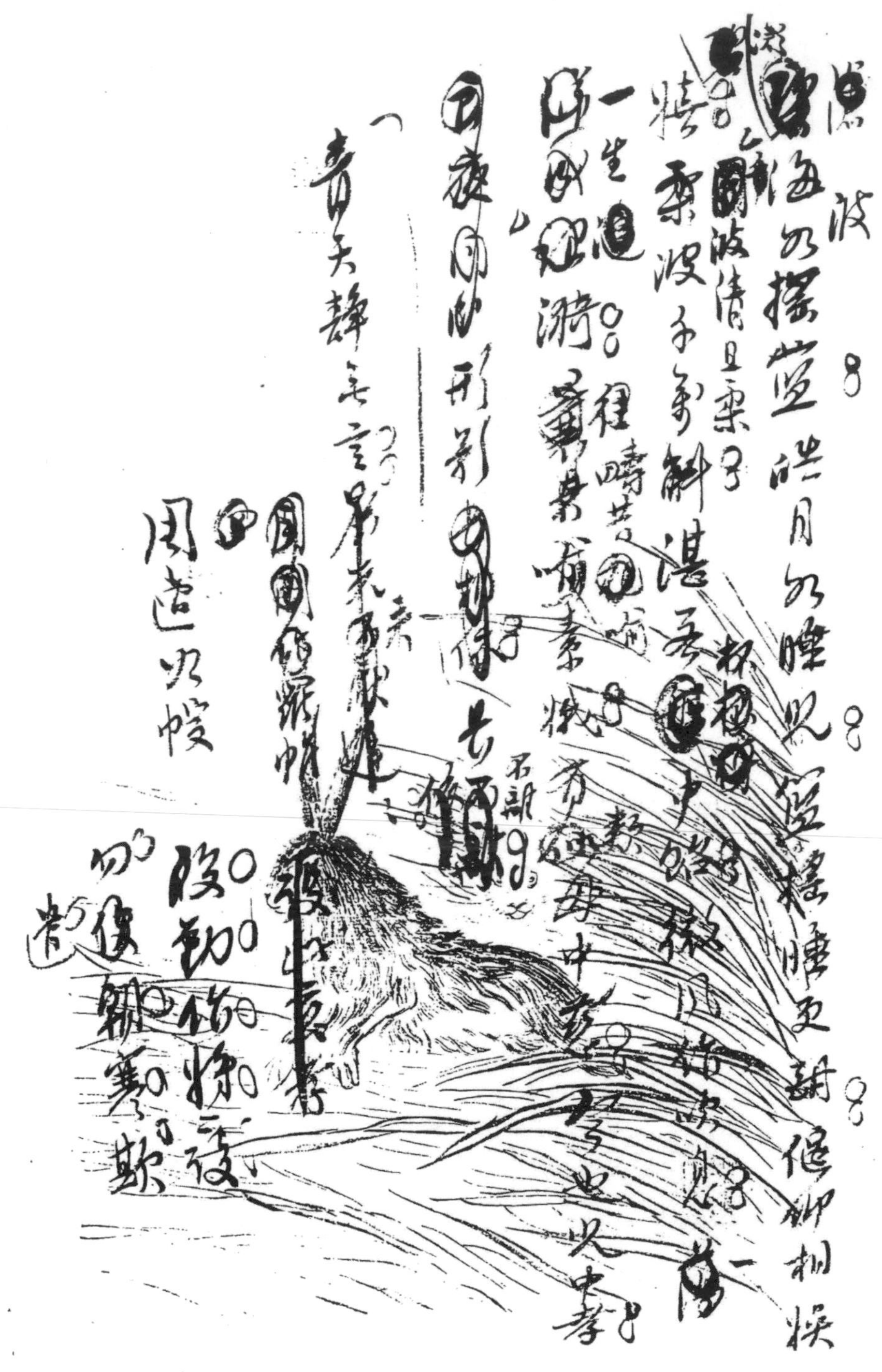

方君璧妹自北戴河海濱書來云海波蕩月狀如搖籃引申其語作為此詩

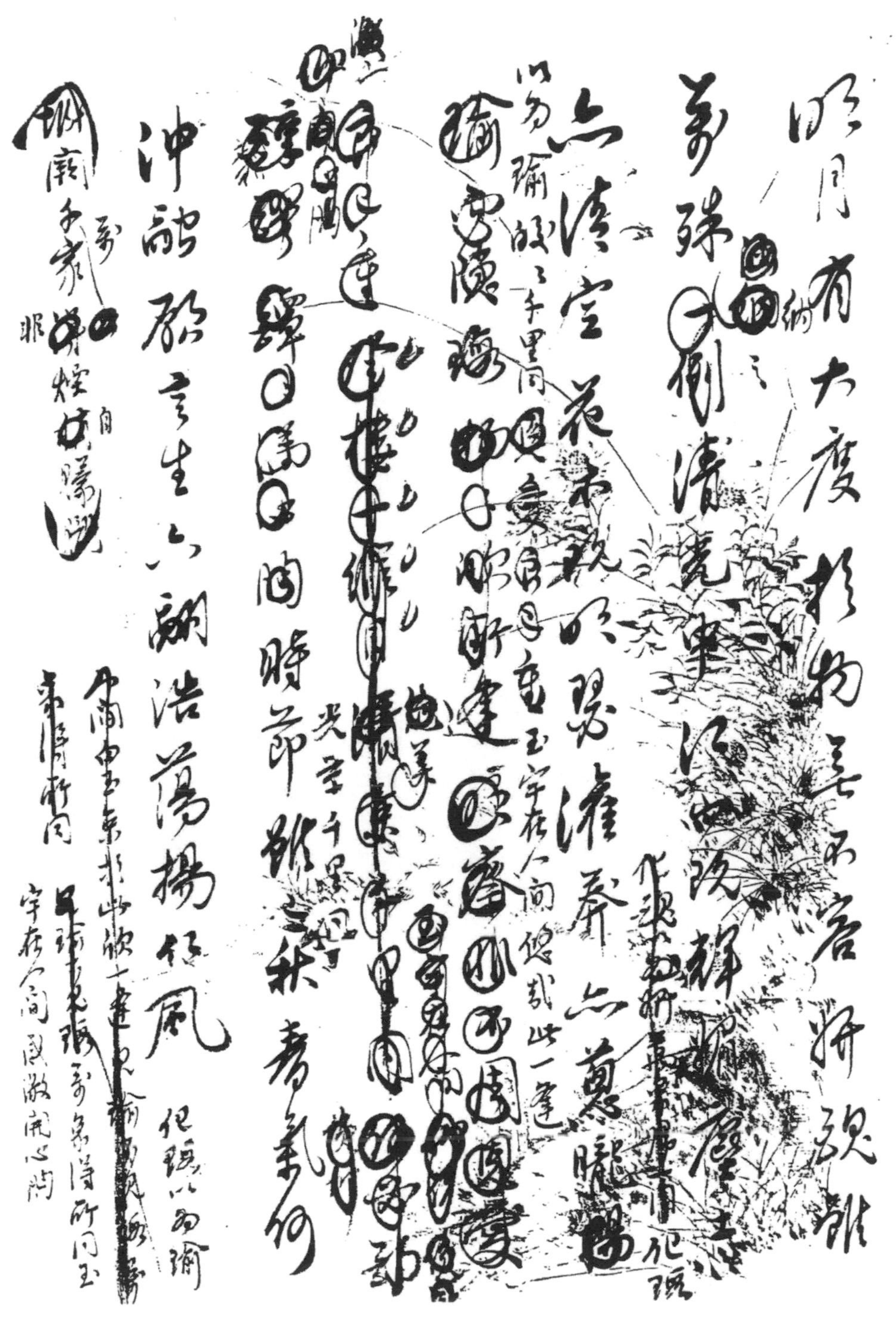

壬午中秋夜作

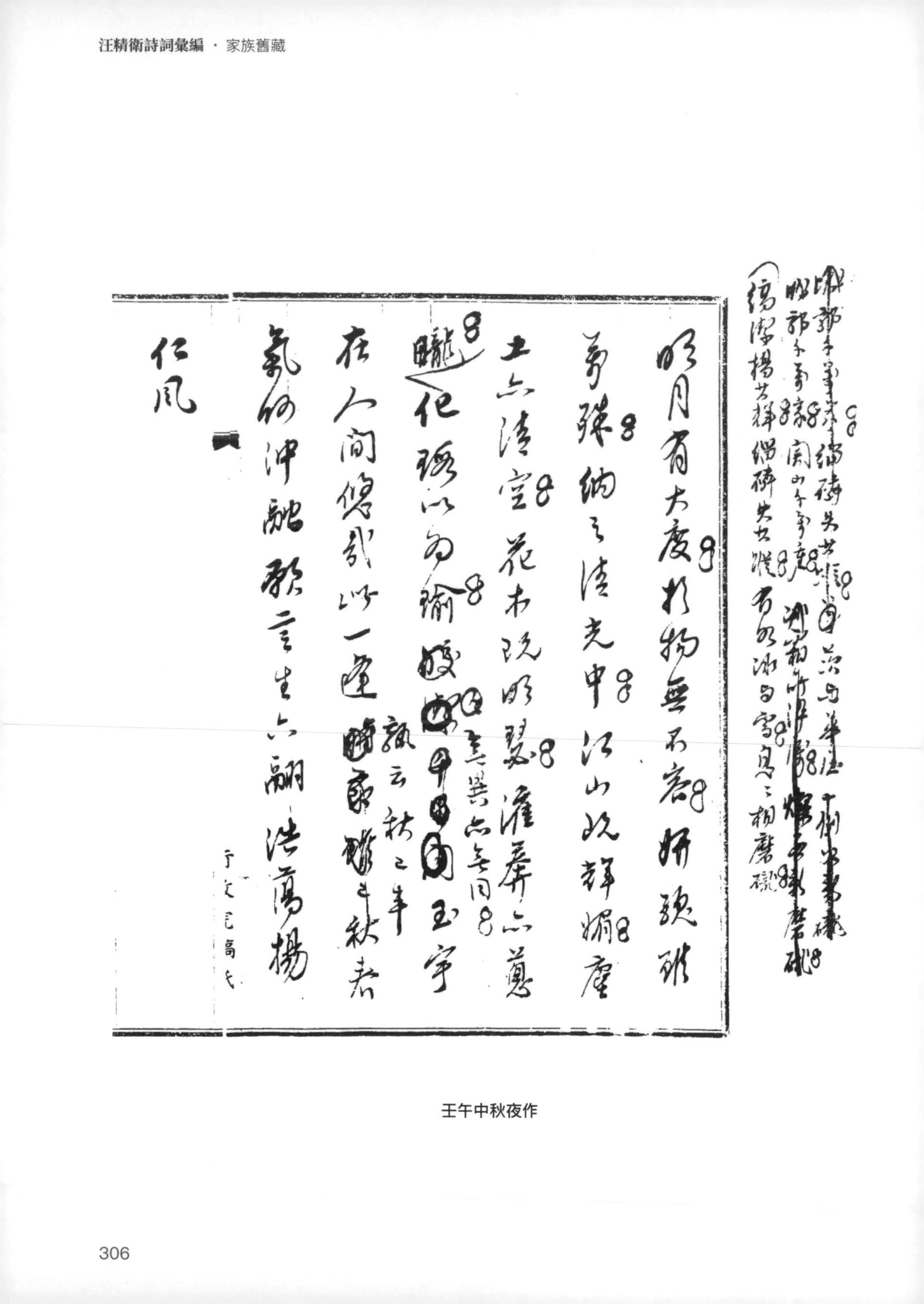

壬午中秋夜作

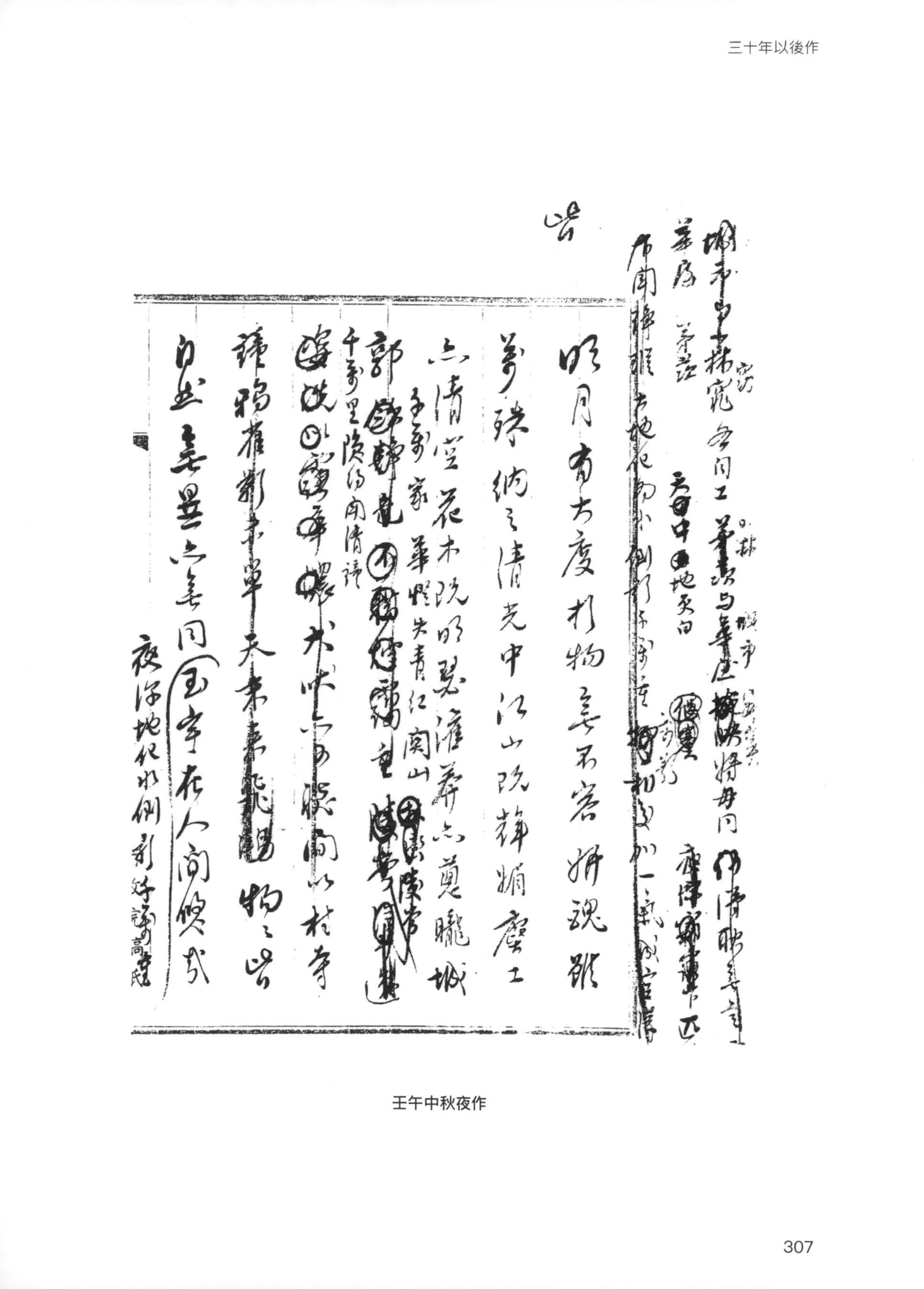

壬午中秋夜作

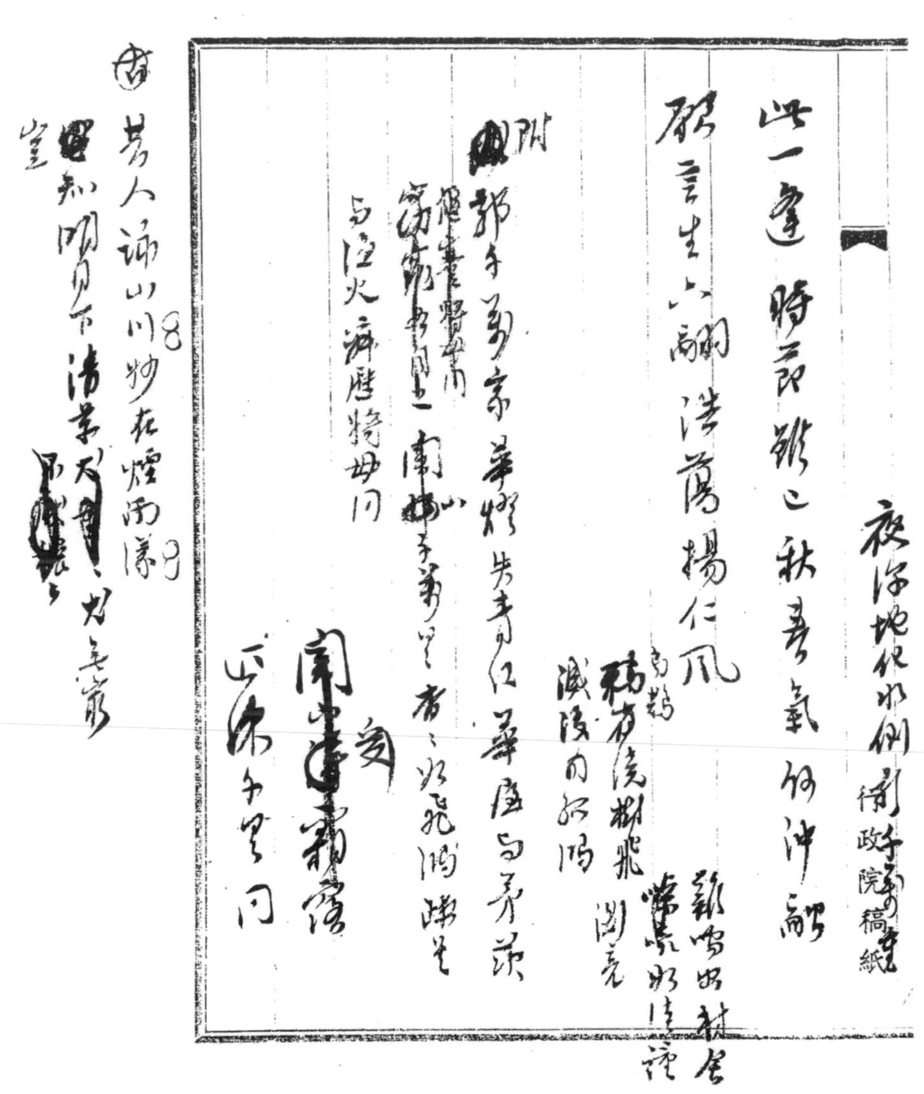

壬午中秋夜作

壬午中秋夜作

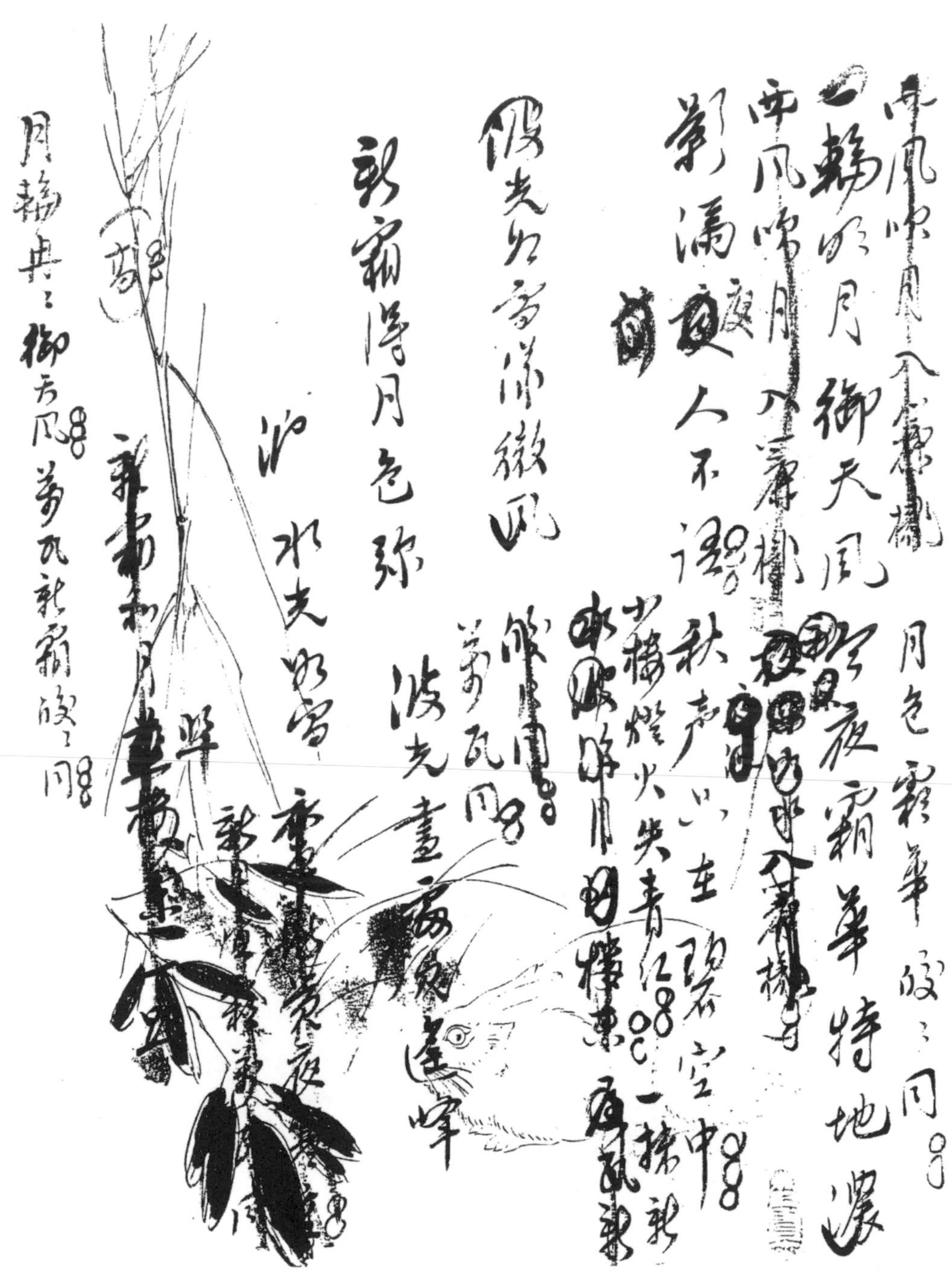

壬午中秋夜作

偶成

新綠涵春雨

惺兒畫牽驢圖戲題其右

蠟梅

昆山詩句古今傳
我更指花一捏盆古色最宜邀
凍石琢璞只合耦冰仙詷瓶結後香仍暖
蠟炬融時淚點圓隱几欲賦還未忍淡黃
月色小窗前
蠟石一名凍石
淡黃月色和無人夜凝碧池光欲雪天
喜得數枝更清絕不辭耐冷立風前

冰仙
群芳譜水仙單瓣者名

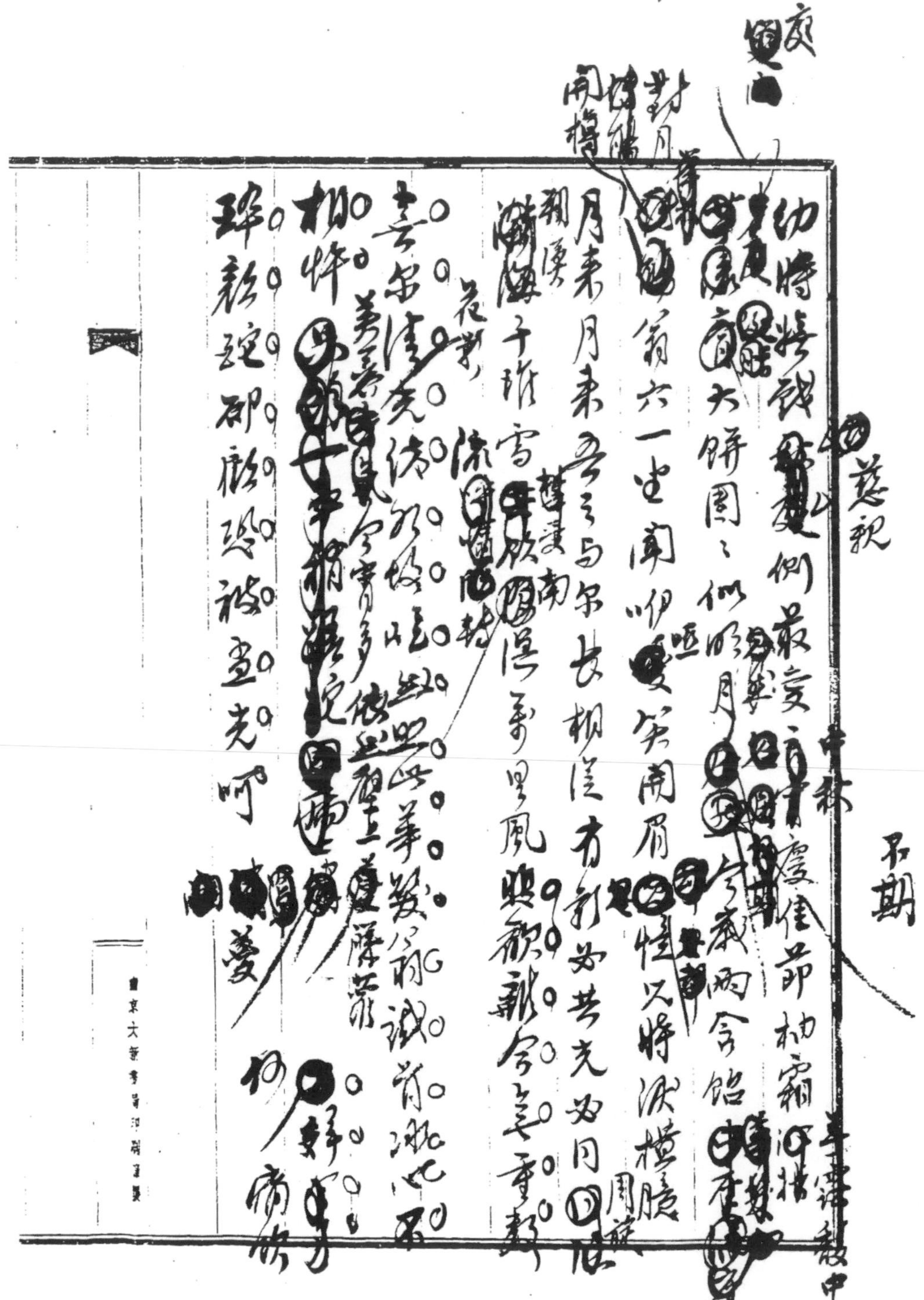

癸未中秋作為此示冰如

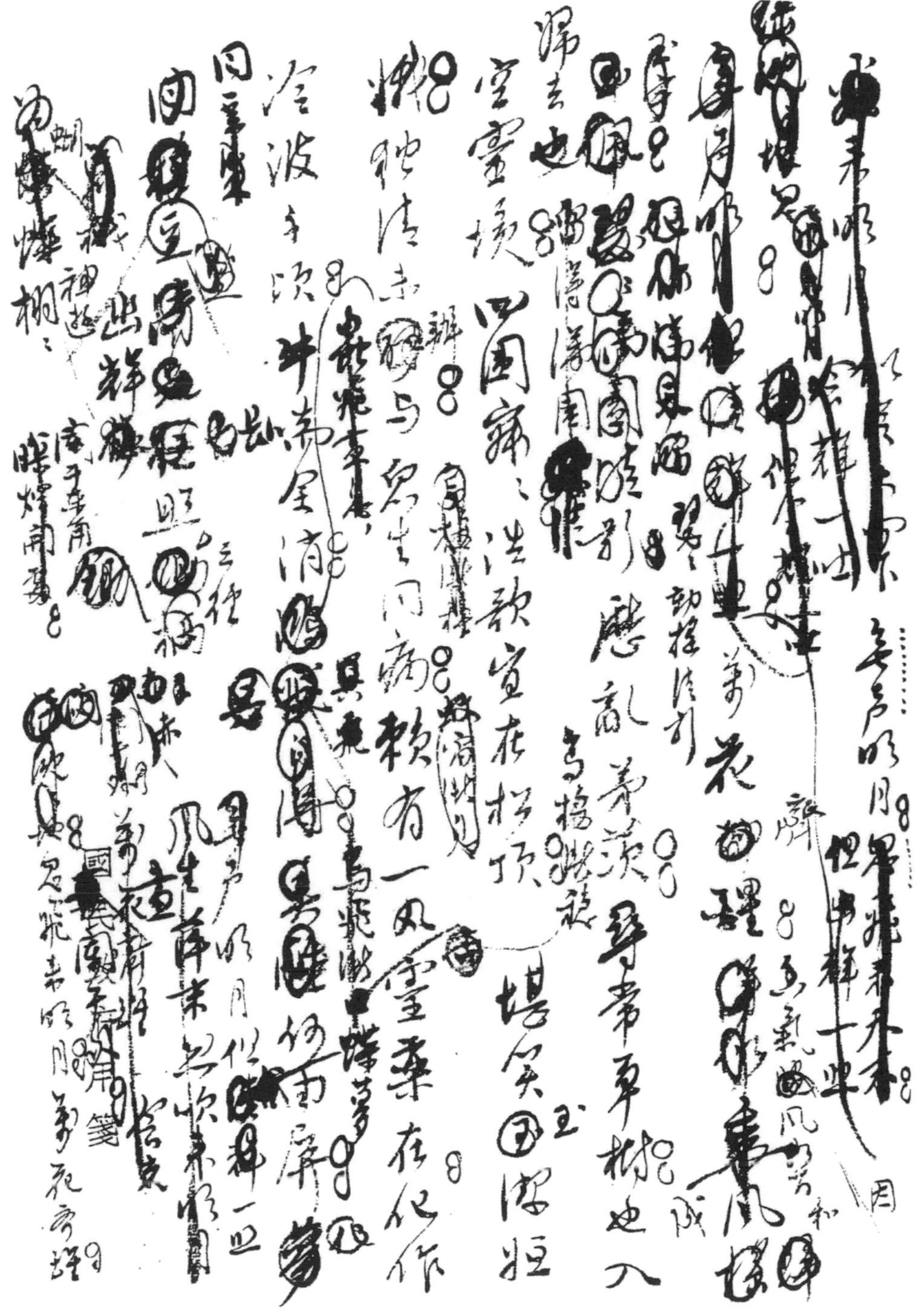

百子令
悶沈沈地

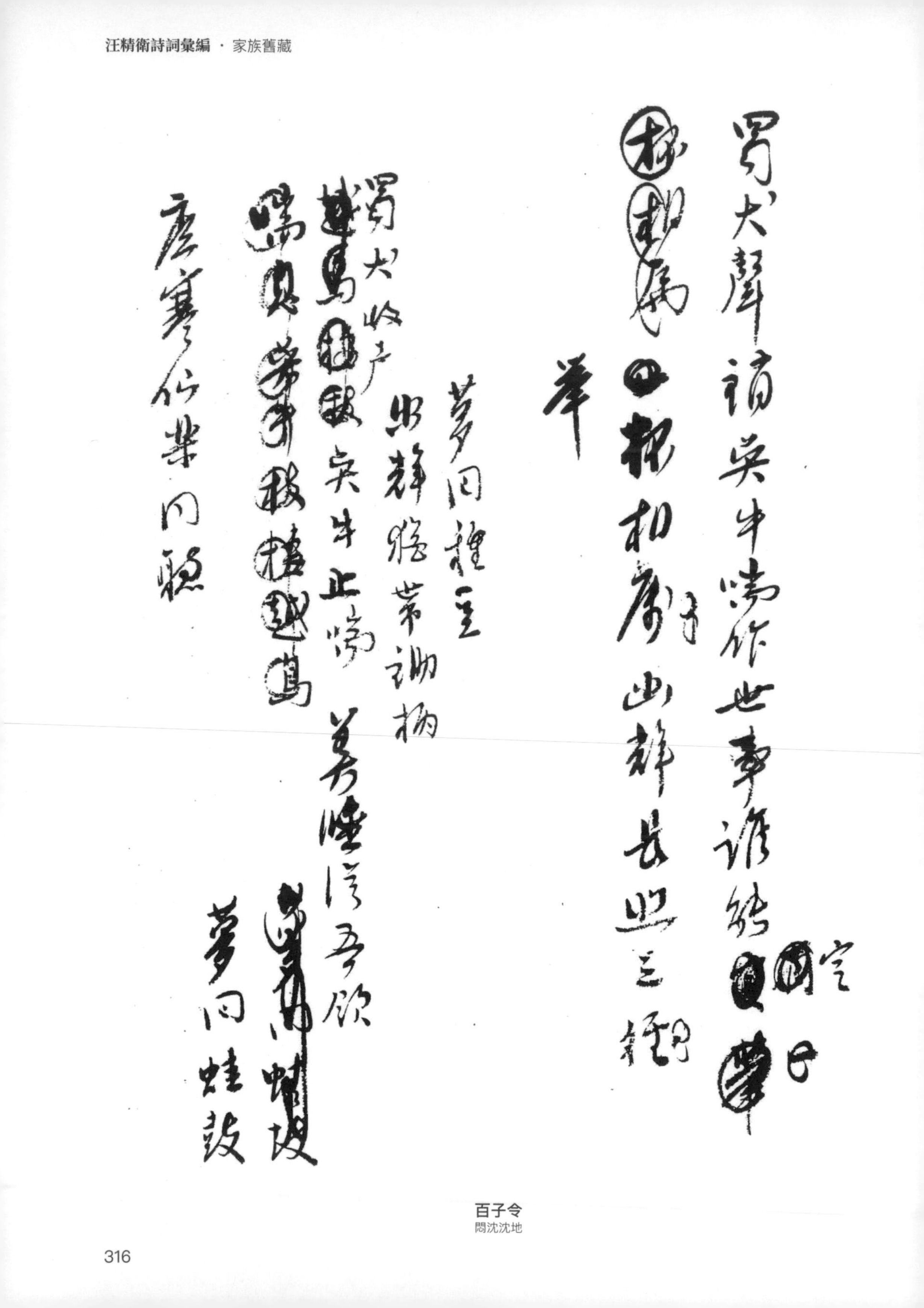

百子令
悶沈沈地

朝中措

重九日讀元遺山詞至故國江山如畫醉來忘卻興亡悲不絕于心因破戒和其韻並示但和此一韻

丙己

荒城殘堞暮煙蒼。隄水引愁長。滿地蕭蕭落葉，黃花留住斜陽。危闌四望，人間何世，日日滄桑。待得山川重秀，再來憑弔興亡。

閬詒

朝中措
城樓百尺倚空蒼

城樓百尺倚空蒼。雁背正低翔。滿地蕭蕭落葉，黃花留住斜陽。
闌干拍遍，心頭塊壘，眼底風光。為問青山綠水，能禁幾度興亡。

朝中措
城樓百尺倚空蒼

由巴黎返羅痕郊行

蛙迎歸客互喧呼無限歡擁漲滿湖

幾霎蘆根知水落一時風雨令花疎

好山重對逢知友熟徑追尋過舊書

夜[illegible]驅遊澗月伴人欣欣到庭除

由巴黎返羅痕郊行

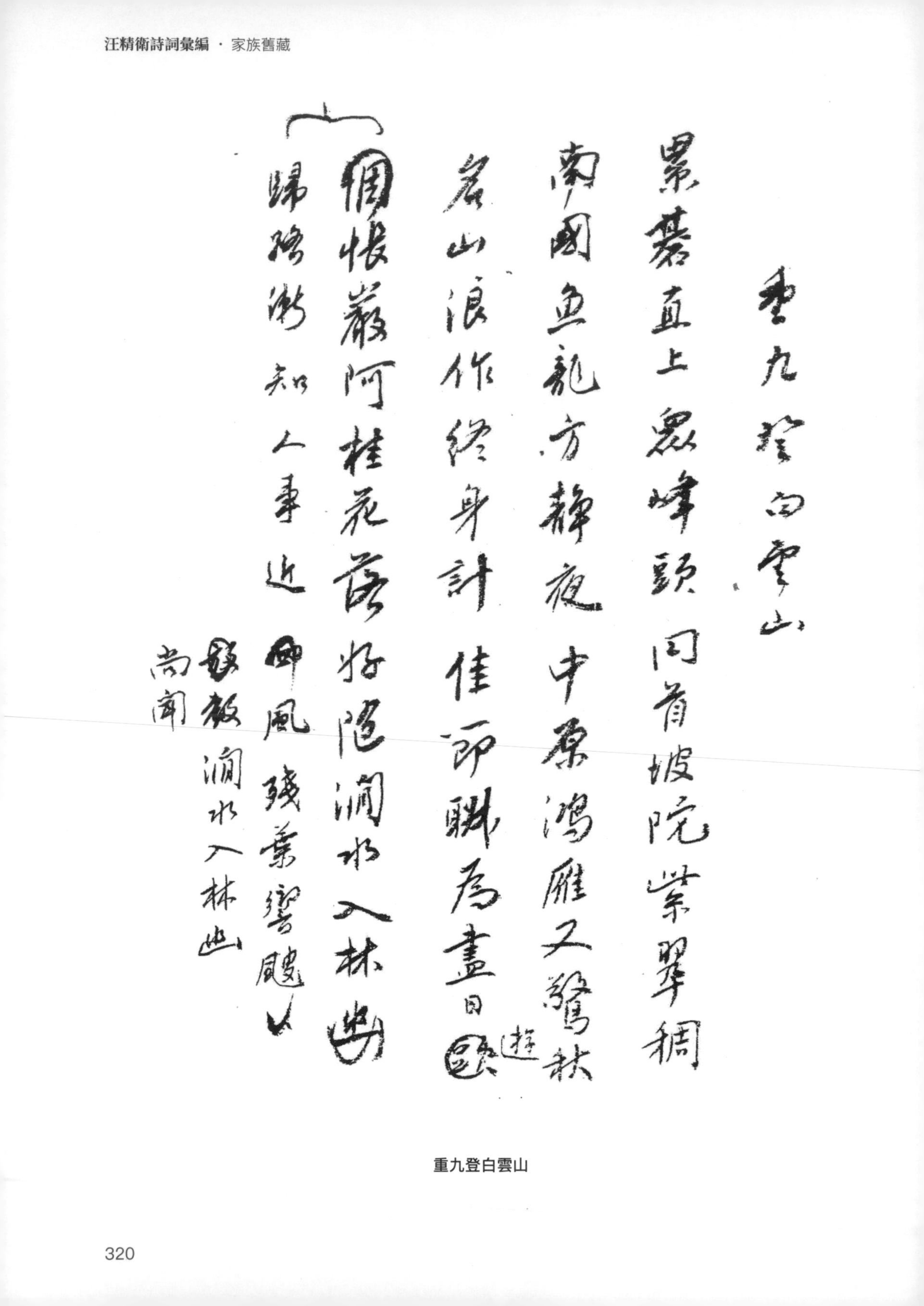

重九登白雲山

舟出巫峽過巫山縣城俯江流山翠欲活與十二峰巉巖氣象迥不侔矣為作一絕句

峽開江水接天流一抹脩眉翠黛浮若把風姿喻神女移巖消盡見溫柔

舟出巫峽過巫山縣城俯江流山翠欲活與十二峰巉巖氣象迥不侔矣為作一絕句

過巫峽

奇峰十二貫蒼穹，鐵骨松顏今古同。
一掃高唐雲雨夢，披襟領取大王風。

聞之舟人三峽猿啼近來已成絕響為作一絕句

不盡人間殺伐心，老猿從此入山深。
風清日烈瞿唐峽，唯有秋蟬自在吟。

過巫峽

聞之舟子三峽猿啼近來已成絕響為作一絕句

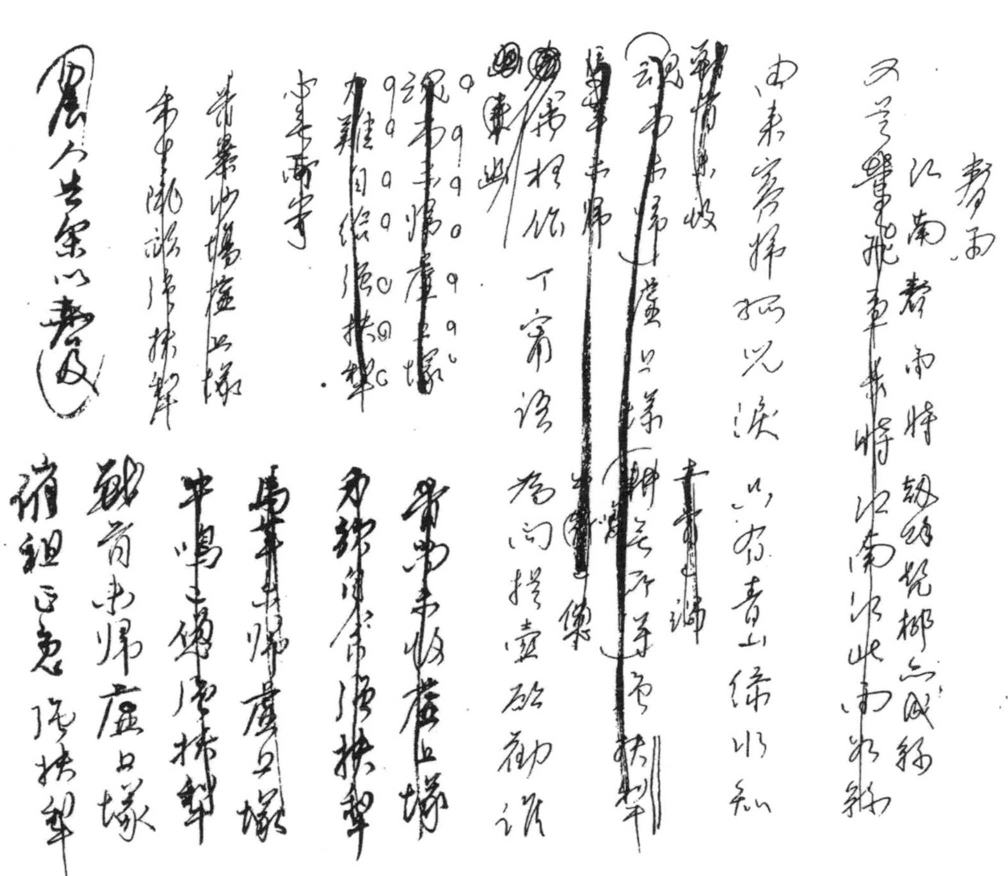

春暮

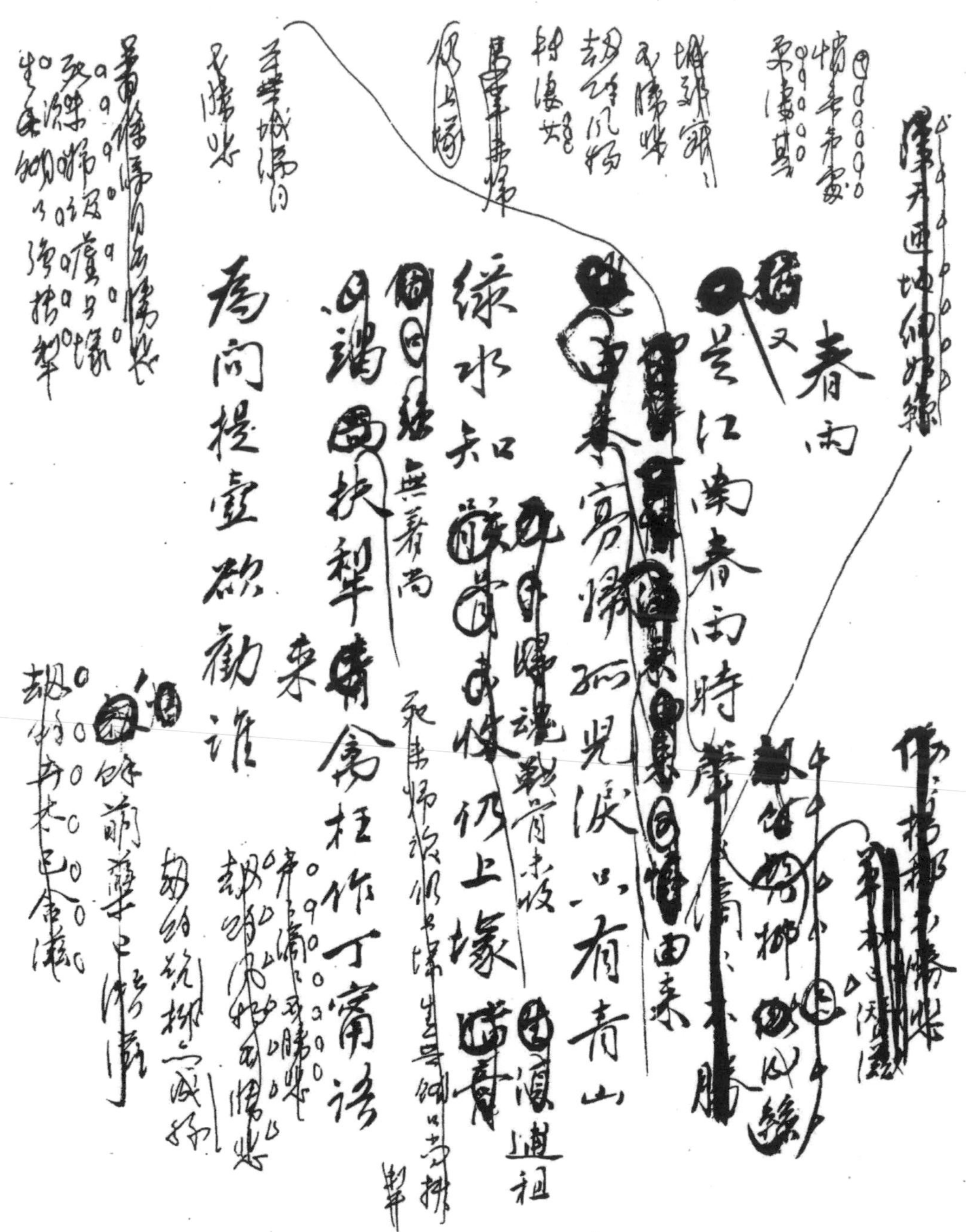

春暮

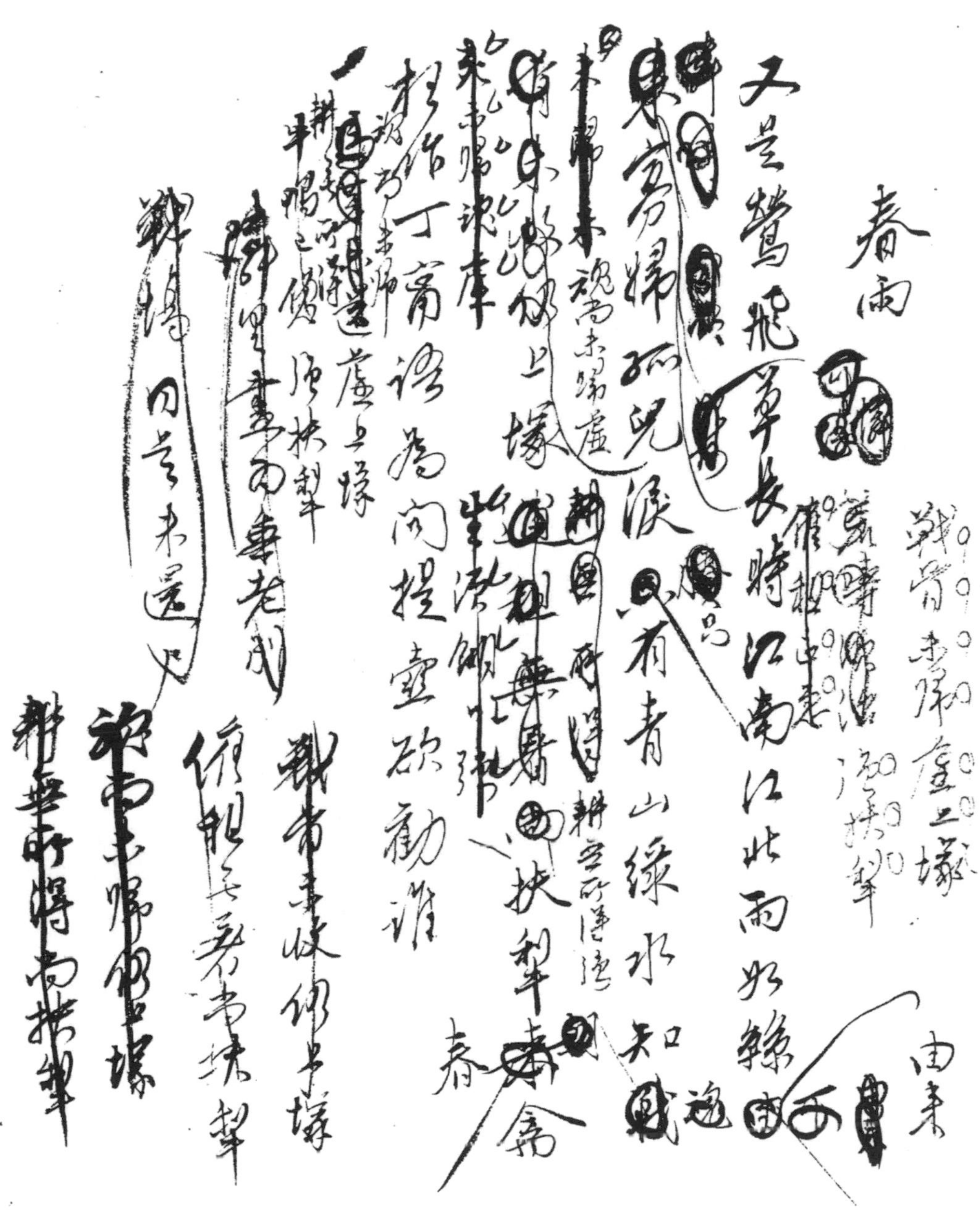

春暮

春暮

春雨

又是江南春雨時翩翩蛺蝶六風纏由背

未旁歸張晃淚以有青山綠水知戲

暴沙場骨未歸塵上緣土齊已遇獨扶犁 禾去隴畝

此念相作不當法為間提壺勸

謹

春暮

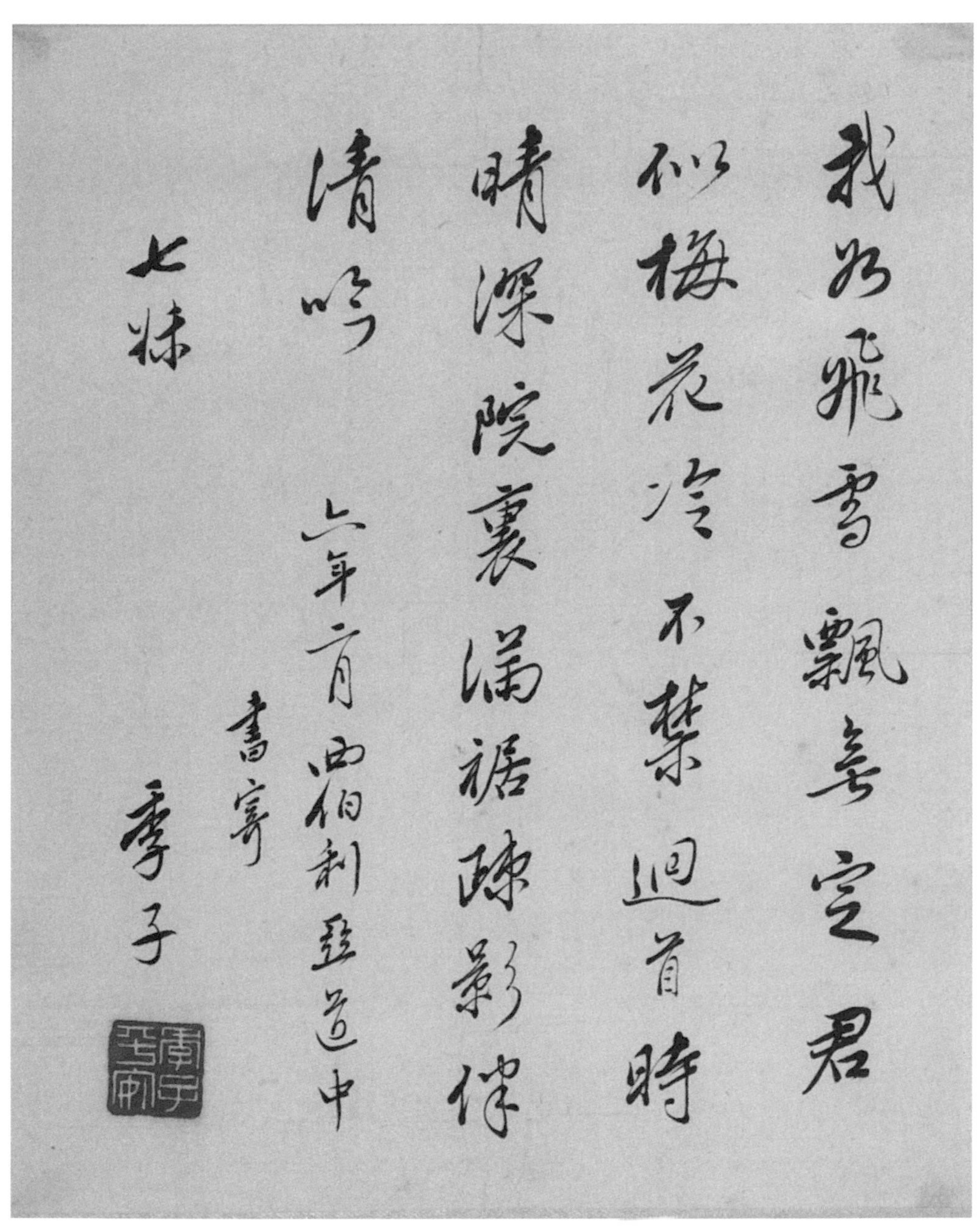

西伯利亞道中寄冰如

贈陳璧君

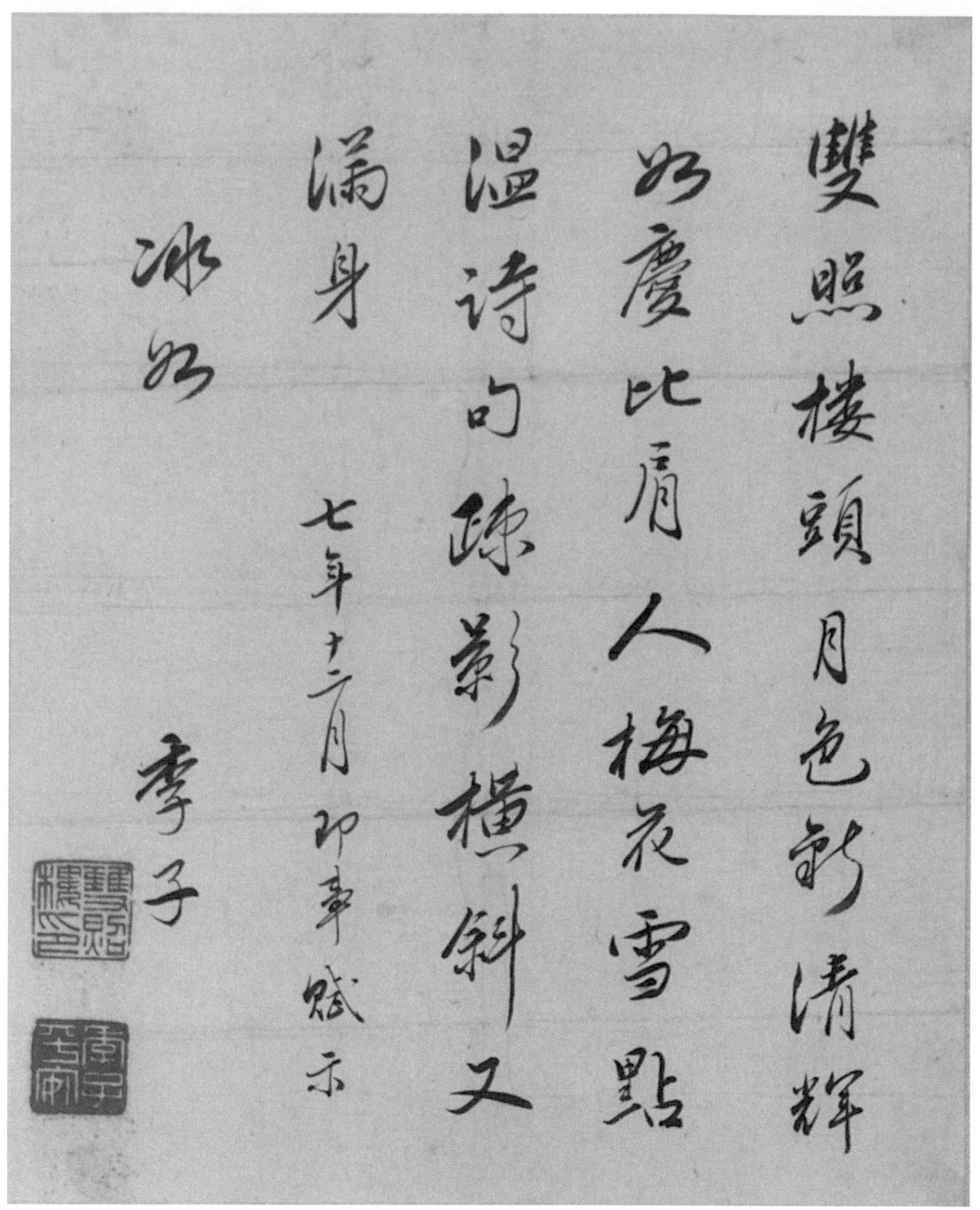
雙照樓頭月色新清輝
如慶比肩人梅花雪點
溫詩句疏影橫斜又
滿身
七年十二月即事賦示
冰如
季子

十二月二十八日雙照樓即事
贈陳璧君

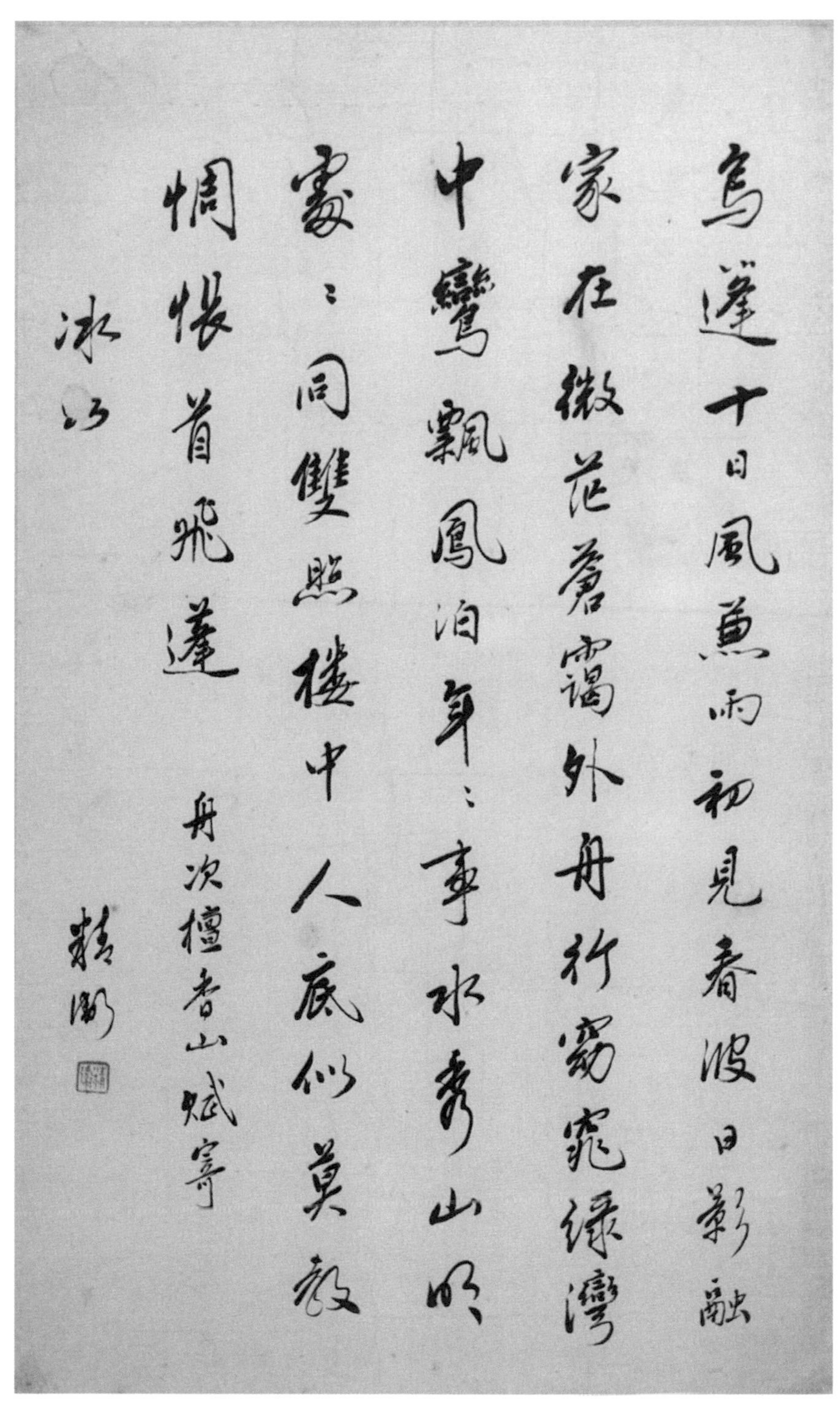

舟次檀香山書寄冰如

贈陳璧君

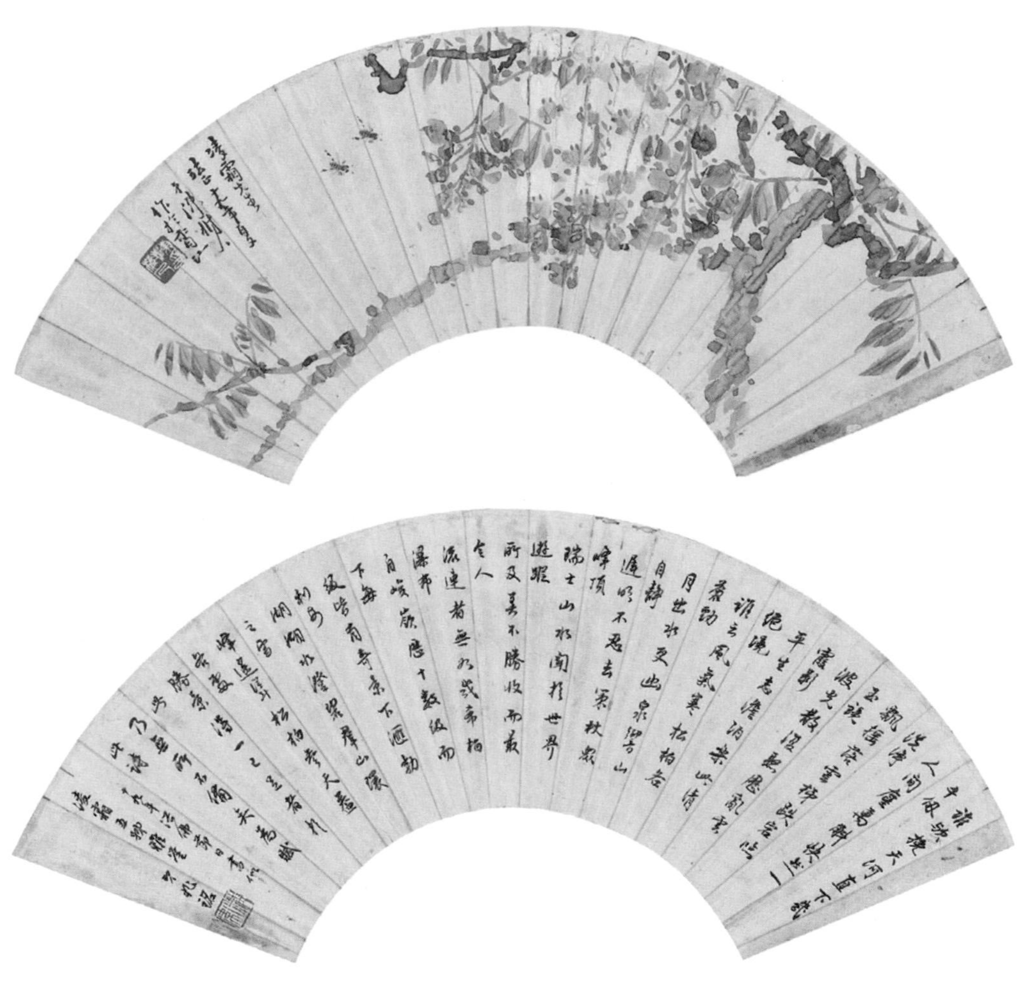

瑞士幾希柏瀑布自山巔騰擲而下注於勃里安湖遠映雪山近蔭林木余在此一宿而去
在陳樹人畫上題詩贈李凌霜

飛花

贈曾醒

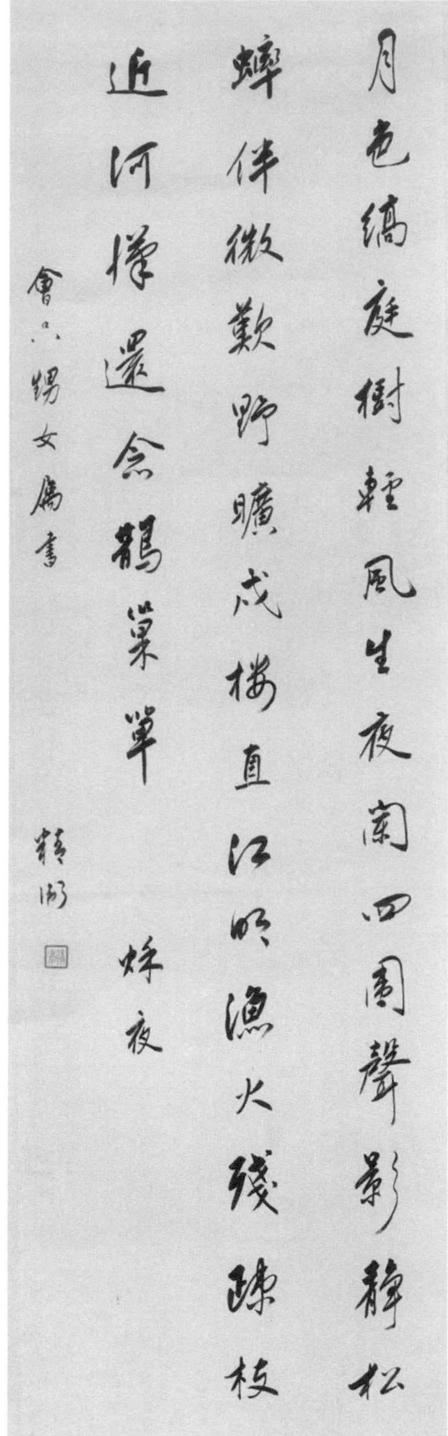

月色篩庭樹輕風生夜闌四周聲影靜松
蟀伴微歎野曠戍樓直江明漁火殘踈枝
近河漢還念鵲巢單
精衛

夜起
朱執信之妹朱會只請題詩贈兄嫂楊道儀

菊

在陳東湖畫上題詩贈曾醒

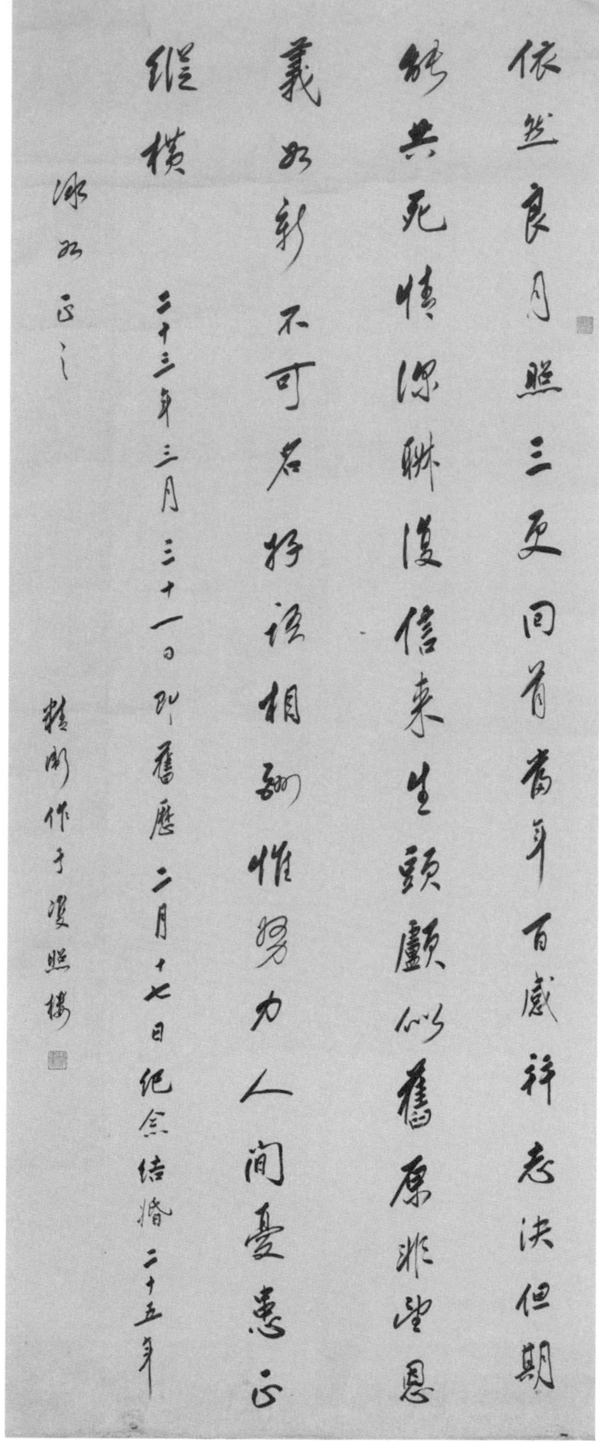

依然良月照三更回首當年百感并志決但期
能共死情深聊復信來生頭顱似舊原非望恩
義如新不可名好語相酬惟努力人間憂患正
縱橫
二十三年三月三十一日即舊歷二月十七日紀念結婚二十五年
冰如正之
精衛作于復照樓

二十五年結婚紀念日賦示冰如
贈陳璧君

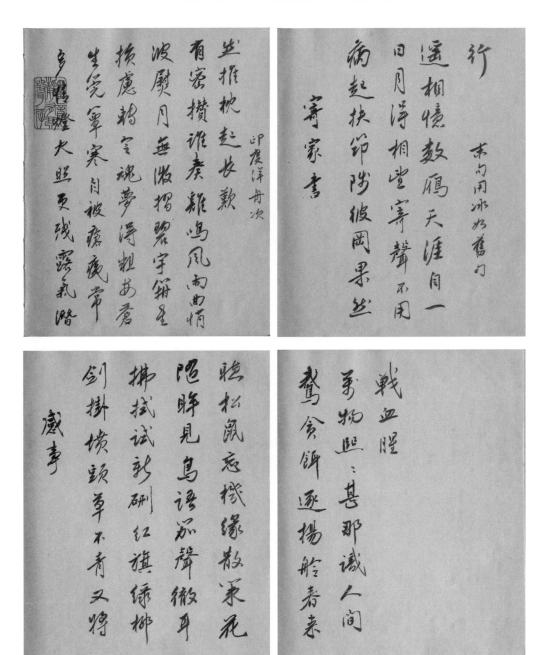

頁337至346書冊贈何秀峰、李凌霜夫婦，文字從左至右閱讀

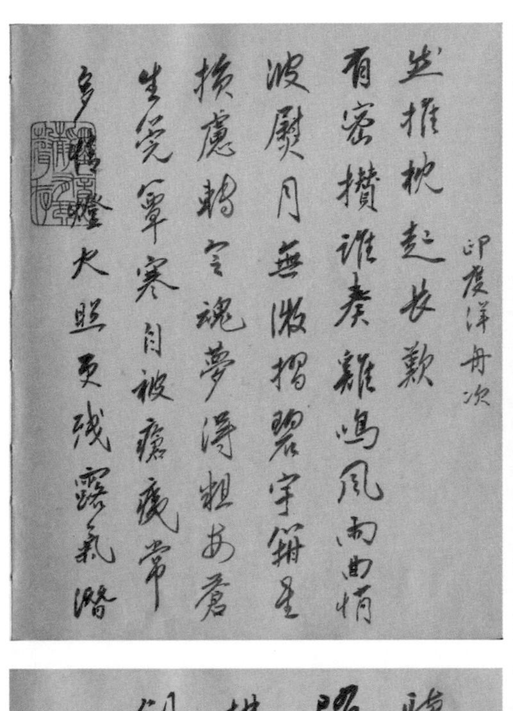

鹿窺人有性靈澗道
池魚爭餌善倫次林
似醉泠泠篆綠快好經
風生水上亭涼涼千紅甜
竹懸疏雨洗郊垌日出

鬧而靜
衍山中書所見

聽青草眠白羊桃花
初日在柴門流水入清

山夕新月猶未生遙遙望四極疊疊
蕩蕩入平湖浮綠與天平山深日
相蒙十步一樵蹊百步一樵聲
白破青冥千巖萬壑間往復如
幽奇每見以為傾遠淺雪峯來飛
平生所觀瀑罕物不可名惟此最
戲月柏山中

旬相念也
來正好在外花好自遣
詩家書云江南花開好
羅痕公園中作時新
歎星星
江南春正好莫播旅叢

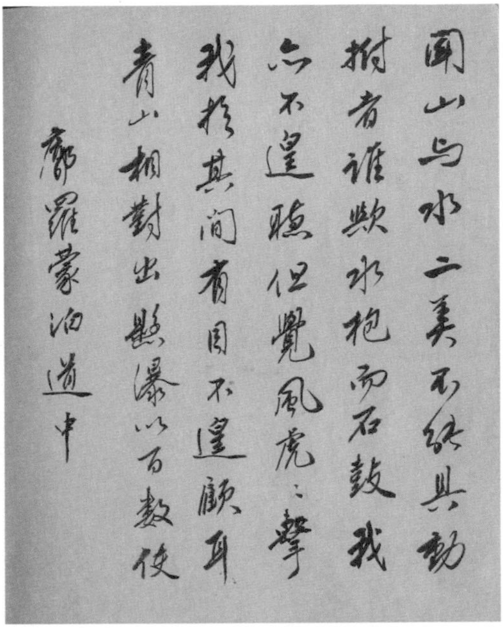

園山与水二美不能具動
樹者誰歟水抱而石鼓我
亦不遑聽但覺風虎虎聲
我於其間有目不遑顧耳
青山相對出懸瀑以百數使
鄺羅蒙治道中

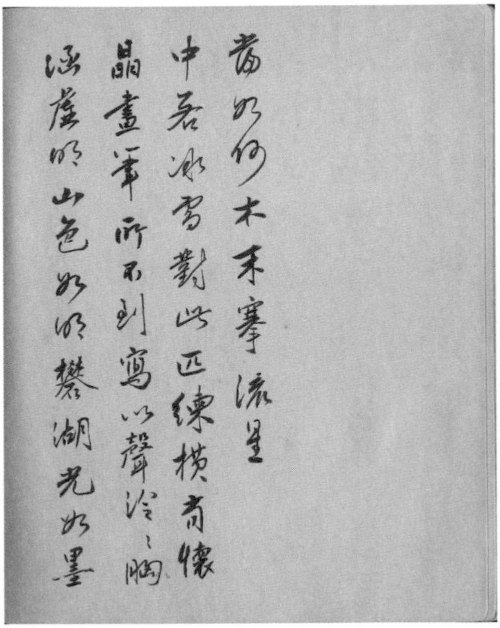

者如何木末搴流星
中若冰雪對此匹練橫前懷
晶畫筆所不到寫以聲泠泠胸
涵崖如山色如如攀湖光如墨

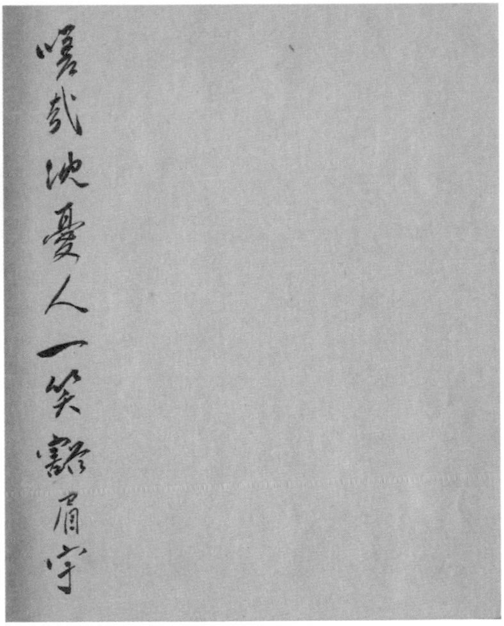

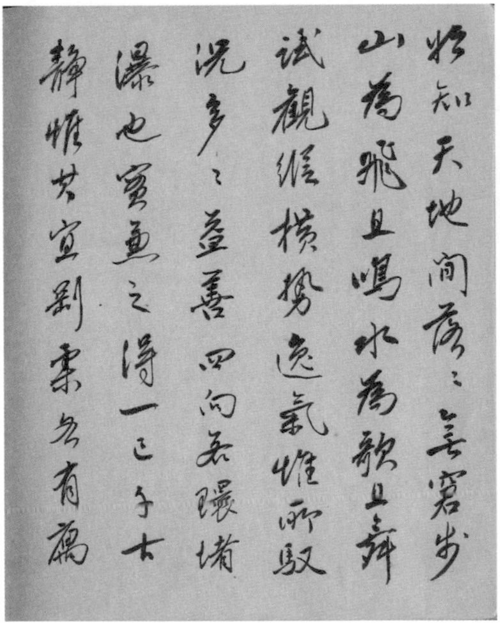

始知天地間廣廣善窟步
山為飛且鳴水為歌且舞
試觀縱橫勢逸氣惟所馭
況多多益善四面若環堵
瀑也寧無之得一已千古
靜惟其宜剝棗無有窮

嘻哉渙憂人一笑豁眉宇

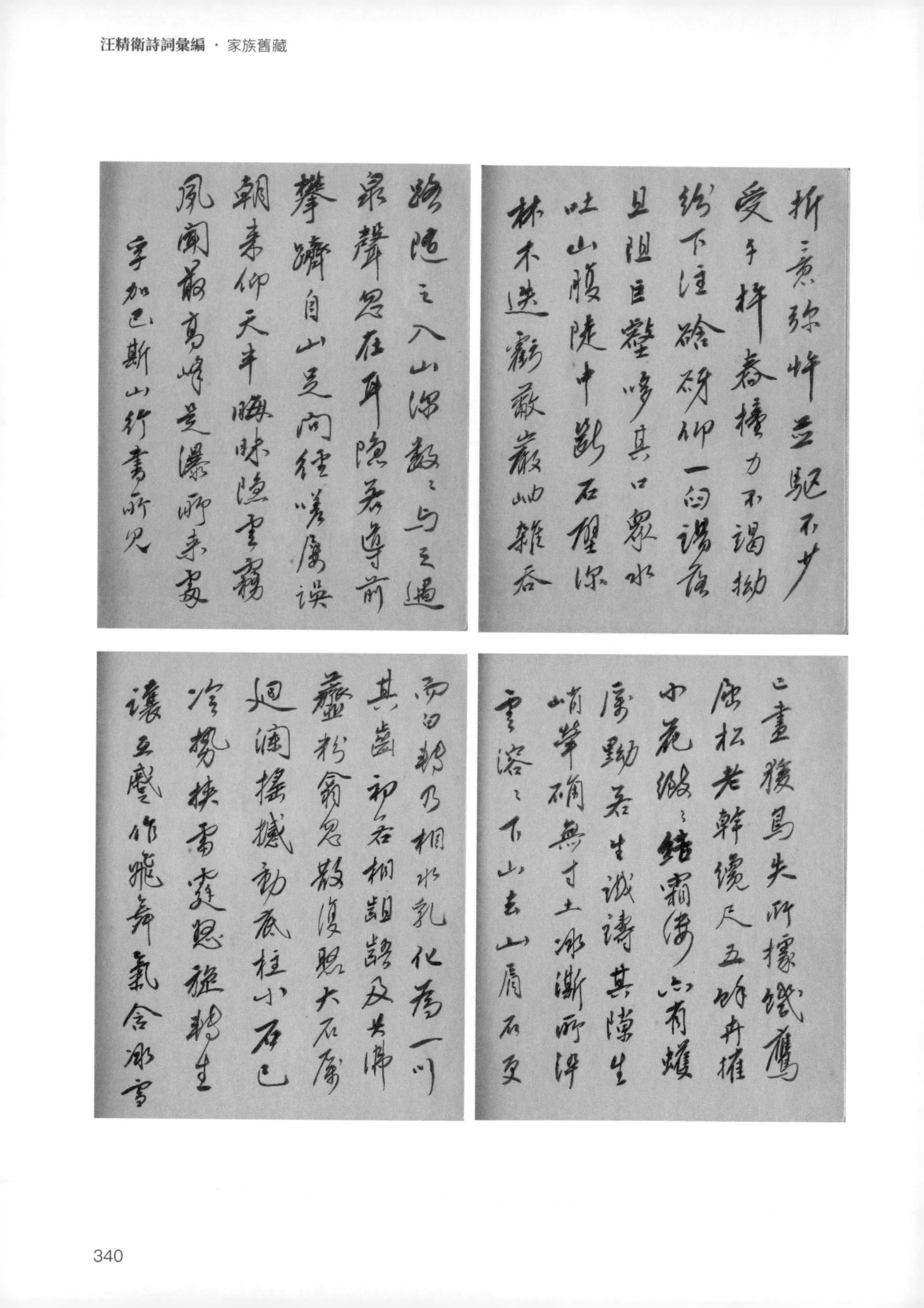

雪蓮花也
白居平近之無 嘗遊泰山亦未見
遊泰山詩山花異人間五月雪中
雪中中國高山未嘗見也李太白
嘗見之小花狀如蘭錢色白生冰
老松偃蓋而經韓 廬山五老峰

心腑

而如飲盡試一掬清冷在
太古澗水寂照之凝碧矣
俯瞰冰河峨峨寒色自
仰首惟瀉穹萬象在一
息及山頂足蹣跚再步
不得食空際盤旋吾喘

振衣高詠太沖詩

太沖振衣千仞岡之句為詠
山高合中國七千尺始以左

世可遠澌不勝寒猶不去
頭之有天堪問託足之無
影四山為寫雪霜姿峯
巒欲上時萬柏自搖風搖
翠微深霧碧淪漪清絕朝
雪冥剎茲山上

川原澹蕩秋

何字擬改作常字

鷗過闌戲既知何意欲取
留芳似燕子無羈不似
眼山亦猶人更白頭小作內
此共清遊湖之於我何青
雲外飛樓月下舟八年前
重過嚴蒙湖

泯精粗物我皆康寧
扣舷歌濟盡亦未聽何當

啄飽餌既足還飛鳴和以
故人相見亦忘形就掌
其間氣象迴環生輕鷗非
宿雨收天高地亦平扁舟看
如仁者心渾厚溫光明於時
波光演而悟水聲輕以清謳
旅仙湖上

宇也
如拟改作客希所指敲尚未
元無異拟改作元無尚悦不
得便尋幽夢到匡廬
不如將和湖光入夢

元無異人事綢繆悦
閑夕陽和天幽風景
園林新雨後澄雲樓
頓山川入畫圖濃翠
分流響石並崇纖整
瑞士道中

將入林
尋勞心如蟄蟲躍々
貴如枯株句萌或相
能言韻々以來禽啼

瑟々布種限幽花不
春已深備竹媚新芽
深沈光風扇庭除始知
連宵雨未歇簾幕窗
曉起

隈移花色亦乃辨草
萋詢不得小坐數此清
葉底見波光黝白成紫
風不生一顆但拂溪水枝
蔓粉生麗眼明珠離微
林樾人影相因依女蘿

況沖融獨處皆華滋行行入
色幽更深不厭清光微春氣
空靈何繫洗此娟娟姿夜
殘陽忽已蛻新月如蘭眉
下
春夜羅浮小溪邊微月

日
綠漲中
未窮小休何處林風
足蘭山仍遠悠然興
口占

歎宿鳥為一飛
已在天之涯無因獲微
書生我旅扁舟作欸乃

復詮次先後聯博
録近作隨憶隨書不
歸舟中濡墨於硯雅
凌霜妹
以硯為贈冬十二月
秀峰兄
綿去國養痾臨行
春二三月余以傷病纏

讀舊書
羅無長策起剔殘燈
河寸寸盡愁予霜毛搔
到枕濤聲疾復徐闌
舟夜

嘯且夜一時冰雪忽照
夢裏孤燃膽羣動搖搖
滿已覺颯颯清風吹鯨波
升海雲湄冰輪未高光未
徹雲卷盡明星稀皓月徐
海上望月作歌

此硯愧甚奈何　文識
久疏臨池故此塗鴉有負
弟兆銘識
我正之更所大幸也
敘述而已稿尚未定能為
一粲並以代別後情狀狀

可悲三五二八須臾期
灼水不滴窮生勞勞良
上天下地惟所之之入火不
將何依棲棲皇皇終不釋
天四垂水四圍亭亭脈脈
飛孤光一點空中移青

影澈瀲灔不羅鳥不
惟共宜夜深人靜聲
亦聞來照照行歌起舞
群翔所被無偏私塵寰
嗟哉素娥聖且慈清
眼空出濁咽餐瓊糜

窮於詞
素娥聖且慈我欲作歌
吸流瀣甘如飴嗟哉
同光共影勿復疑試

書既復為詩一首因
併錄之
兆銘又識

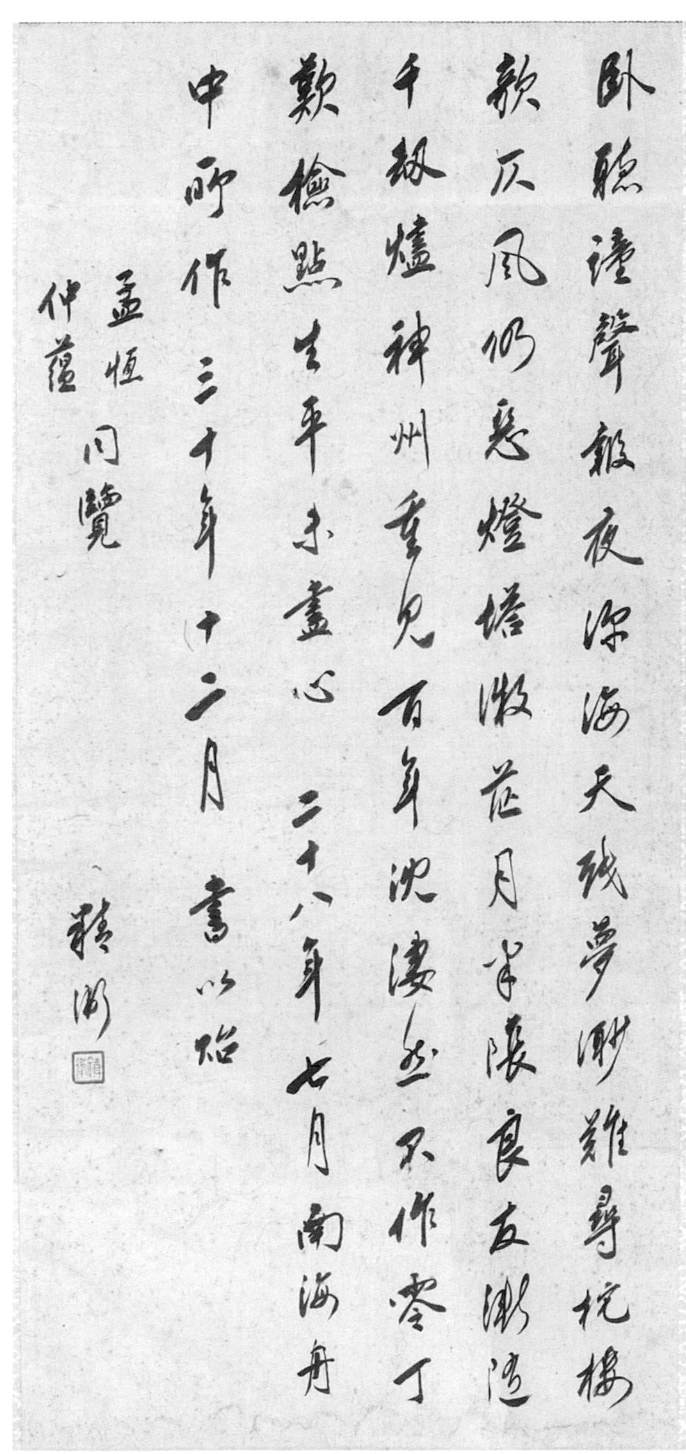

臥聽鐘聲報夜深海天殘夢渺難尋柁樓
欹仄風仍惡燈塔微茫月半陰良友漸隨
千劫盡神州重見百年沉淒然不作零丁
歎檢點生平未盡心　二十八年七月南海舟
中所作　三十年十二月　書以貽
孟恒
仲蘊　同覽
精衛

舟夜

贈何孟恒、汪文惺夫婦

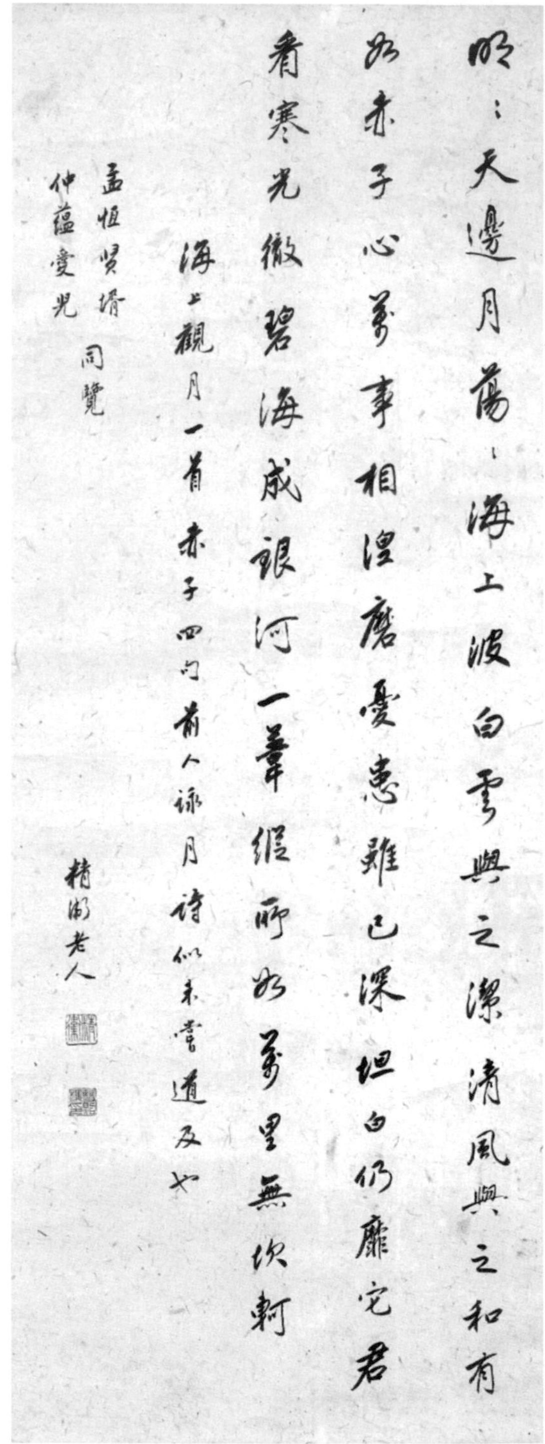

明明天邊月，蕩蕩海上波，白雲與之潔，清風與之和，有
如赤子心，萬事相湮磨，憂患雖已深，坦白仍靡它，君
看寒光徹，碧海成銀河，一葦縱所如，萬里無坎軻
海上觀月一首　赤子四句前人詠月詩似未嘗道及也
孟恆賢壻
仲蘊愛兒　同覽
精衛老人

海上

贈何孟恆、汪文惺夫婦

頁349至351書冊贈何秀峰、李凌霜夫婦，
文字從右至左閱讀，冊末兩首詞作〈百字令〉、〈虞美人〉乃陳璧君作

疏影 菊

竹吟未歇向風前攪得
幽魚疊把半塌東籬淡淡
疏疏寫出秋光如畫平
生絕俗違時意卻對我
一枝清灑想淵明偶賦
閒情定為此花縈惹 正
是千林脫葉看斜陽閒寐
山色如赭莫怨荒寒亦未
芙蓉冷艷幽光相亞不同桃
李開花日準備了霜風吹打
最憐他翠袖亭亭弄影月

聽清夜

百字令 水仙

靈均去矣向瀟湘留得千嫁款
色猶有平生遺著意洗值霏、
雨雪玉色溫溫素心的的人與
花同德飛塵不到冷踞只在泉
石小鉢供向齋頭深燈曲几清
影搖窗帳便取梅花三兩點也
似曉星殘月靜伴聞香淚徐
生續夢化莊生蝶獨解何立
認甚試為浮白

水仙以草韻為貴謂之空靈認甚

金縷曲　春日太平門外

啼鴂催山曙靜幽深沉沉雉堞柳荑搖暝攬此清輝灘畔霎身在萬桃花頂正麗色澄空相映漠漠輕煙閒漸淡擁千叢一水明如鏡還照取雙飛影　桃源不在塵寰境在人間林鵲音好巷尨聲靜君看柴門春風入菜甲麥苗齊透不辜負老農鑱柄難得飯餘當戶坐顧春光爛熳從渠飲歌一曲水泉聽

風蝶令　白海棠

柔蒂和煙解幽花帶雪融乍閒還欲閟芳容得似蝤蠐微俛態惺忪　梳洗光逾靚神清韻轉穠珠簾不約曉來風吹起一庭春月照玲瓏

以上近所為詞四首

百字令　蘇州橫塘

船頭閒佇歎黃花夾岸萋萋芳綠極目蒼茫何處也空擷幽蘭盈匊煙水相連孤帆雲外悵所思人獨淙淙流水撩人如訴心曲又是翦紫飄風桃花弄水感此

心魂木蘭舟乍檥綠隄深處
天末雲如玉無限心隨流水
去悵聽槳聲斷續行行不已何
時始得歸宿
虞美人 憶家
蹉蹉跎跎何時了落葉知多少

去年今日此歸風正與孤帆遠遠
故鄉中 松間明月應長在莫
遣浮雲改小園回首不勝悲但
願夢隨海水向東流
以上璧君舊所為詞二首第
一首六年游蘇州所作第二

二首五年留法所作均未留
稿偶憶得錄之
二十六年一月印度洋歸舟中
錄數月來所為詩若干
首得一小冊以贈
秀峰七兄 凌霜五妹頃復以

此冊索書故改錄詞稿以
塞責並錄璧君詞二首璧
君詞不以示人惟以示
兄妹不可不慎也
汪兆銘
三月三日燈下

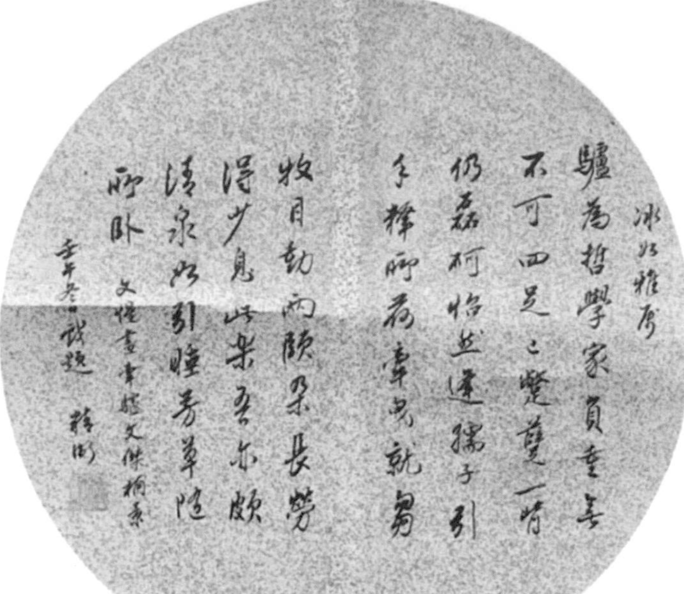

惺兒畫牽驢圖戲題其右

由汪文惺畫，何孟恆補景，贈陳璧君

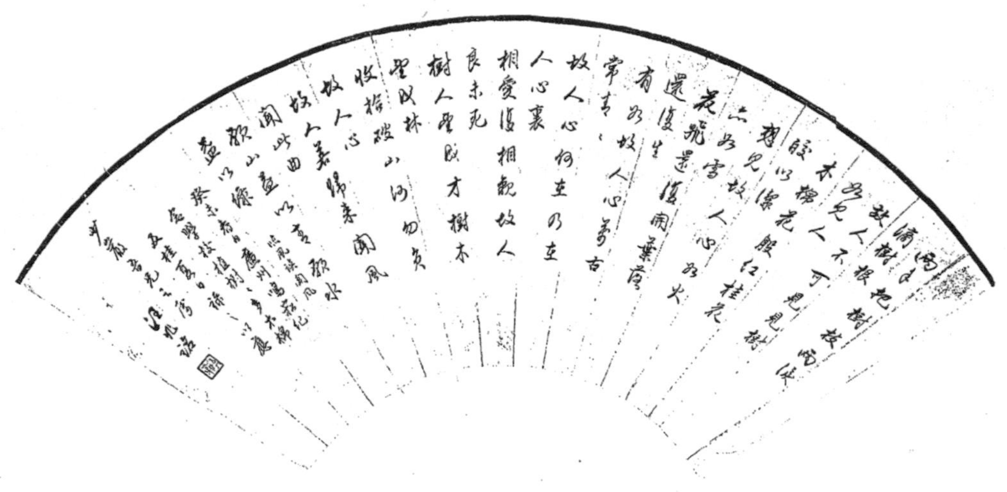

三十二年三月二十三日在廣州鳴崧紀念學校植樹樹多木棉及桂仲鳴沒於三月二十一日次高沒於八月二十二日適當兩樹花時也

曹宗蔭請題詩

汪精衛手書王陽明詩三首石刻拓本，文字見《汪精衛詩詞彙編》上冊41頁

鳴謝

謹此致謝以下各位積極參與《汪精衛詩詞彙編》出版工作：

鄧昭祺教授撰寫本書序文，首次以汪精衛手稿角度深度分析汪氏詩詞；梁基永博士審閱手稿、並與李保陽博士對本書出版給予寶貴建議。

本書材料之所以能翻譯成書，得益於何孟恒竭力收集、記錄、影印的工作，給予本書確實基礎和必要框架，他更於「讀後記」中，慷慨分享他的札記以及寶貴見解。本書亦有賴何秀峰和何英甫抄錄雙照樓詩詞集外，讓我們現在得以展示汪精衛鮮為人知的作品。

感謝黎智豐博士適量編輯「讀後記」內容，蒙憲綜合何孟恒各個版本的「讀後記」，並協助起草編輯前言；劉名晞、郭鶴立為引文核對典籍原句；郭鶴立校對「讀後記」；盧惠安為「讀後記」打字；鄭羽雙整理詩題。

最後，無論是編輯、製作方面，我特別感謝朱安培持之以恒的努力，其貢獻功不可沒。儘管本書團隊成員來自世界各地，有賴他協助，使工作組得以順利完成工作。

何重嘉
汪精衛紀念託管會

意見回饋

是次問卷旨在收集讀者對本會出版之意見，
所收集資料除研究用途外，或會用於宣傳。感謝參與，
有賴您們支持讓本會出版更好的書！

延伸閱讀

汪精衛政治論述匯校本
上、中、下三冊

搜羅多篇一手原稿，涵蓋汪精衛1905年1944年的政治生涯，為最能囊括汪氏一生政治思想的文章選集。

汪精衛南社詩話增訂本

完整彙集詩話內容，附有汪氏手稿132頁掃描，乃研究民國文學社團、知識分子網絡及革命文學不可缺少的史料。

此生何所為—
汪精衛亂世抉擇

收錄365句汪精衛名言，涵蓋其在文化、政治、民生、思想、愛情、戰爭、革命的智慧，是鑽研汪氏之入門作。

獅口虎橋獄中手稿
四冊

彙集各界和運翹楚龍榆生、陳璧君、周作人、陳公博等於獄中所撰書信、詩詞、文論及編纂選集等一手原稿。

何孟恆雲煙散憶

汪精衛女婿何孟恆紀實回憶其跌宕起伏的人生，從民初風景、求學趣聞、跟隨汪氏到晚年點滴，歷歷如繪，讀之如同親見。

我書如我師—
汪文惺日記

1937-1938年汪精衛長女汪文惺記錄日軍攻陷南京前後，輾轉各地避難的心路歷程，由汪精衛親筆隨文批校。

一場戰爭的開始

Through China's Wall 最末六章，美國作家格蘭姆．貝克親述1937年引發中日戰爭的蘆溝橋事變之經歷，由汪精衛女婿何孟恆翻譯。